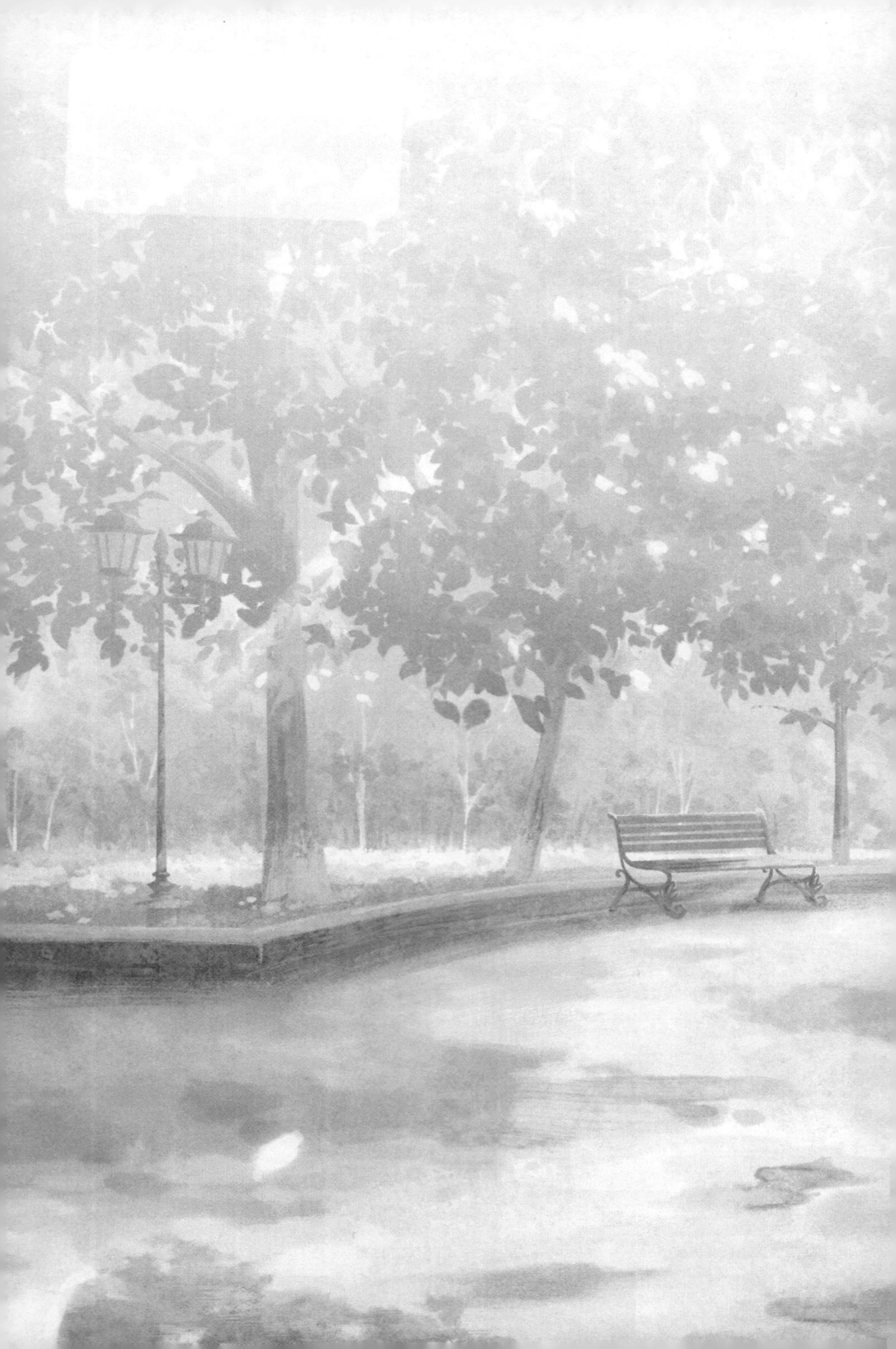

隐性暗恋

白毛浮绿 著

广东旅游出版社
中国·广州

图书在版编目（CIP）数据

隐性暗恋 / 白毛浮绿著. -- 广州：广东旅游出版社, 2025. 1. -- ISBN 978-7-5570-3382-8

Ⅰ. I247.5

中国国家版本馆CIP数据核字第2024S0S793号

隐性暗恋
YINXING ANLIAN

白毛浮绿 / 著

◎出版人：刘志松　◎责任编辑：何方　◎责任技编：冼志良　◎责任校对：李瑞苑
◎策划：周菀　◎设计：玖时柒　◎封面绘制：甜奶糖

出版发行：广东旅游出版社
地　　址：广东省广州市荔湾区沙面北街71号
邮　　编：510130
电　　话：020-87347732（总编室）020-87348887（销售热线）
印　　刷：湖南天闻新华印务有限公司
地　　址：湖南省长沙市望城区银星路
邮　　编：410219
开　　本：889毫米×1194毫米　1/32
印　　张：9
字　　数：214千字
版　　次：2025年1月第1版
印　　次：2025年1月第1次
定　　价：42.80元

版权所有·侵权必究

如本书印装质量出现问题，请与印刷公司联系调换。联系电话：020-87808715-321

目录
CONTENTS

- 第一章 001
  今天开学

- 第二章 020
  疯狂星期四，微信转我 50 元

- 第三章 040
  暗恋对象

- 第四章 057
  真心话大冒险

- 第五章 076
  飞行棋

- 第六章 093
  别躲着我

- 第七章 111
  暧昧但不恋爱的关系

- 第八章 132
  你再抱抱我吧

目 录
CONTENTS

- 第九章 151
  狗听了都要跳下去

- 第十章 167
  连影子都在鲜活热烈地相爱

- 第十一章 188
  以后的路，他们也要一起走

- 番外一 226
  一些后来和一个关于过去的梦

- 番外二 233
  似水流年

- 番外三 262
  共白首

- 番外四 280
  一个彩蛋

第一章

今天开学

[1]

9月6日,常汀大学新生开学。

林轻羽设置了闹钟,七点十分一到就响了。

她闭着眼睛先是梦游一样去厨房烧了壶热水,又砰砰砰地敲响了另一间房门。

不到一秒,房内就传出少年的低吼。

林嘉晏抓着鸡窝头出来,一脸不耐烦地喊:"林!轻!羽!"

"你起这么早干什么?!"

外面乒乒乓乓地响,是林轻羽在收拾东西。

今天是周末,林嘉晏上学连跳两级,今年已经是准高三生,难得休息半天,没想到一大早就被她吵醒了。

厨房的水已经开了,林轻羽洗了把脸清醒了许多。她嘴里叼着一片吐司,又想去拿背包,呜呜呜半天,说不出一个字。

林嘉晏认命地去把火关了,又摘掉了她嘴里的吐司。

"今天开学啊!"林轻羽仰着脖子从他手里抢食,咽下嘴里的最后一口才说话,"爸妈出差了都不在家,你得送我去学校。"

常汀大学就在本地,离家只有一个小时的路程,林嘉晏困得要死,只想扭头去睡个回笼觉。

"你都多大人了,自己去不行吗?"说着,他已经倒在床上了。

"不行!"

开学要用的东西很多,林轻羽去报到只带证件和一个行李箱,还有不少生活物品要采购。她一个人拿不了,只能叫林嘉晏一起去。

"你赶紧起来啊,你不起来我打电话给爸妈了。"已经快八点了,到了中午太阳晒,那时再去买东西会更累。

"那你叫江震哥。"林嘉晏用毯子蒙着脑袋,屁股对着她,顺便指了一条明路,"他不是和你同所学校吗?你跟他一块儿去。"

林轻羽家对门就是江震家,两个人从小一起长大,关系好到穿一条裤子,但这仅限于小时候。

中考那会儿林轻羽超常发挥,就甩了江震上了市一中,江震则勉强挤进了市三中。

高中三年两个人不同校,课业又繁重,不是学校补课就是上补习班,回家见面的次数屈指可数。

林轻羽还在琢磨江震这人记不记得小学那会儿,她跑去男厕所给他送厕纸的情谊,结果过去就发现对门锁了——江震不在家。

林轻羽自己一个人去了学校,林嘉晏嘴上说不乐意帮忙,到了十点还是过来拎东西了。

在寝室安置好后,有学长带他们去食堂吃饭,林轻羽摇摇头,说不用了,然后要带林嘉晏去外面的小餐馆吃小火锅。

林嘉晏很感动,谁知林轻羽又掉头带他去了食堂。

"食堂是要吃四年的。"林轻羽语重心长地道,"我不着急吃这一顿,但想到你有可能这辈子都考不上常大,所以咱们还是在这吃吧。"

林轻羽边说边露出了"姐姐绝对不是为了省那98块钱，只是单纯为你好"的表情。林嘉晏看她从自己碗里夹走一块鸡中翅，嘴角一抽："那真是谢谢你了。"

在学校折腾了一天，林嘉晏下午要回一中上晚自习，林轻羽把人送上地铁后才收到江震的消息。

今早去敲门，发现家里一个人都没有，她还以为江震早来学校了。谁知他刚刚才看到消息，异常高冷地回了一个问号。林轻羽跟着回复问号，江震回复俩个问号。

林轻羽还在思考，江震花钱上的高中，大学是不是也走后门了啊，怎么感觉智商越来越低了。就在她想着自己要不要跟着回复三个问号时，江震打电话过来了。

"你今早来敲了我家的门？"像是被泉水泡过，他的声音很冷。

林轻羽还喝着冰镇酸梅汁，听到他说话后，下意识地咽了咽口水，"啊"了一声："你在家？"

"嗯。"他的声音好像有点沙哑，他又问，"有事？"

"哦，找你去学校啊。"

林轻羽嘀咕着，说他做人不太地道，在家听到了敲门声怎么不开门，害得她以为江震自己去学校了。不过他确实不厚道，现在才想起来给她回电话。

结果说了半天，江震糊涂了，问了一句："今天开学？"

林轻羽把手机拿远，看了眼日期，今天是9月6日没错。

常大新生开学是5日和6日，今天是最后一天。

"你不知道？"林轻羽看着快黑下来的天开始幸灾乐祸，"江震，你该不会是刚起床吧？"

电话那头的江震没话说了。

[2]

江震的确是刚起床。从他的朋友圈就可以看出来，江震高考结束后的这个假期，每天过得都非常迷幻。头一个多月先是被亲妈带着全国各地跑，后一个月大门不出二门不迈。好像除了考了个驾照，其余的什么也没干。

林轻羽也好奇过他这一个月都在干些什么，直到她听到徐思达大半夜的还在他家嗷嗷叫。

"江震，救我！救我啊，快点！"

"等等！兄弟们冷静点！我大招还没好！"

"抢龙啊江震！抢龙！"

"江震救我啊啊啊！"

叫得那叫一个撕心裂肺。要不是林轻羽陪着林嘉晏玩过几把王者荣耀，估计都要替徐思达报警了，毕竟他的叫声听起来还挺像江震在进行犯罪。说起来，每天下午林轻羽下楼溜达的时候，都能看见江震顶着硕大的黑眼圈在阳台上晃。

啧，现在的年轻人总是熬夜过度，日夜颠倒。

林轻羽优哉游哉地回寝室吹空调。

常大基本上是四人间，认识的新室友来自不同的地方，今天打完招呼后她发现都挺好相处的。短头发的是章倩；说话大大咧咧的叫赵佳佳；另外一个是榆市人，长着一张很可爱的娃娃脸，名字却挺酷，叫许飒。

林轻羽立马就和她握手，宛若老乡见老乡："老实说，我崇拜许检很久了,你们都姓许,你该不会是他亲戚吧?"

林轻羽当时就是因为看了许辞的庭审直播而报了法学专业,只是很可惜没能考上他的那所大学。

许飒很懂她,虽然非常遗憾,但完全照顾"迷妹"的心情,一脸严肃地说:"只要不起诉我造谣,我也可以是。"林轻羽默默地竖起了一根大拇指。

正吃着章倩带的牛肉干,林轻羽收到江震回复的最新消息——他的冷漠几乎要冲破屏幕。

jz:"呵呵,你做梦。"

这五个字的由来还要追溯到半个小时之前。

学校迎新的志愿者到七点就收摊,江震起来那会儿都七点多了,来学校只能自己去学院的办公楼登记和注册。不再有强壮的学长帮忙提行李,也没有温柔漂亮的学姐介绍校园风景。只有舍管阿姨一边发寝室钥匙,一边问:"怎么来这么晚?"

常大的主校区占地面积非常大,江震又没来过几次,到了晚上就有些分不清东南西北。

他叫林轻羽到校门口接他,林轻羽却叉着腰说:"我不。"

结果回寝室一看,她的洗漱用品齐了,衣架、纸巾、拖鞋甚至卫生巾这些也都买齐了。等她冲了个澡想上床美美地睡一觉时,才猛然惊觉:等等,我被子呢?

我那么大个被子呢?学校不配枕头、床垫和被子吗?

真是风水轮流转。万般无奈之下,林轻羽只能求助江震,让他去自己家帮带一床被子过来。

结果江震说:"你去睡天桥吧,我刚才导航的时候帮你看了眼,学校南门那儿出去右拐就有个天桥,运气好说不定能和鲁滨孙搭个伙。"

林轻羽忍住骂人的冲动,撒娇道:"哥哥,我的好哥哥。"

江震无语:"挂了。"

"江震!"

林轻羽都要满地打滚了:"你就帮我带过来吧!求求你了!我现在!立刻!马上滚去校门口恭迎你的大驾,你看怎么样?"

"不怎么样,我真挂了。"

哼,冷酷绝情!

其实挂完电话后,江震就拿了备用钥匙去了对门,刚想问她拿哪床被子,床上的还是柜子里的,卧室里有没有什么见不得人的东西,该收的都收起来了吧,林轻羽就发了一篇"小作文"来控诉他这种忘恩负义的行为。虽然后面发的是一个下跪的表情包,但江震还是咬着牙冷笑,发出了"呵呵,你做梦"这五个字。

晚上八点多的时候,章倩和赵佳佳她们在聊八卦,问今天陪她来学校的那个小帅哥是不是她男朋友。

林嘉晏只比她小两岁多,上高二的时候身高就蹿到了一米八,现在长到了一米八三。

明明吃的都是同样的饭菜,林嘉晏就是比她这个一米五八的长得着急。

林轻羽有气无力地说:"没,那是家属,我弟。"她还在发愁今晚怎么睡觉。

章倩说:"你弟长得好帅啊!"许飒也在旁边点头同意。

"是吗?"林轻羽回想了一下,"那叫长得帅?"

"长得挺像男团偶像的,知道那谁吧?"赵佳佳一边掏手机,一边指着屏幕上的帅哥说,"隆重介绍一下:这是我老公。"

林轻羽不追星,对照片里的人没印象,也不知道叫什么,但好像还挺眼熟的。她左看看右看看,最后得出一个结论:偶像确实帅,林嘉晏也就还行。

没过多久,江震就打来电话问她在哪儿。

三个室友还围在她旁边讨论哪个男明星好看,林轻羽说她准备出门借张席子。

"借席子?"

林轻羽说:"嗯,听说南方人睡觉只需要一张席子,我将就一晚,不然连张席子都没有,直接空手去天桥那抢地盘,就算鲁滨孙不打我,星期五可能都要给我一拳。"

三个室友无语地看着她。

电话那头的江震沉默了半天,把车停到女生寝室楼下才问:"你在几栋?下楼,把你的被子拿走。"

林轻羽没想到江震还真帮她带被子过来了,立马穿着拖鞋就往楼下跑。

江震是这个暑假刚拿的驾照,本不想把车开过来的,但被子不好拿,只能放车上。他打开车门后就在旁边等,周围人很多,他也没在意。

他懒散地站着,但因为个子高,身材比例好,随便搭件简单的印花白色T恤衫和长裤都显得很时尚。

林轻羽大老远就看见他了,高呼一声:"江震!"

她一路小跑着过来,寝室本来就在五楼,到他面前时已经气喘吁吁了。

江震一低头,一眼看到她穿的竟然是睡衣,虽然并不暴露,就是普通的短袖和短裤，正面还印着一只卡其色的小熊。

她蹦蹦跳跳地跑到自己面前，像从森林里冒出来的小鹿。估计是刚洗完澡，身上散发着沐浴露和洗发水的香味。

"你就这么出来了？"江震问她。

虽然寝室楼下大都是女生，但时不时也有异性经过。

林轻羽皱着眉"啊"了声，还没搞懂他什么意思就条件反射地问："那你想吃什么？"毕竟拜托人办事，是必须要请人吃东西的。

不过，她两手空空，什么都没拿。

"我寝室里只有半包没吃完的牛肉干，你想要的话我明天再给你。"林轻羽说完就探头问，"被子呢？"

江震懒得跟她计较："在车上。"他开了车后座，枕头、被子和床垫江震都帮她带过来了。

林轻羽一边说着"大恩不言谢"，一边费力地捧起她那床松软的大棉被又拎起装了两个枕头的手提袋，问他："你能不能帮我带一个上去？我好像一次拿不完。"

江震一时哑口无言了。

室友刚聊完帅哥，一致觉得林轻羽的弟弟长得的确好看，下一秒林轻羽就领着江震回了寝室。

上楼时两个人拌了一路嘴。

林轻羽问他怎么来得快，他说腿长飞过来的；林轻羽惊叹他居然没有在学校里迷路，他说也不是所有人都像她这样傻。

林轻羽气呼呼地说："你聪明你怎么不知道今天报到？"

"床在哪儿？"江震岔开话题，抱着她的被子走进寝室，"不说我扔地上了？"

家里没有压缩袋，江震也不知道她家把装被子的袋子扔哪儿了，除了把枕头装进了手提袋里，被子和床垫都是直接塞车里带过来的。

他的脸被棉被挡了大半，但看身高能猜到是个帅哥。

林轻羽已经擦过床板了，她说，在这，扔上去就行了。

江震照做，林轻羽先脱了鞋上床，铺好床垫后又叫他在下面递枕头。

两个人忙起来都没顾得上和室友打招呼，等林轻羽反应过来时，其余三个人已经在旁边看了很久了。

"林轻羽，你老实交代。"

"最好从实招来！"

"现在这个帅哥，他又是——你的哪个家属？"

[3]

上午林轻羽带了林嘉晏过来，晚上又来了个江震。寝室三人八卦的目光重新聚集到她身上。

说实话，林轻羽小时候有个毛病，既"社恐"又"社牛"，俗称"社交牛杂症"。

但是她"杂"得太厉害了，所以一"社恐"起来就容易"社牛"。

好在江震妈妈是话剧演员，年轻的时候在舞台上很活跃，林轻羽上初中时跟着她在话剧团待了一段时间，这让她的"社交牛杂症"的"病情"稳定不少。然而一紧张就什么话都往外冒的毛病，一直没改掉，堪称顽疾。

林轻羽和江震认识十多年了，熟得不能再熟，连对方屁股上长了几颗痣都知道。只是高中三年不同校，假期两个人的作息又完全反过来，都没怎么碰过面。

她知道江震从小就长得挺好看，只是没想到三年过去，五官长开后越来越立体。高鼻梁薄嘴唇，眉毛乌黑，眼珠更是像吸了墨一样，又大又亮。平时还很爱笑，明明没有什么距离感却像星星一样璀璨，捯饬了一下还挺像男明星的。

　　以至于江震仰着脑袋往上看，将他那张脸如同高清无码般放大在她面前时，林轻羽脑子一抽，嘴里的那句"我发小"瞬间一百八十度大转弯，变成了刚才赵佳佳一直在她耳边念叨的——"老公。"

　　这两个字让三个室友和江震都愣住了。

　　看到江震眼里的戏谑后，林轻羽瞬间回过神来，只觉得：接下来三个月她都要在江震面前抬不起头了。

　　开学第一天是班会，没几天就要军训。

　　仔细算下来，林轻羽已经有一周没见到江震了，倒也不是躲着他，而是两个人在不同的院系，没有约好的话在学校里碰面算是小概率事件。

　　尽管如此，林轻羽还是在微信上饱受江震的折磨。

　　第一天的时候，江震还挺正常的，问了她一声生活用品都备齐了没有。林轻羽说备齐了。

　　第二天江震叫她出来吃饭，林轻羽说跟室友一起。

　　刚开学要和新室友培养感情，江震也就没计较，只是第三第四第五天，无论江震叫她干什么，林轻羽都说没空。

　　江震过了段时间才回过神。

　　jz："我懂。"

　　他像是花了很长时间才把这件事情"消化"了。

　　jz："女人都这样。"

/011/

jz："得到了就不知道珍惜。"

jz："你放心吧，就算你不跟我一起吃饭，我也会好好把我们的孩子养大的。"

jz："男人，坚强点是应该的。"

看到这些信息，刚睡了个午觉起来的林轻羽感觉自己一脑门问号。

不过林轻羽没时间回，醒来已经是下午1：50了，林轻羽穿上军训鞋就跟室友去操场集合。

这个时间教官还没到，林轻羽在树荫下休息，刚拧开水杯，手机屏幕又弹出一条消息。

jz："微信都不回了，你就是这么对你老公的？"

"噗——"

林轻羽一口水喷了出来。

其实这种事江震以前也没少干，林轻羽小时候口误，叫过他一声"爸爸"。之后林轻羽每次做了什么让江震不顺心的事，他都会问一句："你就是这么对爸爸的？"

林轻羽咬牙切齿地回："上、次、是、我、口、误——"

"我不是你老公！"林轻羽说。

jz："哦，我是。"

林轻羽简直不敢相信自己的眼睛，她刚才都发了些什么啊！

撤回，撤回！赶紧撤回！！

林轻羽疯狂地点击手机屏幕，赵佳佳在旁边看她这个样子像是要把屏幕戳碎了。

"教官来了！"

赵佳佳踢了她一脚，林轻羽手忙脚乱，下意识地把手机揣进兜里又赶紧掏出来放在水杯旁边,小跑着到队伍里集合。

教官这次来得很快,还没看到人就远远地听到了哨声,下午先站一小时军姿,太阳照在脑门上,晒得人两眼发晕。

等林轻羽回想起刚才好像把"撤回消息"点成了"删除消息"时,想死的心都有了。不过这种尴尬的情绪,也很快就被辛苦的训练冲淡。

只是不巧,她练齐步走的时候江震突然从旁边的校道上经过,手里还拿了瓶矿泉水,像是早就知道林轻羽在哪个方阵,停在离她最近的那个栏杆处,颀长的身体往栏杆上一靠,他不走了。

赵佳佳突然又踢了她一脚:"你老公来了!"

[4]
江震是从图书馆过来的。

下午四点多,已经陆陆续续有人从图书馆出来,大家都怕一会儿新生军训结束后挤不进食堂,但停在校道那不走的只有他一个。

午后的阳光不再那么晒,从树叶的缝隙间漏下来,他黑色的碎发和白T恤衫上都被浅淡的光笼罩。

江震拧开矿泉水瓶喝了一口,就靠在栏杆上看他们军训。

操场那绿油油的一片,穿着一色的迷彩服又戴了顶帽子,根本分不清谁是谁,但是江震一眼就看到了走在第一排的林轻羽。

军训了一天,帽檐把她的马尾压塌了不少,几根碎发散下来,粘在脖子上。她的脸颊被太阳晒得红扑扑的,但脖颈和手都没晒黑多少,旁边的人都黑了,她倒是还白得像块玉。只是身上出了不少汗,让她看起来像一棵严重缺水的植物。站定的时候她似乎感觉膝盖有点儿痒,趁教官不注意,她偷偷地伸出手指挠了挠。等教官回头又立马抿着唇站好,开始跟着喊口号走齐步。

看了十几分钟后，林轻羽显然也注意到他了，眼睛瞪圆，像头小鹿，看了过来。她的嘴巴很干，喊口号时还偷偷地舔了下唇，只是不知道她发什么神经，和他视线对上的那一瞬间，齐步走突然变成了同手同脚。

"第一排顺拐的那个同学！"教官突然怒吼一声，对着林轻羽说，"你给我出列！"

江震非常不厚道地笑了一声。

林轻羽硬着头皮走出了队伍，教官走到她面前，说道："齐步走怎么走？教你们三天了还学不会吗？"

林轻羽梗着脖子说道："报告教官！学得会！"

"你，走一遍给我看看！"

江震换了个姿势，原本悠闲散漫的神色稍微多了点儿认真，像是也很好奇她怎么走齐步。

林轻羽一脸沉重，顶着教官迫人的威压还有江震那看好戏的目光走了出去，然而没走几步身后就传来笑声。

她彻底"破防"了，小脸随之一沉。

"学得会是吧？"教官弯腰下来看她，她长得矮，这还是第一次和教官平视。

林轻羽的表情有点悲壮："嗯！"

"那齐步走出左脚的时候伸右手还是左手？"

"右手。"

"右脚的时候呢？"

"左手。"

"你的身体不归脑子管是吧？同手同脚走齐步！"刚刚还好好说话

的教官又吼了起来。

身后的队伍里大家想笑又不敢笑。

林轻羽心想,何止是手脚不归脑子管,嘴巴也是。但她现在还是老老实实地说:"对不起教官,这是我们家祖传的毛病。"

她不受控地往江震那个方向瞄,心想:这倒霉的一天都被他看到了,之后又要被笑话好几天。

教官却突然跟着看过去:"看什么呢?"他回过头,看到树荫下站着的人。江震也没躲,大大方方地继续在原地站着。

军训期间旁人不能进入操场,但是会有各个院系和班级的辅导员来慰问教官和学生,送来降暑的绿豆水,也会在操场外面看看。

"那人是谁?"教官没起疑心,只是那人看她看得这么频繁,两只眼睛都要把她盯穿了。

林轻羽答不出来,教官又把她问得很紧张,队伍里的赵佳佳说:"报告教官,那是她老公!"

闻言,林轻羽差点晕厥。

"老公?"

林轻羽是个小圆脸,个子也不高,长得算不上惊艳,但特别小巧可爱。

林轻羽头一次在教官眼里看到"惊为天人"四个字,但问的是:"你结婚了?"他一脸都是"你这个小不点还能有老公"的表情。

林轻羽站军姿站得手脚发麻,浑身僵硬,但为了早点归队不继续成为众人的焦点,还是硬着头皮胡说八道:"是的教官。"

队伍解散时,林轻羽跳到赵佳佳身上,掐着她脖子想把她弄死的心都有了。

"我大学四年的择偶权,啊啊啊!"

赵佳佳在她们四个人里个子最高,抱着她像揣只小考拉:"好了好了,别掐了,你老公在旁边看着呢。"

"还说!你还说!"

要不是那天赵佳佳一直在她耳边喊自己的偶像"老公",她能口误吗?

不过赵佳佳还是开导了她一下:"以我这双阅人无数的眼睛来看,你发小长得不错,喊一声老公也不吃亏。"

军训的这段时间看下来,从长相来说,身边的男生没几个人能超过他。

"哼!那也不能再说!"

"好好好,不说不说。"

林轻羽把帽檐压到鼻尖,躲在赵佳佳背后想顺着人群从出口跑掉,结果还没走过去,帽子就掉在了地上。

等她弯腰去捡时,头顶突然冒出一道冷冷的声音。

"林轻羽。"江震站在面前,像个索命的恶鬼一样,伸出一根手指头朝她勾了下,"过来。"

[5]

江震说话和他在微信上聊天的感觉不太一样。

十四岁之后江震的声音开始偏低,但很干净,话里没带什么情绪的时候总是令听的人像喝了一杯冰镇酸梅汁。喉咙像有冰凉的水滑过,她跟着咽了咽口水。

林轻羽心想,我打死也不过去。

后面不知道是谁突然推了她一把,林轻羽踉踉跄跄地往前走了好几步,差点儿扑到江震怀里。回头一看,许飒一脸无辜,章倩也摊开手。

不过走在前面的赵佳佳很快就放话,挤眉弄眼地说她们三个先去食堂占位置。

林轻羽无语。

不是,你们还能再明显点儿吗?

林轻羽觉得这误会真是大了,也不知道江震有没有听到她和教官说的话,但谣言总是止于智者。

林轻羽抓着那顶军训帽站在他面前,正想张嘴解释:"江震,我……"

然而江震没给她说话的机会,手按在她脑袋上往左一拧:"吃饭去。"

食堂人多,江震带她到学校外面的小餐馆。点了一份石锅鱼,两碗米饭。

林轻羽军训完消耗大,这点儿根本不够吃,又添了一道菜两碗饭。

晚上不用训练,但要唱军歌。林轻羽赶时间,吃得很快,江震叫她慢点儿,而后抽了张纸巾给她。

林轻羽很自然地接过,然后问:"你也是新生,你怎么不用军训?"

江震挑着鱼刺,很欠扁地说:"帅哥都是不用军训的。"

林轻羽夹鱼的筷子抖了抖:"你能不能要点儿脸?"

"哦,那我换一个说法。"江震很好说话,朝她微微一笑,"老公都是不用军训的。"

林轻羽被噎住了。

"难道不是?"江震身体稍微往前,把脸凑到她面前,"看看,这是一张写着'老公'两个字的脸。"

"帅而自知"这四个字,早就被江震刻入骨髓了。

以前林轻羽和徐思达都看他不顺眼,哪有说话这么欠揍的人?但回

/017/

顾初中、高中这几年,林轻羽发现周围的人确实都没一个像江震这样的。

而且江震做人从来不端着,帅得虽然很有攻击性,但是笑起来就是学生时代里很多人暗恋的对象。

他是个大大方方、性格开朗,没什么架子,和谁都能玩得来的大男孩。

林轻羽觉得自己能和江震做这么多年朋友,靠的不完全是他这张脸,更多的是他的性格,永远坦荡、大方、自信。

不过后面那句话,还是让林轻羽想掀桌子。

她决定忍。

不能随便打人。

林轻羽盯了江震一会儿,突然也凑过去,小声问道:"江震,你老实说,你是不是没有考上常大,上次那张录取通知书其实是你骗我的?"

要不然他怎么不知道开学时间,军训期间还能无所事事地晃来晃去。

石锅鱼有点辣,她吃得鼻尖通红,眼睛里有湿润的雾气,江震能看到她皮肤上颜色很淡的绒毛以及瞳仁里的自己。

他伸出两根手指,戳在她脑门上一推,林轻羽一屁股坐了回去。

"不是。"他难得正经,咳嗽一声没再看她,只把面前那碗挑完鱼刺的肉推过去,轻描淡写地道,"小腿有点儿骨折,刚恢复。"

"你骨折了?"

"嗯。"

7月底那会儿他出了场车祸,伤到了小腿,一直在家静养。虽然已经好得差不多了,但江爸爸担心他参加军训会造成二次伤害,就申请了免训。

难怪林轻羽上个月都没见他出门。

至于为什么会忘记来学校报到,那的确是熬夜太狠,人都糊涂了,忘了看时间。

江震学的是计算机,林轻羽担心他此后更加日夜颠倒,没几年就要把头发熬秃。

"你说你这张脸能撑得起地中海这个发型吗?"林轻羽吃饱了饭,托着下巴真诚地发问,"江震,你要不要考虑换个专业。"

江震眼皮都不抬:"哦,那咱俩比比?看谁发际线先往后移。"

林轻羽哑然,她怎么忘了,自己这个专业也是要背书背到头秃的。

第二章

疯狂星期四,
微信转我 50 元

[1]

前几天林轻羽还不乐意跟江震一起吃饭,后面反过来,她天天在微信上喊:"江震,江震。"

江震申请免训,现在大一也还没开始上课,假期的作息还没调整过来,有时十一点才睁开眼,看到消息后回了个问号。

一个小时后,林轻羽军训完了才拿到手机,坐在树荫下的台阶上给他回消息。

Mumu:"我肚子可能怀了。"

江震眼睛都瞪大了,回复了一连串问号,中间还夹杂了一个感叹号。

Mumu:"……坏了。"

Mumu:"刚才打错字了。"

jz:"怎么坏了?"

Mumu:"它老是咕咕叫。"

江震发过去一个问号。

Mumu:"说是想你了。"

Mumu:"你说它是不是因为没吃饭啊?"

江震发过去一个问号。

Mumu:"江震,你请我吃饭吧。"

江震发过去一排省略号。这前后有什么因果关系?主要是今天,林轻羽打开手机发现一个噩耗，买完一根油条两个包子后，余额里只剩三块六毛八分钱了。

高考前林轻羽很少用手机，学校不让带，花钱基本上用的都是现金。手机余额里只有之前购物剩下的一千多块钱，但开学那一天就花了好几百块钱，又补交了体检费，就没剩多少了。

老林和孟女士出差前给她留了一万块现金也被她忘在了家里。她还以为自己早把这笔钱存进银行卡了呢，结果现在只能对着账户里的这三块六毛八分，感叹人生的贫穷就是来得这么突然。

江震来的时候她蹲在路边磨鞋底，军训帽掉在了地上也没去捡，她的马尾好像每次都会被帽子压塌。远远地看着，像是个小乞丐蹲在那儿，就连翻过来的军训帽都像一只墨绿色的碗。

江震走过去，往那个帽子里丢了片树叶。林轻羽抬头，瞬间两眼冒光："江震！"

他长得比林嘉晏还高，背又直，林轻羽蹲在地上，仰头看见的都是大长腿。

从江震的视角看，林轻羽本来就个子矮，经常需要低头才能看见她，现在蹲在地上就显得更小了，尤其是她穿了绿色的军训服，看起来像极了地里的卷心菜。

江震突然发现林轻羽这小不点还挺可爱的，可爱到犯规，可爱到他心痒难耐，想伸出一只脚……

"想吃什么？带路。"他起来后又睡了半个多小时的回笼觉，这会儿嗓音还有点哑。

林轻羽立马说想吃三食堂的蛋包饭。江震撇撇嘴角，说："行。"

走了几步江震发现林轻羽没跟上。

"走啊。"江震回头叫她。

见林轻羽两只小手撑在脚背上，久久不动，他又问："你拉地上了？"

"你才拉地上！"

小卷心菜还会凶人。

林轻羽气得鼓起腮帮子，憋了好一会儿才说："我脚麻了嘛。"刚才蹲得太久，现在两条腿麻得像灌了铅，动都动不了。

林轻羽求他："你过来扶我一下。"

常大有好几个食堂，最近的那两个食堂基本上都被大一新生占领了，三食堂比较远，人少，但也能看见几个穿军训服的人。

江震帮她把蛋包饭端过来，又买了两袋酸奶。林轻羽在他对面坐下来，吃得心满意足。

江震刚起床没什么胃口，只要了盘饺子，但有一半进了林轻羽的肚子里，之后江震都坐在那边喝奶边玩手机。

他的坐姿不算端正，甚至有点懒洋洋的，穿的衣服也挺花哨，但是身材好，人长得也好看，很养眼。林轻羽总算是明白了什么叫时尚的完成度全靠脸。

林轻羽咬开酸奶的包装袋后问他在干吗，江震说在选课。

这两天学校准备开放选课系统，大一选的基本上是通识选修课，比专业课要有趣一点，但有意思又容易拿高分的课都很难抢。通常是"选课系统——启动"，下一秒出现的就是404的界面，网速再好都不管用。

林轻羽说："你要选什么？帮我也抢一个。"

两个人上高中后都没一起上过课。

常大的法学专业没有高数，两个人重合的大课只有大学英语、思修这些，如果排得不巧还不一定能同班。

江震在看体育课都有哪些，随手选了一个："户外活动要不要？"

这个好像很抢手，是体育里的热门课。

林轻羽问道："户外活动有什么内容？"

"不知道。"江震说道，"课程表里没详细说明，每一年都不一样，听说去年是划船，也有露营搭帐篷之类的。"不过具体得看学校给这门课拨的经费有多少，天气好的时候基本上是划船；天气不好都不用上这门课，好像有人跟着老师去湖边捡过垃圾。总之是挺随意的一门课。

江震把手机递过去让她自己看，林轻羽想说还是不要了吧，结果一抬头就看到了周墨。

他个子很高，身上跟其他大一新生一样穿着军训服，但气质干净出众。

他刚吃饱饭，手里端着餐盘和两个男生说说笑笑地从旁边路过。

食堂人多，周墨其实没注意到他们。

林轻羽却大惊失色，手里的力道没控制好，嘴边的酸奶瞬间喷出来糊了自己一脸。

"干吗呢？"

江震掏出纸巾给她擦脸，周墨听到熟悉的声音后回头看，林轻羽赶紧捂着脸钻到桌子底下，手忙脚乱地伸出一只胳膊拿过纸巾擦脸："没事没事。"

她压低嗓音，过了一会儿才冒出头来，乌溜溜的眼珠转动。

看见周墨已经转身走了，林轻羽顿时松了一口气。

还好还好，没有被他看到。

林轻羽重新坐了回去。慌乱的情绪平复，酸奶糊在脸上黏黏的，她怕自己没擦干净，仰着脸问江震："我脸上还脏吗？"

[2]

她脸上脏不脏江震不知道,他只感觉自己的头上好像突然长出来一片绿色。

江震没回答,反问她:"你刚在躲什么?"

"没什么啊。"

"没什么?"

没什么能心虚成这个样子?都钻到桌子底下了。

江震很直接地问道:"你碰到前男友了?"

林轻羽差点被剩下那半袋酸奶呛到:"没有!"

她连恋爱都没谈过,哪儿来的前男友。

江震半信半疑,看她的表情不像是在撒谎,于是又问道:"那你刚刚在做什么,又在看什么?"

"看帅哥啊,不行吗?"

江震说行。林轻羽要回去睡午觉,下午还得继续军训。

他们在四楼吃完饭直接坐电梯下去。上来的人很多,下去的也是。林轻羽一进去就被逼到了角落里。

背后原本站的人是江震,后面进来的人一直挤,林轻羽被人踩了一脚,左转转右转转,实在是腾不出空间了,干脆转过身对着他。

江震垂下眼皮看了她一眼,表情似乎有点无奈,手搭在她肩上把她往怀里拉,而后转身换了个位置。

林轻羽被护在他和电梯之间,空间一下子多了不少。

"江震。"她突然小声地叫。

"干吗?"他跟着用气音回,两个人在电梯里说着悄悄话。

"你长得好高啊。"

她的额头好像只到他的胸口,她还得踮踮脚。

江震笑了一声:"你才知道?"

"我感觉我用头一顶,能把你顶吐血。"

江震无语:"我长这么高就是让你方便顶的?"

"当然不是了。"

这种血腥的场面,林轻羽不敢细想,她也不能做这种对不起江震的事。只是他身上的味道很好闻,他又在散发热量。温热的气息掺杂了男性荷尔蒙,在狭窄的空间里发酵,感觉他这会儿有点危险。

在陌生的人群中她窝在他怀里,林轻羽应该感觉到安心,可是当她被他的气息缠绕时,她却发觉身体好像在发烫。从来没有靠得这么近过,近到她好像……完全被他抱住了。血液在体内冲撞、躁动,直冲天灵盖,她的脸颊慢慢地烧了起来,像一锅水突然沸腾了。

这好像不太正常。林轻羽不安地舔了舔嘴唇,抓了抓脸又捏了捏红得滴血的耳垂,心想:冷静点冷静点,别紧张。

空气突然变得异常沉默,甚至还有点儿稀薄。

江震把她的这些小动作都尽收眼底,他突然叫了声:"林轻羽。"

"啊?"她抬头,鼻尖擦过他胸口的布料。

江震突然绷直了背,喉咙发干。

林轻羽看到他脖颈上的青筋好像比刚才要粗了点儿。

"怎么了?"林轻羽问。

江震垂眼看见她仰着小小的脸蛋,湿漉漉的眼睛盯着他,突然想骂一句自己龌龊。

"没事。"他的声音哑了点儿,声音低了些,多了几分性感。

他将原本垂在身侧的手揣进了裤袋,移开视线,没有再继续看她。

江震回寝室时,心跳还没平复。他直接进了厕所,周墨叫他,但没叫住,他只含糊而又着急地回了个"嗯"字。

厕所门关上,江震将脑袋抵在门后,抬起手,发现手臂上的青筋都是突起的。

特别地兴奋。他现在睁眼闭眼,都是林轻羽仰着头望着她的样子。江震觉得这会儿自己的思想十分龌龊,可是没有办法。怎么办?过了三年,他好像还是会忍不住对她动心。

他第一次这样狼狈而又可笑,就连身体最真实的生理反应都在告诉他:江震,你根本就放不下,你喜欢她。

[3]
晚上江震做了一个梦,梦里的内容和之前的差不多。

没什么特别的情节,只是日复一日地重复他高中那时独自去学校的片段。以前他都是跟林轻羽还有徐思达一起去上学,但是到了高中就分道扬镳了。

日子照样继续,没什么不同,唯独在梦里,会比较孤单些。

…………

江震醒来时看了眼手机,上午九点。平时他起得没这么早,就算醒了也会继续睡个回笼觉,但这次他醒了之后就没了睡意。

江震又去了操场。

林轻羽他们班的方阵还是在原来的那个位置,她还是在第一排。个子小小的,站的位置在最边上,其实挺好找的。

不过这次江震离得比较远，在百米开外的石椅上坐着。地势也偏高，垂下来的树荫挡住了大部分视线，只有方阵走齐步或者正步的时候，林轻羽才能出现在他的视野中。

有时教官喊停，江震就看见林轻羽站在那不动，手指贴着裤缝，腰杆儿挺直，下巴紧绷，站得还挺严肃，像一棵葱杵在那儿。

她跟着口号向左转、向右转又向后转，正面转到江震这个方向时，他忍不住笑了一下，肩膀都在抖。

江震从来没有想过，自己会有这么无聊的一天，居然坐在这看她军训看了两个多小时。

林轻羽夸他今天来得好准时，江震都没说实话。哪有什么准时，不过是一直都在。但江震只是扣着她的后脑勺把她往前推，声音懒洋洋的："走吧。"

哪儿那么多废话。

林轻羽蹦蹦跳跳地甩着两只袖子往前走，军训服大了一码，看起来像个唱戏的。江震都怕她吃饭的时候衣服袖子会沾到米饭，赶紧扯着马尾把她拉回来，给她卷好了袖子再让她继续走。

林轻羽觉得他今天有点奇怪，但也没说什么，只是皱着眉站在他面前，歪头看了好几秒，然后又把袖子甩了出去。眉眼神气，非常嚣张。

江震心想：行吧，算了。

军训结束后就是国庆节，国庆节和中秋节连着，共放八天长假。

放假前一晚大家都异常兴奋，终于可以告别训练迎来真正的大学生活。洗完澡后，寝室四个人围在一起讨论假期去哪儿玩，林轻羽怯怯地举手："我要先回家一趟，没钱了。"

两个大家长一出差就是一个月,他们那边信号不好,林嘉晏高三了又住校,也不能带手机,基本上一个月回家一次。

林轻羽已经穷了一个月。太痛苦了!没有钱真的太痛苦了!

前两天还跟江震闹别扭,搞得两个人吃饭都板着脸。好在林轻羽不是那种一闹别扭就饭都不好意思吃的人,江震越是生气,她越是要吃,最好吃穷他!

赵佳佳说好,寝室四人一拍即合,约好2号再一起出去玩。

然而想到要放假了,大家兴奋得过了头。平时军训十点就想倒头睡觉,结果现在快十二点了还睡不着。躺在床上翻身都快翻了一个多小时,后背都被热得快熟了。后面不知道是谁先说话,寝室四人干脆全都坐了起来。

"我睡不着。"

"我也是。"

"肚子好像有点饿,要不下去吃点东西,泡面?"

"我觉得可以。"

"泡几份?四碗?"

"我减肥,少吃一点,三碗吧,桌上还有香肠,一起吃。"

"行,那我先下床。"

林轻羽其实有点困了,闻言也跟着迷迷糊糊地起来。

她一边穿拖鞋,一边揉着眼睛说:"那我去烧水。"

泡面煮开的时候,香味弥漫了整个寝室。

赵佳佳摆好了碗筷,叫她们都过来吃,章倩最慢,做什么都是最后一个。

林轻羽搬了张小板凳,乖乖地坐在桌前等章倩挑一个大家都爱看的下饭神剧。只是等她找到合心意的,泡面都要软了。

"你快点儿。"赵佳佳催她,指着旁边看着泡面两眼发直的林轻羽说,"你看孩子都饿成什么样了。"

章倩说道:"快了快了,会员过期了,等我充个钱。"

许飒也饿得不行,闻言干脆掏出自己的平板,说:"算了,反正漫漫长夜,不如大家一起来看个片吧。"

[4]

"看片?"

看什么片?两眼发直的林轻羽立刻就想歪了。

当然,她不是没见过世面的人。毕竟林邵军老来得女,对她宝贝得不行,生怕她年纪小被骗,早早就开始教她怎么保护自己。

但聚众看片,这不好吧!

许飒扭头看到林轻羽一脸复杂又精彩的表情,打开平板的动作一顿,一边伸手去捶她,一边道:"脑子里瞎想什么?我说的是纪录片!"

哦,纪录片也是片。

林轻羽正襟危坐的小肩膀一耷拉,撇了撇嘴,问:"看什么?"

"《动物世界》吧,这个也挺下饭的。"

"哦……"

还有点失望。

几个人挤在一块儿坐,找了小时候最经典的那一版解说的《动物世界》,开头就是:"春天来了,万物复苏,又到了动物们繁殖的季节……"

熟悉的配音,熟悉的画面,但百看不厌。林轻羽一边吃泡面,一边看得津津有味。

发现寝室里的老干妈吃完了,赵佳佳开始算这个月寝室的总开支,算完了提醒大家，说："上周我买了新的垃圾袋还有洁厕剂，一会儿记得每人给我转十块九毛啊。"话音刚落，深夜的寝室几乎"唰"的一声陷入了黑暗，只有平板还散发着幽光。

屏幕在播放《狮子大战疣猪》，四个人在黑暗中大眼瞪小眼。

"怎么回事啊？"

"停电了？"

"还是跳闸了？"

赵佳佳是寝室长，操心的"劳碌命"又开始工作了，她放下吃泡面的筷子，先是去门口检查一下寝室电闸，之后又打开手机，说："放心，只是没电了。"

夏天天气热，加上军训，她们一回来就开空调，耗电非常厉害。好在现在充值方便，赵佳佳在线上缴了电费，没几秒钟室内又亮了起来，只是转账每人又多了二十块。

然而问题就在于，林轻羽的余额还是那三块六毛八分，连买垃圾袋的钱都没有。虽然赵佳佳她们说先垫着，不用她马上掏钱，但林轻羽还是流下了泪水。

她决定不能再这么贫穷下去，她掏出手机，向她的金主发出夜间慰问。

Mumu："睡了吗？"

江震这个夜猫子立刻回了一个问号。

Mumu："你不知道，这两天我有多么痛苦、多么自责，我深刻地意识到前两天自己不应该向你发脾气。这种错误，真的真的很不应该。现在，我也终于得到了报应。因为我的天真、我的愚笨，我的爱人背叛我，朋友出卖我，家人抛弃我。我决定不能再这么下去了！今天肯德基疯狂星期四，微信转我 50 元，让我洗心革面浪子回头重新做人，而你——江震，就是我的大恩人！"

江震无语，并发过去一个省略号。

不到三秒，江震突然发来一个语音电话，手机的音乐声十分大，吓得林轻羽差点儿把手机摔了。她跑到阳台那儿才接起电话。

"喂。"

"半夜不睡觉发什么疯？"

他的声音有点沙哑，贴着耳蜗响起，林轻羽感觉自己像是被什么东西电到了，心脏都有点麻。

"啊……"她反应过来，声音放轻，"你是在睡觉吗，江震？"

"嗯。"他刚醒，人还在被窝里。

她不知道他的作息调回来了。

林轻羽想说那你继续睡吧，结果就听到了江震翻身起床的声音。他估计也是在寝室，怕吵到室友，于是走到了外面。

"饿了？"江震问。

她刚才发了一大串，江震第一眼看到的是她后面那一句"肯德基疯狂星期四"。

"这个点外卖要等很久，你想吃什么，我下去给你买。"

他已经下楼了。

"别别别，不用，我不饿。"

"那你要五十块钱干吗？"

林轻羽这一个月都没直接跟他要过钱，吃什么买什么都是叫着他一起去。

江震人站在楼道口，停下脚步，靠着墙点开了转账页面，准备给她发五百块钱。

她们看纪录片时声音是外放的，刚才停电折腾了一会儿，现在赵佳佳点击了倒放，重新看了起来，这会儿声音传到了阳台。

不就是借个50块钱嘛，怎么这么拉不下脸，早知道前两天就不跟他生气了，林轻羽哎呀一声，说道："你给不给嘛。"

"不给，你现在下楼。"

还50，5毛都不给。

瞧把他给厉害得，林轻羽也来了脾气，说了一句"不给就不给"，接下来更是厉害了，她直接把他的电话挂了。

泡面最害人的地方大概就在于，吃一包不饱，吃两包又撑了。四个人吃了三包泡面，连汤都进了肚子里，但还感觉差那么一点意思。

收拾完碗筷，看完一集纪录片，时间就到了凌晨。

几个人坐在下面消食，又山南海北地胡扯瞎聊，准备一会儿再上床休息。只不过聊天的声音都很小，怕打扰到隔壁寝室的人休息。

赵佳佳她们说到学院里的八卦精彩处，都不敢大声尖叫。只是林轻羽打开手机时被吓到了，江震居然给她发了十几条消息。

最新那条是一分钟前发的，只有两个字："下楼。"

[5]

玩笑归玩笑，一遇到正经事，林轻羽就没敢怠慢。

小跑着下去，看到江震就在她们寝室楼下。

夜色如水，他穿着白色的无袖连帽上衣和灰色长裤、运动鞋，脑袋上戴着帽子，单手揣在裤袋里，站姿都是跩跩的，另外一只手拎了一大袋东西，不知道装的什么。

林轻羽没敢去猜，因为他现在的表情看起来很想把她掐死。

"Hello，江震，晚上好。"林轻羽笑嘻嘻地跟他打招呼，"今晚的月色很漂亮是吧。"

江震哼了两声，皮笑肉不笑地看着她："看完片了是吧？"

小东西，现在才下来。

林轻羽心虚地揉揉鼻子："嗯，刚看完。"她严肃地纠正，"但那是纪录片！才不是什么乱七八糟的东西！"

"好看吗？"

"还行吧……"

《动物世界》嘛，小时候最爱看了，现在长大了再看也不会觉得腻。林轻羽刚才不过是趁江震满嘴跑火车之前，先下手为强，堵死这条路。

长进了啊，林轻羽。

江震都不知道是不是该鼓掌夸夸她，再颁一个小奖杯。

他把刚才买的肯德基送到她手里。

"行了，回去睡觉。"夜已经很深，再不回去睡觉鸡都准备起来打鸣了，江震不想在这耗着和她继续拌嘴，轻轻一扬下巴，示意她赶紧回去。

林轻羽却问："你刚去买的？"

"嗯。"

学校附近有一家24小时营业的肯德基，走过去也不远，刚才问她要吃什么，发了十几条消息她都没回复，江震干脆每样都买了点儿。

"晚上少吃点，吃不完也没关系，剩一些可以明天当早餐。"

她的耳朵有点红红的，看起来很柔软，很好捏，林轻羽平时就很喜欢捏自己的耳朵。这会儿江震看着也有点手痒，但他不敢碰。

他只是鼓足了勇气，尽量让自己看起来显得自然，大手一伸拍了拍她的脑袋："去吧，皮卡丘。"

"早点睡。"

林轻羽还没反应过来,就被江震推着走了几步。

他站在原地看着她进去。

袋子有点重,她费力地提了提,然后冲他小声喊了句:"那你也回去早点睡……"

"等会儿。"江震又把她叫住了。

"干吗?"林轻羽回头,看着他走过来。

高大的身子往下弯,身后是路灯,他的影子把她罩住了。江震突然离她好近,林轻羽有点儿紧张,但是没有后退,只瞪着圆溜溜的眼珠看着他,乖巧得江震想把她揣在口袋里。

但他只是弯腰,用自己的额头磕了她的脑门一下:"把你脑子里的带颜色的废料撞出来。"他说道,"下次想要什么,就直接跟我说。不管是闹别扭了还是真吵架了,都不要不好意思,知道吗?"少发那些乱七八糟的文案给他,还满嘴胡说八道。

林轻羽问:"就算我骂江震是个浑蛋,然后跟你绝交也可以吗?"

江震沉默了一瞬间,笑道:"你试试。"

"开玩笑嘛。"她跟着咧嘴笑,拿着东西跑开了,但想了想,又回头对他说,"江震,我们不会绝交的。"

她说:"我们永远是最好最好的朋友。"

江震说:"知道了……"

但落寞的影子垂下,他不只是想和她做朋友。

林轻羽回来后和室友一起吃了块炸鸡,打开手机发现上面还有一条转账记录。她刚才没仔细看,这会儿才发现江震转了五百块钱过来。

林轻羽第一时间就把寝室垃圾袋还有电费的钱一起转给赵佳佳了。

赵佳佳很惊讶:"你这么快就有钱了?"

刚刚余额里明明还只有三块多,这还是为了保证她假期能坐地铁回去千方百计省下来的。

林轻羽说:"啊,刚刚江震给我的。"

不过这些钱她回去还是要还的。

相处了一个月,许飒早就看出了一些猫腻,她吃着东西腮帮子一鼓一鼓的,非常淡定地说:"你那发小喜欢你吧。"

章倩也跟着说:"我也觉得,大晚上的还给你送东西。"

林轻羽说:"没有吧。"

这些行为她都习惯了,以前江震也经常这么做。

"我们之间都是随叫随到啊。"

林轻羽想起他们小学四年级那会儿,江震上厕所没厕纸,还是她过去送的呢。

有时江震心情不好,第一个来找的人也是她。虽然高中三年两个人见面少,但关系还是很好,现在再见面也不会生疏。就好像是一家人,从来都不会分开。

可是赵佳佳说:"你们又不是同姓,和你弟不一样,也不是同一个爸妈生的。"

这怎么会一样呢?

林轻羽突然沉默下来,过了一会儿才说:"是吗?"

"不是吗?"赵佳佳问,"都好到这份儿上了,你们难道从来没有暧昧过吗?"

"怎么暧昧?"

"就是身体上的一些接触。"许飒说。

"有啊。"林轻羽很快回答道,"小时候我俩经常打架。"

赵佳佳咬着鸡腿有点无语:"没问你小时候,问的是现在。"

林轻羽以前又没有和人暧昧过,只偷偷喜欢过一个人,不知道什么样的身体接触才算暧昧。

如果非要说碰碰肩膀碰碰胳膊的话,以前她后面的同学想抄她的作业也会做这些动作;学校组织排练节目的时候,她甚至和男同学拉过手。但是这些都很正常,不过分也不暧昧。

在她的认知里,超过这些范围的接触才算亲密,只有亲密才算暧昧。江震从来没有做过什么越界的举动,除了高三那年寒假。

他们的假期只有七天,林轻羽还去了爷爷奶奶家拜年,回来的时候都以为碰不到江震了。

林轻羽的手一到冬天就容易生冻疮。教室暖气太足,意识容易昏沉,老师上课的时候都会让坐在窗边的同学开条缝,又把前门打开通风。

林轻羽个子矮经常坐在第一排,冷风吹进来时冻手,戴手套又不方便写字,右手小拇指已经痒得长小疙瘩了。

所以回校的那天下午,林轻羽出门的时候都在搓小拇指,没想到转头就在楼道那儿碰见了江震。他们大概有大半个学期没见了。

江震穿着长款的黑色羽绒服,把自己包裹得很严实,不知道是不是感冒了,他还戴了个黑色的口罩,就连叫她名字时声音都哑哑的。

他说:"林轻羽,过来。"

要不是这一声,林轻羽都没认出他。

"干吗?"她走过去,"你怎么打扮得像个抢劫犯?"

他的脸被口罩遮住,只露出一双眼睛,黑亮黑亮的,双眼皮的褶皱深,眼尾展开时竟然有点漂亮。

她走到他面前，江震似乎觉得还不够近，扯着她羽绒服里面卫衣的那两根带子，又把她往前拉了拉。

那时她看出来他的情绪好像不太好，有点儿低落。

等她在江震面前完全站定时，他垂眼就看到她手上的那块冻疮，像是早就猜到，从口袋里掏出一个圆滚滚的暖手宝，焐在她手里，他又掏出一支治疗冻疮的药膏。

药抹在冻疮上时其实很舒服，他的力度也很适中，没有半点暧昧，可是林轻羽感觉心在那一瞬间似乎被羽毛轻轻地挠了一下，痒极了。

始作俑者却没有察觉。

"好了。"他只轻轻地拍了下她的脑袋，"走吧，好好上课。"

再往前追溯的话，她想起有一年寒假，她和徐思达都在江震家跨年看电影。

那年春节档上映的电影都不怎么样，他们都不爱看，索性就在家找了经典的老电影一起重温。

徐思达是最不能熬夜的，不到十二点就睡着了。只有她和江震还在看电影，等待零点的到来。但是到了十一点半，她也有点儿昏昏欲睡。

醒来时她还躺在懒人沙发里，身上盖着毛毯，脑袋下面是江震的大腿。

他的手就搭在她的后脑勺上，似乎感觉到她的动静，眼睛看着电影，手指动了动，下意识地拍了拍。

她不知道为什么，一直装作没醒的样子，闭着眼睛。电影结束了，他关了电视机，室内一下子变得安静。而后，江震轻声说了一句："新年快乐，林轻羽。"

早上醒来时，沙发上只剩下她一个人。昨晚上发生的事好像她的梦一样,天亮了,就了无痕迹了。

……………

其实从那时开始,她就已经发现江震长得很高了,只是她从食堂出来的那天坐电梯时才真正地留意。还有刚刚他拿头撞自己的脑门时,她的脑海里像是有什么东西突然炸开,噼里啪啦地闪着火花,心跳在加速。然后她想:江震怎么这么高。

赵佳佳一脸期待,问:"想到了?"

林轻羽点头:"嗯。"

"就那么一次……我好像,很紧张。"

脸都红了,但这句话她没敢说。她靠在江震怀里,两人呼吸缠绕,紧张到心跳都变得很快。

赵佳佳接着问:"那你们当时有没有说什么?"

"有。"林轻羽又点点头,"我说我可以用头把他顶死。"当然,原话是说"我感觉我用头一顶,能直接把你顶吐血"。

寝室里的其他人齐齐地翻了个白眼。

第三章

暗恋对象

[1]

放假后,赵佳佳她们不想去街上人挤人,最后定的是去山里露营。地方还挺远的,不过许飒会开车,直接租了一辆车,四个人刚好坐满一车。

只是赵佳佳觉得不够热闹,还叫了其他院系的朋友一起。军训期间校学生会举办了招新活动,赵佳佳在科技部里认识了不少人,大都是计算机系的。

俗话说大学里找对象要趁早,因此这也算是一次小小的联谊活动。听科技部的朋友说,他们还有两个室友长得超级无敌帅。

林轻羽身边已经有个帅得"惨绝人寰"的发小,赵佳佳也就没考虑她,主要是为自己、许飒还有章倩考虑。就算拿不下,看看帅哥养眼也是可以的。

不仅如此,她还让林轻羽叫上江震:"你老公好像也是计算机系的,叫上他一起呗。"

刚才科技部的人发消息说他们寝室最帅的那个不去,赵佳佳心想不去就不去,反正再帅也帅不过林轻羽她发小。

这一个月她们管江震叫"你老公"已经叫顺口了,林轻羽说了也改不掉。打不过只能加入,她已经免疫了,非常自然地说:"我问问。"

临时约人不太好,她们现在都在路上了,江震不一定愿意去。但是他们从小到大一直都是随叫随到,没那么讲究。

江震看了眼时间，只说："我晚点到，地址先发我。"

江震愿意来已经很给面子了，林轻羽立马说，好的，然后把定位发了过去。

过了会儿江震说徐思达也想去。

他们三个人一起长大，都是发小，区别只在于江震高中那三年没有和他们同校，而徐思达一直都和林轻羽一个学校，只有大学不在同一所。不过徐思达很少找林轻羽玩。

高考之后，徐思达不是待在俱乐部，就是去江震家打游戏。上一次林轻羽见徐思达，还是因为徐思达他们俱乐部办了一个赛车活动，邀请江震和林轻羽一块儿看。

有个女选手长得特别漂亮，每次有人叫她的名字时，徐思达的反应都很奇妙。

林轻羽还在想，他今天会不会把对方带过来，但问过之后，发现只有江震和徐思达两人过来。赵佳佳她们都不介意再来一个发小，于是林轻羽就回复："好。"

绮石山在常泞的东部，早上还可以看日出。

路上有点堵车，林轻羽她们到的时候已经下午四点了，搭好帐篷、弄好场地后只能勉强看个日落。

科技部的人比她们先一步到，准备了很多食物。赵佳佳领人过去介绍，结果林轻羽看到最旁边的那一个就弹到了许飒身后。

啊啊啊！谁能告诉她为什么周墨也在这里！

"林轻羽，你干吗？"许飒回头问她。

林轻羽继续做缩头乌龟："那个……我社恐。"

"社恐个屁。"赵佳佳把她拉出来,对科技部那边的三个男生说,"这个也是我室友,我们寝室的小不点,林轻羽。"

"你好。"

三个男生异口同声,都非常友好。

和赵佳佳一起组局的那个人名叫薛家明,他说:"原本我也想把我们寝室的人都叫过来,但我另外一个室友有事来不了,所以这次就只有我们三个人。"

"没事没事,我们一会儿还有两个朋友要来呢,九个人够了。"

赵佳佳和他们关系很好,介绍完之后气氛很快就活跃了起来,章倩也不拘束,已经和另外一个男生一起去铺野餐垫了。

许飒问林轻羽要不要喝果汁,她说不要,眼神偷偷地去看正在搭帐篷的周墨。他长得文质彬彬,也非常有礼貌,不笑的时候感觉和许辞有点像,类似"高岭之花"。之前身边的人还调侃,说周墨长得像她男神。

以前林轻羽暗恋过他,还曾经因为玩游戏输了,向他传过话,约他在操场见。不过周墨和她打招呼时,态度温和友好,好像并没有认出自己。其实他们本来就不太熟,周墨不记得也好,不然每次看到他,林轻羽都很心虚。

太阳已经快下山了,江震帮徐思达修好电脑后才姗姗来迟。

在路上的时候,江震开车,林轻羽的消息是徐思达帮他看的。林轻羽发来了很多条消息。

江震没想到今天林轻羽竟然这么积极,不仅主动邀请他去露营——虽然是临时叫的,还这么关心他,消息不断。

高中分开了三年,江震此时怎么感觉有点像小别胜新婚,林轻羽居

/043/

然比以前还黏他。他就说他和林轻羽跟她和徐思达之间还是有点区别的。

来之前,徐思达还说自己跟林轻羽才是天下第一好,简直是做梦!

"她说了什么?"江震听到手机提示音接二连三响个不停,握着方向盘,语气漫不经心,实则扬起的嘴角都在嘚瑟,"消息太多的话你就挑重点说,反正还有500米我们就到了。"

车已经快开到山脚,林轻羽他们在半山腰的平地上,爬个坡上去用不了几分钟。

徐思达打开手机,看到最新的那一条。

"林轻羽问你,现在能不能掉头回家。"

"她说,今天下雨有泥石流,山体坍塌好像露营不了了。"

江震沉默了。

[2]

薛家明他们买了很多吃的,有女生喜欢吃的零食、水果和饮料,也有烧烤和啤酒。章倩带了些寿司便当,赵佳佳则神秘兮兮地藏了一盒东西。

国庆来这露营的人还不少,不过场地够大,他们有九个人,女生四人搭一间帐篷,男生搭三个,一人一间。男生搭好帐篷后,都过去帮女生搭。

起初薛家明跟林轻羽说,让她的那两个朋友不用带帐篷了,他们男生挤一挤没关系。

徐思达人糙一点倒还好,可以随便挤,但江震这个大少爷连他们用过的东西都不会碰,哪会跟人挤。于是林轻羽就说算了,让江震等会儿自己再搭一个吧。

五点的时候他们已经在生火烤串,周墨连搭了两个帐篷后过来休息,和林轻羽一起串花椰菜和青椒片。

林轻羽很紧张，不太放松，几个串串都弄得奇丑无比。周墨又有点强迫症，经常不动声色地拆下来又串得整整齐齐，放在刚刚拿出来的一次性餐盘里。

林轻羽见了只能尴尬地笑道："刚刚那样是不太好看。"

周墨说道："嗯。"

一个字，终结了话题。

林轻羽尴尬到了极点，望着眼前的山山水水和被夕阳晕染的天空，她开始用脚趾抠地。

尤其是刚才和薛家明聊天时，得知江震竟然就是他们口中的那个"超级无敌帅的室友"之后。

而且他和周墨竟然是对床。

她应该宅在家里，不应该来这里，她来这里露营干什么呢！

林轻羽垂着脑袋用眼神搜索，看许飒和章倩在干什么，她现在好想换一个工种。

还在串蔬菜的周墨却突然叫她："林轻羽。"

"嗯？"她立马抬起头，连身体都站直了，一副不敢懈怠手里的工作的样子，"在呢。"

周墨笑了笑，林轻羽突然有一种不好的预感。果然，下一秒他就说："其实我记得你。"

"你是文四班的吧？"

"在我们班楼上。"

每蹦出一句话，林轻羽的小心脏就抖一下。

他和林轻羽都是市一中的,周墨学的理科,他们班楼上就是文科四班。两个班都靠着楼梯间。

周墨其实对林轻羽还是有点印象的,因为他每次站在走廊,都能看见有个人本来蹦蹦跳跳地下楼,结果看到他之后就连滚带爬地跑了回去,连厕所都不去上了。

周墨一开始觉得奇怪,后来才知道,她就是那个人——约自己操场见又放了自己鸽子,后来还写信道歉的那个人。

不过周墨对她的印象不止于此,因为高一的时候林轻羽就挺出名的。

别人上台演讲,紧张的时候会有点磕巴,她却滔滔不绝,结束时还喊话校长,说一中的饭菜不太好吃,能不能让食堂少放点盐。

虽然那一次演讲比赛的第一名是周墨,但他对倒数第三的林轻羽印象深刻。因为除了前面讲的那些内容,他觉得林轻羽后面那句讲得确实挺对的——食堂的饭菜的确油少盐多。

刚才碍着人多,周墨没有表现出和她认识的样子,但是现在说出来,她好像有点误会了。

林轻羽硬着头皮道歉:"对不起啊,我那次不应该捉弄你……"

高二那年林轻羽玩游戏输了,被同学整蛊,要玩一个大冒险,让林轻羽下楼随机找一个男生,对他说:我有很重要的话对你说,下午放学,我们操场见。一般不熟的人都不会当一回事,也能马上猜到这人肯定是玩游戏输了。

林轻羽下楼碰见的就是周墨。她自己可能也有点私心,只是游戏不应该当真。

先不说周墨会不会去,她要是真说了,周墨脑子进水一口答应的话,那岂不是影响别人考大学吗?这种耽误别人的事情,她不敢做。

当面对他讲那句话已经花了很大的勇气，林轻羽不好意思再去找周墨，让他们班同学传话，说刚刚只是开玩笑。谁知这话没传到周墨耳朵里，周墨竟然真的去操场了。

下着雨，整个操场只有他一个人。

事后还有人造谣，说一中理科班的学霸周墨遭遇了人生重大打击——至于是何种打击，各种说法都有——于是周墨想不开跑去操场淋雨，班主任还叫他去办公室写了三千字检讨。

虽然后面有人澄清，那所谓的三千字检讨其实是往年全国数学竞赛的真题，班主任叫他过去做一遍，测测水平。

林轻羽写了一封道歉信，夹在了他桌上的课本里，不知道他有没有看见。但是不管怎么样，林轻羽觉得还是当面道歉比较真诚。

周墨轻声说没事。

"那我们这事……翻篇了？"

周墨说："当然。"

这不过是一点儿小事，他压根儿没放在心上，也没有记恨她。

他只是很好奇："不过，你那次想跟我说什么？"

"啊？"

[3]

林轻羽抬头，看到他低垂着眼，笑容很温和，眉眼干净，表情好像很随意，但又有点儿执拗。

"你不是说，有很重要的话吗？"他问，"我想知道，那句话是什么。"

哪怕只是恶作剧，他也很想知道，如果他赴约那天真的见到她了，那一句很重要的话是什么。

林轻羽抓了抓耳垂:"其实那个时候吧,我还……"

因为恶作剧这个小误会解开后,周墨也没有把那些谣言怪到她头上,林轻羽觉得周墨还挺大气的。

大大方方地说开,加上事情又过了一两年,那些事也就不是什么事了。所以林轻羽想说,其实那个时候我也不完全是想捉弄你,我还挺喜欢你的,但是我不好意思,而且不想影响学习,所以就没有开口。能在学校里看到你很高兴,如果你以后的女朋友听说了以前的那个谣言,她林轻羽虽然不能以死谢罪,但保证为他做证,还他清白……

但在这时,许飒丢的橘子砸到了她的脑袋上,她头脑中激情四射的感言就此终结。

"林轻羽,你老公来了,去接一下。"

林轻羽的手机放在了野餐垫上,刚才江震打来电话她没听到,是许飒帮忙接的,说他现在已经在山脚下了。

江震又不是第一次来绮石山了,而且刚才给他发了定位,林轻羽就说:"他不能自己过来吗?"

许飒摇摇头,模仿江震的语气道:"你老公说不行。"

"为什么?"

"他说遇到了滑坡上不来,也担心你被泥石流冲走了,不放心。说,活要见人死要见尸。"

林轻羽哑口无言,许飒拍拍她的肩膀,顺便接过她手里串烧烤的活儿,还催她:"快去吧,别让你老公等急了。"说话时,完全不顾周墨在一旁。

林轻羽到山下的时候看见江震靠在车门上,双手抱臂,懒洋洋地站着,冷笑的表情却像是要把牙咬碎了。

"林、轻、羽。"他勾勾手指,"过来。"

林轻羽脚底抹油,掉头走人。

"哎哎哎,你别拉我啊!"

林轻羽没走几步,就被江震拎着衣领往回拉。

"我来了,你跑什么?"江震弯腰就把她锁在自己的胳膊底下,捏着她的脸问,"带我过去看看那个泥石流长什么样。"

还泥石流,泥石流怎么不把她这个小东西冲走!

国庆七天的天气预报都是大太阳,他来的路上开着车都得戴墨镜,现在晚霞漫天,草尖儿都是暖洋洋的。

现在她撒谎都不用打草稿了?

林轻羽对着他拳打脚踢,说她福大命大不行啊,但他将她锁得紧紧的,林轻羽踢不到他,只能抱着他的腰掐,江震的上衣都被她蹭乱了。

徐思达去后备箱拿刚买的物资,回头看到他们俩一见面就搂搂抱抱的,简直不忍直视。

"喂喂喂,光天化日下,注意点形象啊,快过来拿东西。"

"听见没有!江震,注意点形象!快放开我!"

江震揉了她的脑袋好几下:"你有个屁形象!"

松开时林轻羽的头发都变成了鸡窝头,几根头发乱糟糟地飞出去。

徐思达说:"你跟她玩什么呢,欺负弱小可不行啊,瞧把我们木木妹妹的发型弄成什么样了。"

"就是,就是。"林轻羽立马可怜兮兮地跑到徐思达身后,还帮他拎了一袋零食,"还是思达哥哥好!我就说你骨骼惊奇一表人才,长得就是比江震那帅,最主要的是还长了一副菩萨心肠。"

江震闻言又把她拖了回去:"你再说一遍?"

"徐思达天下第一帅——"

上山时两个人还在吵吵闹闹，江震捂着她的嘴，到了山腰后他的手背、手腕上都多了几个牙印。

薛家明看到之后问谁咬的，江震说狗咬的，然后林轻羽又扑过来打他。

林轻羽身边的异性都挺好看的，弟弟是，江震也是，所以得知徐思达要来的时候，赵佳佳她们的期待值都拉满了，一见面的确没有失望。

林轻羽的两个发小颜值都挺高的，虽然徐思达不比江震帅，但两个人各有千秋，而且是个自来熟。

然而要命的是，林轻羽忘了他和自己是一个高中的，不仅认识周墨，还知道自己约了周墨去操场的事。所以他一到就指着周墨说："欸，木木，这不是你那暗恋对象吗？"

此言一出，在场的所有人都齐刷刷地看着她。

章倩嘴里吃的寿司都掉在了地上，薛家明寝室那两个人估计也没想到，满眼震惊地看着他们。

江震的表情都扭曲了："林、轻、羽。"他用大手遮住她的脸，把准备遁地的林轻羽搂了回来，"这就是你说的那个泥石流？"

[4]

如果能做到的话，林轻羽想用脚指头把地心抠穿了，然后跳进去，就不用面对这尴尬的一幕了。

刚才她还夸奖徐思达菩萨心肠，结果下一秒他就把她高中的那点事抖了出去。

阴险、狡诈、"腹黑"，简直不是人！

晚上江震自己一个人搭帐篷,其他人都在做自己的事情。

绮石山在夜色的笼罩下,景色看起来比傍晚时还漂亮。月光皎洁,大片银色的纱倾泻下来,赵佳佳她们还带了氛围灯,这会儿正围着烧烤架放着音乐。

他们有个室友带了吉他过来,不一会儿,就弹起吉他,几个人跟着唱歌。

其间,周墨过去问江震要不要帮忙,但江震说不用,让他歇着去,周墨也就回去坐下了。

气氛好像没有很古怪,但林轻羽坐了会儿,还是拿了个橘子挪到了江震旁边。

"江震,你要不要先吃点东西啊?这个橘子超级甜,想吃的话我帮你剥。"

她的语气可以说非常狗腿,只可惜江震都没正眼看她:"不去找你那暗恋对象聊天?"

"什么暗恋对象啊,没有的事。"

"哦,可是我怎么听说,某人还约他去操场见面了?"江震用大石头把帐篷绳固定好后,饶有兴味地看着她说,"你这高中生活过得还真是多姿多彩啊。说说看,你们都聊了什么?"

敢说出来她就死定了,江震冷笑。

林轻羽真想一脑袋把自己撞死:"那真是个误会!谣言!"

"那你不喜欢他?"

林轻羽摇头:"不喜欢!"

"真的?"

"比你这张帅脸还真!"

"可是周墨长得也很帅。"江震故意做出一副为难的样子，虽然林轻羽不知道他有什么好为难的，还叹气！

"聪明，能干，有礼貌。"他一条条地数，"我要是女生，都想马上嫁给他。"

林轻羽无语，心想，那你去嫁给他好了。

虽然心里一直在骂人，但林轻羽还是拽着他的衣角，左一句哥哥右一句哥哥，把这辈子学来的甜言蜜语都说尽了。

"周墨有什么帅的啊，这个世界上没有人比你更帅了。"

"可你刚刚说徐思达天下第一帅。"

"那都是我骗他的，而且你江震是超级无敌宇宙第一帅，不是凡夫俗子能比的。"

"你发誓你现在说的都是真的？"

"我林轻羽发誓，以上说的每一个字包括标点符号都是真的，如果有半句虚言……"林轻羽咬咬牙，立下毒誓，"我以后的老公就是天下第一丑男。"

江震面无表情地摁下了手机录音软件的暂停键，但一时间不知道要不要保存。

"行。"他懒洋洋地答，"我录音了。"

"那你不会把这件事告诉老林吧？"林轻羽小心翼翼地问。

林邵军管她管得可严了，要是被他知道这事……虽然说这件事不知道在他看来算不算严重，但多一事不如少一事，她可不想一回家就被念叨。

江震就知道她这么讨好自己，只是为了让自己闭嘴。

"说几句好听的就想收买我？"江震吊着眼角看着她，指了指自己的唇，"不得给点儿封口费？"

"什么封口费？"

江震视线往下，落在她手里拿的那颗橘子上："不是说超甜吗？剥给——"

不知道是不是他们这边的动静太大，坐在人群中的周墨抬眼看了过来，视线灼人，隔着晚风和夜色，眼里的情绪晦涩难辨。

因为他的这一个眼神，江震卡在喉咙里的话忽然就变了，笑眯眯地对林轻羽说："喂给我尝尝。"

林轻羽心里想的是，他是不是有病？

不过江震这人的确是有点儿"少爷病"在身上，今天出来露营，大家都没带蚊香和花露水，差点被蚊子咬死了，还是江震救的急。他一直都娇气得很。

林轻羽为了保命，当然是有求必应。

江震为了照顾她的身高，弯腰下来，眼神和她平视。或许是距离一下子拉得太近，江震那张脸又的确长得无可挑剔，尤其是他的眉毛乌黑，眼珠更甚，烛火和灯光都倒映在他的眸子里，比夜色还深邃迷人。

她的视线往下，看见的是薄薄的两片嘴唇，很红润，还很软的样子。

她的心跳有点加快，橘子还没剥好，指尖已经开始发痒。

林轻羽想到一会儿要把橘子喂到他嘴里就紧张，剥好之后想整颗塞他嘴里，但这个想法好像被他先一步看穿了。

"我嘴巴没那么大，别想一口塞进来。"江震说，"一瓣一瓣地喂。"

林轻羽震惊了："你有这么娇气吗？！"

这个橘子好像还没她拳头大吧？以前跟她抢东西吃的时候，包子他都能一口吞了。

结果江震笑笑说："不好意思呢，我连饭都是一粒一粒数着吃的。"

林轻羽震惊到失语。

[5]

"快点儿。"

江震催她,林轻羽没有磨蹭,把橘子掰成一瓣一瓣的。

她的手指莹白如玉,细细长长的,长得很漂亮,手指头还很圆润,透着点儿粉。

橘子还没喂到他嘴里,江震的喉咙已经开始收紧了,有点发痒,吞咽的动作被淹没在夜色中。

林轻羽捏着一瓣:"来,张嘴。"她的小脸白白净净的,睫毛很长,眼睛是圆圆的杏眼,湿漉漉的,干净又清澈。

她的嘴巴微张着,有点儿呆地看着他:"吃啊。"

她的语气有点儿着急,耳朵已经悄无声息地红了。她在凶他,但声音很软,更像是撒娇,恼羞成怒的表情有点好玩。

橘子的果肉被咬碎时,他尝到了甜味,汁液饱满,非常可口。

江震连吃了好几瓣。

她的耳朵越来越热,越来越红,像是被他的眼神给烫到了。着急完成任务,她的手指不可避免地碰到了他的嘴唇,和想象中的一样,很软。

此时江震的眼神已经不像是在吃橘子了,像是盯着自己的猎物,一点点地把她锁定、收紧。

这个认知让林轻羽很紧张,变得结巴,"吃……吃完了啊。"

喂完最后一瓣,她触电一般收回手,小跑着回到了烧烤架旁,背着众人,抖了抖小手,又抬起来捂耳朵,嘴巴呼气吐气。

怎么回事啊,她悄悄地问自己,怎么感觉要被"电"得发烧了。

江震搭完帐篷后回去和他们坐下，徐思达靠过来，压低声音说："怎么样？吃完橘子开心多了吧？"

"滚。"

江震塞了一颗没剥皮的橘子过去，徐思达呸呸两声，苦死了！

"还生气？这要不是我，木木会给你喂橘子？美吧你就。"

江震喜欢林轻羽这事，徐思达早就知道了。男生对这种事好像天生就敏感，都不用问，一个眼神就能看出来。

曾经徐思达还帮江震试探性地问林轻羽，假设他是阿泽，江震是狗焕，你要选哪一个？

当时他们在一起看电视剧《请回答1988》，这是挺经典的一部片子，很温馨，亲情友情爱情都拍得很好。

有很多人喜欢阿泽，也有很多人喜欢狗焕。徐思达以为她也会选其中一个，结果林轻羽说我一个都不选。

比徐思达先问出为什么的人是江震。

林轻羽说："电视剧是电视剧，现实是现实，为什么要和发小谈恋爱啊？做一辈子的好朋友不行吗？"

就是因为这句话，江震一直没有在她面前袒露自己的心声。

是啊，为什么一定要说呢？做一辈子的好朋友不好吗？

很多年后再想起那个吻，阿泽问德善为什么撒谎骗他，德善给出的解释是——

"会尴尬吧。"

他们是朋友，发生了这种事情，会尴尬吧，说破了可能没办法继续做朋友了。

进一步不行,退一步也不行,不如就保持现在的关系,还能一直做朋友,最好最好的朋友。

可是现在突然看到有一个人也会用和他相同的眼神去看林轻羽,江震就觉得——

不行,他没有办法,和林轻羽一直做朋友。

第四章
真心话大冒险

[1]

在烤新的烤串时,其余人都在另外一边玩扑克牌,不知道遇到什么好玩的事情了,笑声一片。

只有周墨在江震旁边,他看了一眼满脸贴得都是字条的林轻羽,说:"原来那天跟你一起在食堂的人是她。"他笑了一下,"我都不知道你们是发小。"

周墨那天在食堂碰到了江震和林轻羽,他回头的时候看到了江震,却没看清楚林轻羽的脸,也就不知道和江震在一起的是林轻羽。

这一个月来,寝室的人都知道江震每天都去跟他发小吃饭,但学校食堂那么多,他们又不是每一次都在学校吃,压根儿就没见过那个发小长什么样儿。

薛家明他们还八卦过,天天陪着吃饭,那个发小大概是个女孩子吧,长得漂不漂亮,带我们看看呗。

江震说一边去,漂不漂亮关你们什么事。江震这么护着,大家都默认了他对那个发小有意思。

只是刚才周墨看到林轻羽在那慢吞吞地喂江震吃橘子,还听到赵佳佳她们一口一个"林轻羽老公"地称呼江震的时候,虽然知道是玩笑话,但心里还是有点不是滋味。

"不是发小。

"因为我会追求她。"

江震："我会让她成为我的女朋友,我的人生伴侣,不仅仅是发小。"

周墨没想到他会这么直接,惊讶地抬眼看过去。不过想了想又觉得正常,因为江震就是这样的人。

他在给林轻羽的烤鸡翅刷蜂蜜,说完又问:"你也喜欢她?"

周墨的嘴角扬了扬:"嗯,她很可爱。"

"行啊。"江震懂了,也不拿林轻羽发小的身份欺压他,"那咱们公平竞争,不过先提醒你一句,我这儿近水楼台先得月。到时输了,别怪我欺负你。"

江震做事向来坦荡大方又自信,直接摊开说清楚,哪天谁输了谁赢了,大家都还能继续和和气气地做室友。

周墨喜欢林轻羽,江震虽然吃醋,但也不会生气到哪里去。

他喜欢的女孩那么好,别人觉得可爱也正常。如果留不住,是自己没本事。

来之前,薛家明说过寝室里有两个帅哥,一个江震一个周墨,此时两个人站在一起烤串,的确是道非常养眼的风景线。

赵佳佳她们玩了一会儿扑克之后就聚在一起交头接耳,看着烧烤架那的两个人说:"他们在聊什么呢?"

"不知道,八成是在说林轻羽吧。"

"一个老公,一个暗恋对象,看起来好刺激!"

"老公不只是开玩笑吗?"

赵佳佳突然猛拍大腿:"你少管!我现在押他是真的!"她可是十分看好江震,青梅竹马,白头偕老,多浪漫啊。她投江震一票。

在这之前，薛家明他们还挺八卦江震和林轻羽，但现在知道林轻羽和周墨还有这段缘分，也开始看热闹不嫌事大。

"那我投老周一票！"

"我也是！"

几个人你一言我一语，女生都把票投给了江震，男生都把票投给了周墨，只是到了后面，许飒突然开始跑票。

赵佳佳问她搞什么，现在三比二，她们这边要输了。

"你不懂，男人的好胜心是非常奇怪的。出现一个周墨，江震本来就不高兴了，现在我们先把周墨的票数拉上去，他知道后说不定会把战斗力拉满了，主动出击。"

许飒扶了一下眼镜，眼神睿智而冷静。赵佳佳和章倩立马竖起大拇指，但又开始担心：万一江震认输怎么办？毕竟周墨看起来还挺像个劲敌。

林轻羽脑子本来就缺根筋，情窦初开就喜欢上了周墨，江震这个青梅竹马虽然有优势，但怕就怕在竹马敌不过天降啊。

在一旁看了很久热闹的徐思达突然开口道："那可不一定。"

他刚才没投票，此时看向蹲在不远处被惩罚的林轻羽，嘴角含着笑："以前是江震惯着她，现在可就不一定了。"

现在有人激发了江震的占有欲，他不会继续退守在原来的位置。

徐思达喝了口水，悠闲地对众人说："等着吧，我打赌不出三天，我们的小乖乖就会投入青梅竹马的怀抱。"

到时候哪儿还有周墨的事！

因为徐思达这句话，今晚的气氛瞬间变得火热。

山间有风，温度降下来后十分凉爽，但此时还是感觉很躁动。

江震他们已经把串烤完了，赵佳佳说要玩新的游戏，林轻羽刚才做青蛙蹲做得大腿发麻，撑着膝盖回来时，只有江震和周墨旁边的空间比较大。

她根本没有犹豫，也没想那么多，一屁股坐在了江震边上。

周墨闭上了想要邀请她的嘴，脸上多了几分落寞。江震挑挑眉，看向周墨的眼神像是说：承让了。

林轻羽坐下后才发现大家的表情都有点微妙，问："怎么了？"

赵佳佳拍拍手说没什么："现在我们人齐了，开始边吃边玩吧。"

野餐垫上散乱的扑克牌已经收了起来，九个人围着坐，啤酒、饮料和烧烤都放在旁边，一会儿吃的时候再拿。但大部分是喝的，倒出来的几杯看起来还挺黑暗。

林轻羽今天倒霉透了，看这阵仗不像是要玩普通的小游戏，心底暗叫不好。

果然，问赵佳佳要玩什么时，她突然笑得非常阴险，这时才把刚才神神秘秘藏起来的卡牌盒子掏出来："真、心、话，大、冒、险！"

[2]

野餐垫上不好转酒瓶，赵佳佳拿出刚刚的扑克牌，抽了九张放到垫子中间依次排开，牌面上分别是 A、2、3、4、5、6、7、8。A 有两张，红桃 A 和方块 A。

拿到方块 A 的是输家，方块 A 选好是接受真心话或者大冒险之后，红桃 A 有权利选择怎么惩罚方块 A。但是他也可以放弃这个特权，随机从盒子里抽取卡牌，按照卡牌上写的来惩罚。

大家一面倒抽一口凉气，一面兴奋地呜呜叫。因为谁也不知道卡牌上写的什么，尺度是大还是小。它像是一个潘多拉盒子，刺激着每一个人的神经。

不过遇到不愿意回答的真心话，方块A也可以选择喝酒。只是逃避一次喝3杯，两次6杯，成倍递增。

"先说好啊，咱们这次是联谊活动，有熟人也有新交的朋友，所以真心话大冒险都要放开玩，不要害羞，不要社恐，也不可以耍赖皮。当然，大冒险做的事情过后大家也不要当真。"

说到"不可以耍赖"时，她的眼神锁定了林轻羽。

林轻羽心虚地低下头，旁边的江震忽然靠过来："不敢玩？"

"怎么会！"

两个人靠得很近，低声交流，看起来像在说悄悄话。

赵佳佳问还有没有要补充的，其余人都说没意见。

开局大家先喝一杯酒。

林轻羽喝完感觉身体热热的，脸蛋微红，抬眼忽然发现对面的周墨一直在看自己。

她挠了挠腮帮子，心想，奇怪，她脸上有脏东西吗？

"开始抽牌了，别分心。"

再把规则重申一遍之后，赵佳佳把所有人的注意力拉回来，然后洗了下扑克牌。

挨个儿抽取后，玩家自觉地把牌面亮出来。

第一轮抽到方块A的是章倩，她直接选了大冒险，不过拿到红桃A的徐思达对女生很绅士，主动要了特权，只让她喝了杯饮料。

第一局算是热身，到后面大家都渐渐不再客气。

几个男生被惩罚得很惨，尤其是遇到红桃A玩家是徐思达的时候，赵佳佳自制的卡牌上写的惩罚又什么花样都有，薛家明差点输得裤衩都不剩了。

笑声和起哄声响起，气氛炒得火热。

江震坐在林轻羽旁边，笑得眉眼弯弯，他刚刚也输了几把，不过都很幸运，抽到的惩罚都不痛不痒，还喝了几杯酒。笑完之后他偏头看向林轻羽的侧脸，但她玩得开心，似乎并不知道他一直在看她。

"方块A！方块A！谁是方块A？"

几轮下来，大家情绪都非常高涨。

林轻羽非常沮丧地举牌："我是方块A。"

"完蛋了你。"赵佳佳嬉笑着亮了牌，把手里的红桃A放在胸口拍了拍，"我是你的心动嘉宾哦，小宝贝。"

"乖乖，选真心话还是大冒险啊？"

她笑得实在阴险，林轻羽不知道她肚子里憋着什么坏水，一时间毛骨悚然，吞了吞口水，说道："我选真心话。"

"行！那我问你，假设你老公和你暗恋对象同时掉进水里了，你会先救谁？"

这个问题问得真是非常没有水平，许飒翻了个白眼："你会不会问啊，不会问我来问。"

"哎呀，开个玩笑，吓吓我们的小可爱嘛。"

赵佳佳眼珠在他们三个人身上转了一圈，林轻羽绷着小脸，看起来很紧张，江震和周墨倒还好，一个比一个淡定。

虽然很想帮江震，但赵佳佳觉得许飒说的那番话有道理，于是把主意打到了周墨身上，直接问林轻羽："你那时候约周墨去操场见，心里有没有一瞬间动过一个念头，就是决定要真的向他……"她挑了挑眉，未尽之言不言而喻。

/063/

问题一出，林轻羽的脸瞬间红了起来。

所有人都看着，包括周墨和江震，她不好撒谎，硬着头皮承认："有，但是……"

"可以了，下一轮！"

赵佳佳非常麻利地喊了结束，收牌洗牌，一套操作下来都没给她反应的机会。

林轻惊讶得嘴巴都没合上，心想：你倒是让我把话说完啊！

此时林轻羽被游戏"禁言"，只能在心里默默流泪。

算了，不过就是一个小游戏而已，她很快就说服了自己。

周墨看她的目光变得柔和，而林轻羽只感觉：晚上怎么降温了，突然感觉旁边好冷啊……

扭头一看，江震正皮笑肉不笑地看着她，林轻羽只能尴尬地笑两声然后把脖子缩了回去。

原以为事情就这样结束，但是很不巧，没几轮之后，林轻羽又拿到了方块 A。而拿到红桃 A 的人，是周墨，赵佳佳口中说的心动嘉宾。

亮牌时，林轻羽的心跳都在加速，不为别的，只是感觉他的眼神太过炙热。

"真心话不能连着选，宝贝，你这次只能大冒险了。"赵佳佳友情提示，然后问周墨，"心动嘉宾，你是要特权，还是抽我惩罚盒子里的卡牌？"

"不用了。"因为刚才林轻羽的那句真心话，周墨现在有了底气，也很干脆，"我要用特权。"

因为说好了公平竞争，周墨无视了江震的眼神，只微笑着看向林轻羽："我想你现在告诉我，那天你约我到操场时要说的话。"

比起江震那张帅得充满攻击性的脸，周墨的长相更为温和，像是皎洁的月光、清澈的泉水。可是这个时候，他提出的要求带了点不容人拒绝的强硬。

谁都听出来了，他想林轻羽说实话，重现当时的情景，在江震的面前。

这一招可以说非常阴险，又光明磊落。

当着所有人的面，林轻羽尴尬得有点难为情："啊，这……"

"你要是不好意思的话，可以过来只告诉我一个人。"周墨很体贴，还转头问同时担任裁判的赵佳佳，笑着说，"裁判，这个应该也算我的特权吧？"

[3]

比大冒险放了暗恋对象鸽子导致他被流言围攻更尴尬的事情，大概就是在时隔两年后，再次重温这个场景。

林轻羽虽然很不想再来一次，但是迫于压力，又觉得正巧可以向周墨解释一遍让他安心，于是她起身走了过去。

只是重新坐回去的时候，江震忽然嗤笑了一声，虽然这声笑并不是因为她。

之后游戏重新开始。

下一轮抽到方块A的是江震，他接受了真心话的惩罚，章倩问在场的女生当中，有没有他心动的对象。江震立刻回答说有，但是一眼都没有看林轻羽。

林轻羽突然有点失落。

他这是生气了吗？其实林轻羽很怕江震会不开心。

也许在所有人眼里，江震出身好、性格好，长得又帅，永远乐观积极，是个天之骄子。可是只有林轻羽知道，其实他也会有不开心的时候。

江震不开心的时候都会一个人待着,但不知道从什么时候起,他每次不开心就会来找林轻羽,像跟屁虫一样黏着她,什么事都不做,什么话也不说。

第一次的时候林轻羽还不知道他不开心,骂他又在发什么神经,后面才发现,他只是想有个人陪陪他,而那个人就是林轻羽。哪怕只是坐在一起看着落日也好。

她不希望他不开心。

后面的游戏林轻羽玩得心不在焉,江震又抽到了方块A她都不知道。

徐思达从盒子里抽了一张惩罚卡,说:"请方块A亲吻你觉得你心动对象身上最性感的部位。"

这个惩罚念出来的时候,大家的起哄声此起彼伏,薛家明的叫声最夸张,堪称人类"返祖"现场。

林轻羽这时才回过神:发生什么事了?

徐思达捏着卡牌扔回了盒子里,还是那副阴险狡诈的模样,笑着说:"这回真不关我的事啊,是惩罚卡牌上写的。江震,愿赌服输,你的大冒险开始了。"

前几轮都是徐思达拿的红桃A,除了开局的第一轮,后面不管是真心话还是大冒险,对方是男生还是女生,他都没对方块A心慈手软过。

第一局的绅士风度不过是假象。

一开始赵佳佳还垂涎他的美色,经历过几次之后就死了这条心了。这个男人不是一般人能驾驭的。

现在他说大冒险是惩罚卡上写的,后面又把卡扔了回去,大家也都不去计较是不是真的。

因为就算不是真的,他也能让江震干出这种事。

江震久久不动，薛家明都等不及了，开始嚷嚷："江震，害羞什么啊！喜欢哪个就大胆亲！游戏就要认真玩！我刚刚可都豁出去了！"

作为他豁出去的受害对象方勇直接把他摁倒，一拳打过去："闭嘴！"

几个人笑得不行。

林轻羽也屏息等待他揭晓自己的心动对象。

江震没有悬念地叫了她的名字："林轻羽。"

声音轻得不行，心尖儿像是被羽毛扫过，林轻羽紧张地抬起眼，对上了江震的视线。

她突然希望江震只是在开玩笑，像以前那样，很多话说出来之后又立马打岔，说——林轻羽，你挡到我看我的心动对象了，可是江震没有。

视线不偏不倚，只落在她脸上，眼神是从未有过的认真和温柔，或许他曾经也很多次这样注视过她，只是她没看到。或者她看到了，却假装没看见。

以至于赵佳佳她们在寝室点破时，她还在自欺欺人，含混不清地辩解，说他们只不过是朋友。

可是朋友的眼神不会这么赤裸，夜色都掩盖不住炙热的欲望，所有的情绪都在明晃晃地写着：你就是我的心动对象。只剩言语是隐晦不清的。

林轻羽都不敢肯定，他现在这是在恶作剧，还是真心实意。

忽然，江震在众人的视线下靠近，林轻羽不可置信地瞪大眼睛。

江震却没有亲她，只是俯身，又很小声地叫了一遍："林轻羽。"

在她耳边，用只有他们两个人才能听到的声音。

林轻羽感觉头皮都在收紧："干……干吗……"她又开始结巴了。

"我可以给你一个选择，现在推开我，或者让我接受惩罚。"江震说，"你想选哪一个？"

他这是犯规了。

起哄声不知道在什么时候低了下去,这个时候的夜晚明明已经万籁俱寂,她却听到了风吹过草尖的声音,还有虫鸣鸟叫。

可是这些,都不足以掩藏自己的心跳声。

她的秘密好像也暴露了,显出了一个连自己都不愿意承认的事实——她不想推开他。

林轻羽僵直着不动,只有手指在慢慢地蜷缩,手心紧张得出了汗。

"时间到了。"江震在心里默数了三秒,接着在她耳边贴得更近,滚烫的鼻息和嘴唇一起落下,吻住了他觊觎已久的耳垂,哑声说,"林轻羽,我接受惩罚。"

[4]

林轻羽的大脑瞬间一片空白,她的耳朵连着脖颈变得绯红,温热的触感太过强烈,当喉咙里溢出一声类似于猫叫的惊呼时,江震的目光变得幽深,揽住了她将要软下去的腰。

"江震……"

他找到了她的第一个敏感点,圆润可爱的耳垂,其实也很性感。

身上的气息太过浓烈,荷尔蒙能把人脑袋冲昏,林轻羽紧紧地抓着他的小臂,却没有办法躲,江震吻得更用力,唇在耳后流连。短短几秒的惩罚,她竟然险些招架不住,用湿漉漉的眼睛看着他,非常可怜又可爱。

江震忍着想继续亲她的冲动,把身体坐了回去。

这次惩罚像打开了潘多拉魔盒,林轻羽满脑子都是放假前一晚,赵佳佳她们问她的那句话:你们难道没有暧昧过吗?

没有。他们以前真的只是朋友,没有暧昧的举动。可是今晚,好像有些东西变得不一样了。

她在江震的眼睛里看到了异样的情愫,而她的心跳也开始乱了节奏。

夏夜燥热,林轻羽有些呼吸不畅。圆月把山间渠沟照得明晃晃,而她隐秘的心思,也如地上的草,开始失控地疯长。

明明只是一棵草,挖出来,地底的根须却早已盘根错节,乱得无法理清。

"林轻羽!林!轻!羽——"

突然有人叫她,林轻羽回过神:"啊,在呢!"

"红桃A是不是你?"赵佳佳说,"所有人都亮牌了,你抽的是什么?"

刚刚抽的牌还没看,林轻羽这时才翻开牌面,发现自己难得地抽到了红桃A。

"我选真心话。"江震手里的是方块A,在等待她的宣判。

林轻羽现在哪里有心思问他什么真心话,赵佳佳的那个盒子里的惩罚卡写的大多数是大冒险。

游戏玩到最后,大家其实都有点疲倦,基本上都没什么想问,也没什么可问的了。

玩完这一局就可以结束了。

已经十一点了,赵佳佳催她:"随便问吧,问完就睡觉了。"

今天大家都很累,搭完帐篷又搞烧烤,都想早点睡然后第二天起来看日出。江震也在等她,他席地而坐,手肘撑在膝盖上,托着下巴看着她,另外一只手夹着那张方块A晃啊晃:"问吧。"

心情还挺好。

林轻羽本想随便问一个问题混过去,可一对上他亮晶晶的眼珠子还有湿润的红唇,脑子一抽,又开始思绪乱飞,心想:江震这颜值也太逆天了，怎么长得比女孩子还漂亮？

于是她脱口而出，表情有点呆，话倒是十分认真："江震，你要不要做我老婆？"话音刚落，舌头差点被自己咬碎。

江震手指还夹着那张方块 A，笑容凝固在脸上。

"什么老婆啊？林轻羽，我们江震长得这么像小媳妇吗？"有人瞎起哄道。

薛家明原本都困得席地而睡了，闻声又一个鲤鱼打挺，坐起来嚷嚷道："什么？说了什么？老婆啊？老婆不行，入赘可不行！我们江震是男孩子！"

"男人的尊严啊！江震！！尊严！！！"

眼看着江震像是要答应，薛家明立马摇醒他。本就巴不得江震和林轻羽赶紧在一起的赵佳佳、许飒和章倩她们三个则过去把薛家明拉开："人家小情侣的事你多嘴什么？男人怎么了？只要江震乐意，老婆老公又有什么区别？是吧，我家姑爷。"

"赵佳佳，你这话就说得不对了……"

关于是叫"老公"还是"老婆"这个问题，两个宿舍产生了极大的分歧，一度闹得不可开交。但大家似乎都很满意这门亲事，甚至替他们把孩子的名字都想好了。

"不是啊，大家听我解释啊……"

林轻羽气得过去掐他的大腿："你倒是说句话啊！"

"什么？"

江震偏过头去。刚才那句话像是在撒娇，林轻羽突然脸红了，干脆把脑袋埋起来装死："算了，你别说话！"

见她耳朵都红透，江震猜到她又是哪根神经搭错了才说出这句话。

"差不多得了。"

玩笑开大了不好，江震不想她再难堪，让薛家明他们适可而止。

赵佳佳很上道，说："行行行，那我们先撤退，你们慢慢聊。"说完又推了薛家明一把，压低声音，挤眉弄眼道，"走啊，去把烧烤架收起来。"

两个人一动，于是所有人都跟着起身，收东西的收东西，捡垃圾的捡垃圾。野餐垫上只剩江震和林轻羽两个人。林轻羽趴在地上像只小乌龟，又跟鸵鸟一样把脸埋了起来。

"人都走了。"江震踢了踢她，"还不起来？"

林轻羽不动，瓮声瓮气地说："你就当我死了吧。"

她现在悔不当初。

江震又问了一遍："起不起？"

"不起。"

"真不起？"

"不起，谁让你跟着他们笑话我的，我明明不是那个意思嘛。反正我现在已经和野餐垫融为一体了，这辈子下辈子都要和它相依为命，谁也别想把我们分开。"

江震笑了，心道，开个玩笑而已，这小东西怨气还挺重。

"好。"

江震突然起身，林轻羽以为他已经走了，谁知他又折回来，把野餐垫连带着她都卷起来抱走了。

身体突然腾空，林轻羽吓得尖叫出声："啊啊啊！江震，你干吗？放我下来！"

"不是融为一体了吗？那你就好好和它培养一下感情，免得喝了孟婆汤，下辈子相见不相识。"

/071/

江震把她夹在胳膊底下,直接抱进了帐篷,并用手指戳戳她的额头:"给我在这好好反省一下。"

外面还有东西没收完,江震放下她之后就走了。

夜色撩人,游戏也结束了,仿佛所有人都当这只是一次无伤大雅的大冒险,只有林轻羽陷在刚才的那个吻里,如坠迷蒙而又刺激的梦境。

晚上,徐思达跟周墨挤同一个帐篷,出来透气时看到江震还在外面。

"不睡?"国庆挨着中秋,山间的月亮又大,又亮。

江震坐在折叠椅上,说林轻羽在那儿呢。刚才他把林轻羽丢在了自己的帐篷里,收拾完东西回去看时,她已经睡着了。他没有吵醒她,也没有把她抱去女生的那个帐篷里。

"刚才那张牌是故意的?"江震问他。

抽到惩罚卡的人都必须亮牌给所有人看,徐思达抽完之后却扔了回去。

"没有。"他手里还捏着那张牌,抽出来给江震看,"上面写的是这个,甚至比你那个尺度还要大。"

"我出于对妹妹的保护,稍微改了改,你有意见?"

徐思达没撒谎,惩罚卡上写的和他刚才念的相差无几,只不过他把"右手边的第三个异性"改为了"心动对象","接吻三十秒"变成了"亲吻性感部位"。

进退有度,没有让局外人卷进来尴尬,江震要不要"做个人",徐思达也全凭他自己选。

"现在人在你帐篷里,你就真的只是打算在外面守一夜?"

江震不会在这个时候趁人之危,但让林轻羽在荒山野岭一个人睡帐篷也不安全。徐思达语气带着调侃,心里怀疑他八成是故意的。

"我和周墨公平竞争，不干这种阴险狡诈的事。你赶紧回去睡吧，少熬点夜。"

徐思达说行，江震又自己坐了一会儿。抬头望着夜空，他发现除了月光皎洁，其实也有几颗星星微微闪烁——像被隐藏起来的暗恋，在竭力证明心跳的存在。

之后他回了帐篷，看到林轻羽已经完全熟睡，小脸露出来，脸颊圆圆的，有点娇憨。

"林轻羽。"他轻声说，"大冒险输了，亲一下不过分吧？"

被徐思达换掉的吻，他想补回来。江震俯身，尝到了比橘子更甜的东西，偏头换个角度后，下颌都是紧绷的，他是强忍着才没有吻醒她。

江震亲完之后就走了回去，并不知道林轻羽藏在睡袋里的手指，捏紧了衣角。

次日，看完日出后大家各奔东西。

徐思达有事，提前叫了车先走。虽然没说是什么事，但是看他那紧张的表情，林轻羽估计是那个玩赛车的姐姐找他。

除了江震是自己开车，其余都是租车过来的。

接下来几天林轻羽都要回家，不跟赵佳佳她们一块儿玩，周墨他们也要回学校，江震载她回去最合适。但不知道周墨跟她说了什么，两个人一早起来就坐在一起吃东西，林轻羽竟然要跟周墨一块儿走。

"我想起来学校里还有东西没拿嘛。"

林轻羽其实不太会撒谎，她什么游戏都能玩，但玩不了《狼人杀》，没说几句就有可能自爆。玩《真心话大冒险》时，说的"真心话"有没有造假，旁人也能一眼看出来。

/073/

江震没拆穿她，看了眼周墨后，说道："行，那你去吧。"

公平竞争，他没资格吃醋。

之后江震自己开车离开。

回去时，林轻羽有点走神。刚才一早起来，周墨就把她叫走了，因为昨晚她大冒险在他耳边说的话——

"其实我那个时候，想问你要不要做我——"估计是看到江震的眼神太紧张，她咬了下舌头突然口误，到嘴边的"男朋友"变成了"女朋友"。

"但后来没有那种感觉了，只觉得对你很抱歉，不好意思啊。"

她不是缺根筋，其实有些东西，她能看明白。只是当局者迷，越是亲近的关系，越不敢胡思乱想，妄自揣测。

周墨没想到公平竞争只需要一个晚上就能出结果。

"那在离开前，我送你一个礼物吧。"周墨也很大方。

林轻羽问什么礼物。

"一会儿你拒绝跟他走，我就告诉你。"

说好的是公平竞争，他退出之后江震能不能自己追到林轻羽，周墨不关心，只是就这么输给江震，他不太甘心。

在车上的时候，周墨说江震喜欢她，她没有自作多情。

林轻羽说："可我们是朋友啊。"

从朋友变成恋人，会很尴尬。她不敢冒着失去江震这个朋友的风险去戳破那层窗户纸。

周墨却对她说了一句："林轻羽，你要直面你的真心，不然我的退出没有意义。"

"难道你想留下遗憾吗？"

林轻羽之前不够勇敢，没有把那句开玩笑的话亲自告诉周墨，后来很多次见到他，她都心虚地掉头就跑。

周墨说这些的时候，她忽然想起了以前徐思达问她的那句"假设我是阿泽，江震是狗焕，你选谁"，她的回答是：她一个都不选。因为真的会尴尬。

但是，如果她是德善的话，和自己的发小谈恋爱，估计比尴尬更甚的应该是遗憾和后悔吧。

遗憾没有和你在一起，更后悔没有和你早点在一起。

人生就这么短，青春只有一次，错过的爱情来得太晚，兜兜转转之后的拥抱虽然很幸福但还是会流泪。

想到江震一个人离开时的落寞，林轻羽几乎是跑着回家的，心口的狂乱好像和之前的都不一样，呼之欲出的爱恋，在这一刻变得无比清晰。

她跑到对面敲门，却没有人回应。

林轻羽冷静了一秒，她是不是太着急了？

可是第二天再去的时候，依然没有人回应。直到林轻羽转身，听到电梯声响，她喊了一声："江震！"

出来的却是江震的爸爸。

"江……江叔叔好。"林轻羽收起尴尬的表情，笑着打了个招呼。

江昱华跟着笑："原来是木木啊，国庆放假回家了？"

他很温和，笑容也慈爱，江震长得像爸爸，眉眼都是一样的，就连身高都差不多。只是江昱华年纪大了，现在要比江震矮一点，但西装革履，仍英姿勃勃。

林轻羽说："是啊。"说完，刚想问问江震怎么不在家，就见他身后还跟着一个女人，她的笑容顿时凝固在脸上。

第五章

飞行棋

[1]

江震父母的关系其实还可以。虽然两个人的结合并不是因为爱情，但夫妻俩多年相敬如宾，一个是漂亮的话剧演员，一个是上市公司的董事。家里开连锁酒店，吃穿不愁，他们对江震也很好。江震从小到大没缺过爱。

只是旁人不太能理解的是，这一对夫妻的关系是开放式的。林轻羽知道每个人的家庭环境都不一样，就好比江震他们家，可能只需要维持亲人之间的感情就行，父母相不相爱，并不在他们的考虑范围内。大人只计较利益得失，不在意真心，可孩子心里多多少少还是会有点不舒服的。

现在江昱华带了其他人回来，林轻羽不用问，用脚指头都能猜到江震肯定不在家，于是笑着打了个招呼，就回家了。

靠在门后的时候，林轻羽拿出手机点开微信，发现从昨天到现在，江震都没有给她发过消息。以往林轻羽不找他，江震都会给她发消息。

有时言简意赅，直接发个数字"6"。

林轻羽问："你天天大半夜的6什么6。"

简直扰人清梦！

她不回消息，他就说："6，狗，啊。"真的很气人。

林轻羽打车到酒店的时候，已经是晚上八点了。每回江震心情不好，都会一个人出来住酒店。

这儿没人管他,他想怎么作妖怎么作妖,养尊处优的大少爷,到哪儿都有人惯着。得亏他没什么不良嗜好,要不然都不知道现在会是个什么样。

可是他们家在常泞的酒店就有好多个,林轻羽跑了好几间他常住的套房都没找到,最后来到了市郊景区的那一家。

江震开了门,又马上关上,"砰"的一声,刚举起手还没来得及打招呼的林轻羽歪头,心想:他眼瞎了是吧?

江震回去躺了十秒才发觉不对劲,后面才反应过来,老老实实站在她面前。

"对不起。"江震低着头,在门口不好意思地道歉,"刚才没看见你,我以为大半夜闹鬼呢。"

林轻羽这个身高,回回都是他先低头才能看见。此时,林轻羽咬牙切齿,虽然气得想扑过去咬人,但看在他心情不好的份儿上,也就懒得计较。

"那你还不快让开!"她凶巴巴地吼道,手里提着一袋零食。

江震忍着笑,关门之后跟在她身后进来。

室内很干净,也非常宽敞,脚下铺的全是厚厚的天鹅绒地毯。林轻羽只能感叹有钱人的生活就是好,别人不开心了离家出走只能睡大街,江少爷有豪华的总统套房住,还天天有人推着小餐车过来送吃的。

她一屁股坐在客厅的厚地毯上,旁边胡乱扔着几个布艺抱枕,她也没有帮忙捡,只从袋子里拧开一瓶可乐咕咚咕咚地喝。

"找了很久?"江震问。

林轻羽从鼻子里发出一声:"哼!"

"你就这么招待客人的？我要看电视，快帮我开。"

江震知道这回是真的让她担心和生气了。他解释说："手机关机，我忘记充电了。"不是故意不接她的电话，而且他昨晚打游戏到凌晨，今天睡了一下午，醒来就看见她过来了。

林轻羽看见茶几上还有几瓶没喝完的酒，江震又解释道："前天露营剩的，大家的东西都混在一起了，我带了几瓶回来，没喝多少。"

在路上的时候就收到江昱华的消息，说他这两天要回家，江震就来了酒店。露营的东西全在这放着。

林轻羽也就不生气了："那你现在还不开心吗？"

其实没什么不开心的，他只是想清静，一个人待一会儿。

可是看到她关切的眼神，江震心里丑陋的欲望又在作祟，抿抿唇，耷拉下嘴角说："还好吧，也不是特别难过。就是那天一个人来，又一个人走，觉得自己好像不是很受欢迎。"他说得很可怜，他中午的时候洗过澡，然后睡了一觉，这会儿额前的碎发都乖顺地垂下来，灯光投下的阴影遮住了他的眼睛，姿态也很可怜。

林轻羽特别愧疚，她不应该临时约他还想把他赶走，之后又让他一个人回去。

"对不起啊，江震……"她很真诚地道歉。

江震继续装可怜，嘴里却说："没事。"不过想到那天林轻羽上了周墨的车，一股不爽掩盖了难受。

他"啧"了一声，起身去冰箱拿了冰块，准备把茶几上剩的那半瓶啤酒喝完。林轻羽见状，跟着要去开一瓶新的。然而还没拧开盖儿，一只大手就按在她手上。

"干吗？"江震吊起眉梢看过来，唇润润的，唇色有点红。

林轻羽吞了一下口水，说："陪你啊。"

江震忽地轻笑，而后手一使劲儿，把那瓶啤酒从她手中抢走了。他的表情懒洋洋的，语气还挺欠揍："陪屁啊你，喝饮料去。"

这么一说，他不就是个"屁"吗？

林轻羽跟在他的屁股后面，两个人走到厨房，江震打开冰箱，拿了一罐饮料，胳膊肘往后一捅，又捅到她的脑门上。

因为身高差二次受伤的林轻羽瞬间往后退了几步，捂着鼻子泪汪汪地说："江震，你想害死我吗？"

他力道不重，但很突然，她根本来不及躲。江震哪知道她靠这么近，轻笑道："你都贴到我的屁股上了，宝贝。"

宝什么啊宝！等会儿，宝贝？

林轻羽不可置信地瞪大眼睛。江震还没意识到自己有些话脱口而出，赶紧蹲下，去握她的手，垂下来的睫毛乌黑，神情有些紧张："别动，手拿开我看看。"

"你刚刚叫我什么？"林轻羽捂着鼻子和嘴巴，只露出一双湿润的杏眼，声音低沉，"宝……贝？江震，你在外面养狗了？"

江震突然噎了一下："什么狗？没养。"

林轻羽来之前，华瑶女士给他打过电话，左一句"仔仔"，右一句"宝贝"地叫，导致他现在脑子里不是"崽崽"，就是"宝贝"。

江震抬手，抹掉了她眼尾的泪痕，嗓音哑了点儿，问道："很疼？"

"还好，不怎么疼了。"林轻羽揉揉鼻子，"就刚才撞的那一下疼。"

"那怎么哭了？"

"我就爱哭，不行吗？"

"行。"她想干什么都行。

[2]

江震回到了沙发上，手指按住扣环一拉，把饮料罐放她面前。林轻羽的鼻子还有点红，她的皮肤嫩，经常稍微碰一下就会这样。此刻她坐在他的旁边，安安静静地喝饮料。两只脚踩在地毯上，没穿鞋，白嫩的脚指头十分圆润，还有点粉。和她这个人一样，有点儿可爱又有点憨，江震看了一眼之后就收回视线。

喉咙有点儿干，他又想洗澡了，于是把刚拿的冰块放酒杯里之后就进了浴室。林轻羽坐在沙发上看电视，等他出来时，她已经换了一个频道，在看电影。

这是一部从来没听说过的片子，已经放了一半。男女主角在闹分手，站在大街上互相含着眼泪看着对方，台词也是滥大街的台词，她看得倒是挺津津有味。

比起欣赏电影来说，她这样子看起来更像是在看热闹。

"要来点儿吗？"她目不斜视，把手里的那包薯片递过去。

江震把客厅的灯光调暗了些，微暗的光线看起来更有氛围。他说了句不吃，然后坐在林轻羽的旁边，还让她挪过去一点儿。但林轻羽喂他薯片时，他又没躲，极为自然地张嘴吃了。

"你洗澡了？"她闻到了他身上的沐浴露味，还挺香。

头发湿漉漉的没擦干，江震手里拿着一条毛巾，身上套了件松松垮垮的纯白T恤衫，领口很宽，露出了一点锁骨。

他穿衣服的时候很显瘦，但其实一点也不瘦。肩膀宽厚，背也很结实，蓬勃的少年气怎么遮也遮不住，长腿一伸，更显得他这人随性肆意。

江震说："嗯。觉得热，就去洗了个澡。"

林轻羽没再说话了。随手擦了下头发之后,江震又问她刚才吃的薯片是什么口味的。

"你刚才不是吃过吗?"

"吃太快,忘了尝什么味道。"

于是林轻羽又抓了两片塞进他的嘴里,动作娴熟,极为自然。以前,两个人也这样一起坐着看电影,只不过以前的很多次,都没有像这次一样令人心动。

江震吃了几口之后觉得有点渴,想起来桌上还有没喝完的啤酒,正要伸手去拿,低头一看却发现已经空了。

"你喝了?"江震转头看她。

林轻羽说:"啊,薯片吃太多了有点渴,怎么了?"

算了,喝了就喝了吧,反正也没几口。

江震这么想着,于是起身去拿了罐新的过来。

刚刚他给的那罐饮料不经喝,林轻羽又懒得再去冰箱拿。桌上的啤酒度数不高,但她之前没喝过,几口下肚,脸就开始有点发烫了。她的意识还很清醒,觉得自己没有醉,只是看江震时,有点儿看不太清楚他的脸。往他的方向略微移动,还能闻到男生温热的气息。

微醺,应该说的就是这种感觉吧。

"江震,我觉得你……"

"我怎么了?"江震的注意力还在电影上。

男女主角已经吵完了,男主角扭头走了几步之后又回头把女主角追了回来。两个人拉拉扯扯,最后抱在了一起——非常常见又滥大街的桥段。但不得不说这画面还挺美。要是哪天江震和林轻羽吵架了,他估计不会把她一个人扔在大街上,而是扔床上用被子一裹,哪儿也不许去。

哦，想得好像有点儿远了。但江震没在意，右手手指随意地捏着那罐蜜桃味的饮料，抬头，喉结滚动，大半罐饮料就下了肚。一偏头，他就看见林轻羽正盯着自己的喉结看。目不转睛，还挺专注，只是表情有点儿呆。过了会儿，她才慢慢地抬头，目光与他那双深邃而黑亮的眼睛交会。

"嗯？"他的喉咙有点儿紧，声音轻到不忍心打破现在的氛围，"我怎么……"

他又问了一遍，说："林轻羽，你在看什么？"

她的脸颊红红的，像是醉了，既不说在看什么，也不说他怎么了，嫣红的小嘴动了动，随即她吐着气说："江震，要不我们玩游戏吧。"

"行啊，玩什么游戏？"

两个人，能玩的游戏不多，但巧就巧在赵佳佳的那盘飞行棋在这儿。袋子里的东西很多，又乱，林轻羽翻到底才翻出来。

她把桌子收拾得干干净净，又把飞行棋的图纸摊开，跪在地毯上，冲着他露出了一抹甜笑："玩这个。"

江震嗤笑一声，说："这个有什么好玩的？"

"这个好玩。"她严肃起来，固执地说道，"我就是要玩。"

江震无奈。

[3]

这个飞行棋是真心话大冒险版的，规则和普通的飞行棋差不多，但是不同的格子上会有不同的惩罚，一不小心就会"踩雷"。

江震先扔骰子，点数是数字6直接起飞，扔到3时自罚一杯酒，他什么都没说，一口把杯子里的酒喝完了，姿态和表情都很放松。

林轻羽扔了几次才扔到了数字6，起飞后跳到一个真心话的惩罚，江震问她："如果能回到过去，你最想得到什么礼物？"

林轻羽从小到大其实也没什么缺的，她想了会儿说："好像没有，但如果要选的话，我想去特罗姆瑟看极光。"

"好。"江震扔了一个数字5，也是真心话。

林轻羽和他一起长大，关系非常熟，对方的糗事都知道，但过分暧昧的话她又不敢问，只说："你藏得最深的秘密是什么？"

江震沉默了一会儿，握着酒杯的手指微微收紧，半响后才说："你。"他只说了一个字，没有再多说。

气氛到这才开始变得暧昧，林轻羽的心跳开始加快，但是看他把酒喝掉了，也就没有追问。后面她扔到一个数字1，用三个形容词描述一下自己的理想对象。

这要怎么描述？"长得高，帅。"林轻羽绞尽脑汁，想避免江震身上的优点，但又忍不住被他吸引，说的每个词都和他沾边，"还有，很阳光。"

江震看着她无声地笑了下，不知道是不是林轻羽的错觉，她竟然觉得喝了点儿酒的江震，眼睛比之前的还要亮，还多了几分令人沉醉的迷离和性感。

下一秒江震扔到的是和在场的一位异性接吻三十秒。

"亲吗？"他问。

林轻羽有些犹豫："这不是你的惩罚吗？干吗问我。"

这个飞行棋原本是四人玩的，但现在只有两个人，在场的异性除了林轻羽，没有其他人。

江震靠在沙发上，目光灼灼地望着她，明明什么都没说，眼神却像是什么都道尽了。

"那……亲一下？"林轻羽吞咽了一下口水，犹豫不决地说。

她没亲过男孩子，而江震的唇好像挺好看的，看起来就很软。

"确定吗？"江震问。

"确定啊。"她又不害怕，可心跳非常快。

温热的气息丝丝缕缕地缠绕过来时，林轻羽的大脑瞬间一片空白。江震的手穿过她的腰，手心贴着她的衣服，只轻轻地抱着，没有搂紧，但林轻羽紧张得开始手心冒汗了。

他的唇瓣贴上来的那一刻，她的眼睛都睁大了。

林轻羽瞬间摔倒在沙发上，但江震并没有因此而放过她，反而趁机欺身而上，吻得更紧更密。

她快要喘不上气，呼吸都变得急促。他好像已经对此渴求已久，略显急切地想要得到她的回应，摸着她的头发，退开了一点，声音低沉："林轻羽，我的乖乖，亲亲我。"

他的胸膛宽厚，结实，贴在她身上，林轻羽听到了他剧烈的心跳，快过她的心跳。

他说，他也想要她亲亲。

[4]

林轻羽醒来时头疼欲裂，起来照镜子，幸好嘴唇没有被咬破，但看到床上还躺着江震，她就崩溃了。

啊——她……昨晚都干了什么啊？

江震的清白该不会不在了吧？不会吧？人还好好的啊。

林轻羽没有醉到断片，但记忆确实只停留在那个吻上。她不敢面对江震，在心里大喊了几声后，只想溜之大吉了。可惜，出师未捷身先死。

中午林轻羽回家的时候,林嘉晏正坐在客厅边看电视边吃蛋炒饭。

"回来了?"他冷不丁地一问,眼睛还盯着电视,但手已经拿遥控按了暂停键。

林轻羽本想悄悄地摸回卧室,此时硬生生地被叫住。

"Hello,弟弟,你放假啦?高三放几天假啊?在学校辛不辛苦?"她尽可能地笑得自然,完全就是一副知心好姐姐的模样,甚至很贴心地问,大中午的怎么一个人吃蛋炒饭,不多加两个菜。

林嘉晏冷笑,心想,她还知道自己一个人在家只吃蛋炒饭呢?

"去哪儿鬼混了?"昨晚林轻羽夜不归宿,林嘉晏打了几个电话都没人接,要是今天她再晚一点儿没回来,估计他就报警了。

"回学校了,想起有东西没拿,赶不上最后一班地铁就留在宿舍睡了一晚。"

这是林轻羽头一次这样脸不红心不跳地撒谎。林嘉晏半信半疑,在林轻羽要回房间时又叫住了她。

"等会儿。"他还没问完呢。

林嘉晏放下碗,走到她面前转了一圈,像小狗似的嗅了嗅。林轻羽站着不敢动,最后他弯下腰,皱着眉用审视的目光看着她。

"你和江震哥两个人怎么一前一后地走回来?"

以往两个人都是一起上楼的,不是你踢我的屁股就是我掐你的脖子。

刚刚他在窗户那儿往外看,发现两个人竟然头一次这样和气又生疏地自动保持两米的距离,连影子都不粘在一块儿。

被林嘉晏盯得心虚,林轻羽挠了挠腮帮子:"啊,这个嘛……"

她不敢说自己刚准备跑的时候,就被江震扯着衣领揪了回来。

虽说林嘉晏比她小两岁，可从高一开始，林嘉晏身高疯长，性格也越来越强势，不仅经常直呼她的名字"林轻羽"不说，还像大家长林邵军一样管着她，简直为"幼"者不敬长。

林嘉晏还在等她解释。

"你该不会是欠他钱了吧？"他想来想去，只有这一种可能。

林轻羽大喊："怎么可能！"

那八成是了。林嘉晏直起身子，用一种"谁也别想骗我"的眼神，居高临下地看着林轻羽："说吧，这次借了人家多少？"

"好吧，500块钱。"林轻羽老实交代，"上个月忘记带生活费了。"

"没了？"

"还蹭吃蹭喝了一个月。"

林轻羽心虚地笑着，林嘉晏一脸果然如此的表情。

"就你这记性，也就是江震哥有钱才舍得一次次借给你，换了别人才懒得管你，一会儿我去帮你还。"

林嘉晏边说边坐回去，端起他那碗蛋炒饭正要吃，又问道："你吃饭没？没吃的话厨房里还剩一碗。"

林轻羽现在困得不行，就说吃过了。

林嘉晏突然"啧"了一声："昨晚熬夜了？"

这黑眼圈大得都要掉到地上了。

"你管那么多呢。"

小屁孩！

"今早爸妈打电话，说过两天就回来。"林嘉晏提醒她，"所以，你最好收敛点，别在外面谈什么男朋友。"

国庆假期结束的前一天就是中秋，今天已经5号了。

老林和孟女士都是地质学专家，一个在常大任教，一个在研究所工作。两个人时常有项目合作，上个月出差就是去了西北做地质勘探，中秋回来意味着这一阶段的工作差不多收尾了。

林轻羽记得这个学期还有门老林的选修课，也是国庆假后就开始排课了。

林轻羽理直气壮地叉腰道："我，现在已经是一个大学生了，难道他还管我？"

林嘉晏面无表情地扫了她一眼，然后接着看电视。

"哦，看起来就像个未成年。

"最近小学生突然走失的新闻还挺多的。

"刚才老林还在群里转发了一条呢。"

林轻羽没话说了。

下午林轻羽补了个觉，醒来时天已经快黑了。

窗外的天灰蒙蒙的，像是墨水被打翻了，她看了眼时间，晚上七点多了，她的肚子饿得厉害，去翻冰箱发现没什么菜，也难怪中午林嘉晏只吃蛋炒饭。

大晚上的林嘉晏不在家，林轻羽给他发消息也没回，之后电话通了，说他就在对面。

"你去对面干吗？"

"帮你还那500块钱啊——这操作厉害啊，江震哥！"

林嘉晏说话的同时，传来打游戏的声音，林轻羽心想：这两个人该不会玩了一下午游戏吧？

挂了电话之后，林嘉晏操纵的英雄被对面的大招伤得一丝血不剩。

江震还在补兵,问他:"你姐的电话?"

"嗯,估计是睡醒了,叫我回家吃饭。"

女生的声音慵懒,和早上起来那会儿一样。江震的喉咙紧了紧,他不动声色地吞咽几下,继续若无其事地补兵线。

林嘉晏还在等复活,趁这个空闲时间,说他给林轻羽点个外卖吧。

姐弟俩都不太会做饭,林嘉晏回来后也没买什么食材,在家都只是煮碗面凑合,最多也就弄个蛋炒饭或者煎个牛排。

江震却说:"我来点吧,你复活了。"

已经杀到了对面高地,刚刚江震点破了中路塔,还顺便收了两个"人头"。新的一批兵马上就到,他们这边四个人,四比二可以一次打完这局。

林嘉晏说好,接着江震就走到了阳台上。没几秒,还躺在床上的林轻羽就收到了江震发来的消息。

很短,只有五个字。

"林轻羽,过来。"

[5]

以前林轻羽不想面对他的时候,江震都会用这五个字召唤她。此时隔着屏幕,林轻羽都能知道江震是什么样的语气和神态——懒洋洋的,但揣着什么难以窥测的目的。

林轻羽突然很紧张,她把手机往床上一丢,打算先装死十分钟再说,但躺了不到三分钟,她就爬起来了。

按照江震的脾气,发给她消息几分钟都没回复的话,他一般都会再发几条。可是这回静悄悄的。不对劲儿!这里面绝对有诈。

林轻羽越想越不安,来回刷新几次,确实没见他继续发消息过来。

但点开朋友圈一看,她惊呆了。

两分钟前,江震更新了一条动态:"吃不下饭,想吐。"要知道江震的朋友圈,向来都是人狠话不多,回回都是只发图不发文字。徐思达还调侃他是把朋友圈当相册了。这样纯文字的朋友圈,还是第一条。

底下很快就有共同好友点赞和评论。江震和老师、同学的关系都处得很好,这一条朋友圈,江震没有屏蔽任何人,她甚至看到了居委会大妈赵阿姨的评论。

赵阿姨很担心年轻人的身体健康,问他是不是手机玩多了,平时要多锻炼身体,早睡早起身体好。

江震统一回复道:"谢谢大家关心,我很好,只是有点反胃想吐。"

这一条乍一看还没什么问题。

保卫处的大爷还给他建议,说消化不良的话,可以买点健胃消食片,年轻人要爱惜自己的身体。

下一秒,林轻羽眼睁睁地看着他又统一回复了两条消息。

jz:"不是什么大问题,谢谢大家关心,刚被打入冷宫,还在适应期。"

jz:"对了,本人第一次遭遇冷暴力,请问万能的朋友圈,有什么办法可以破冰?"

林轻羽差点没被自己的口水呛死,她打了个电话过去,吼道:"江震!"她气急败坏,这浑蛋,在胡说八道什么啊!

江震还没来得及回复评论区底下的那一大排问号,懒洋洋地接起电话:"嗯?在呢。"

"你,朋友圈删掉!"林轻羽咬牙切齿地说道。

江震乖乖地"哦"了声,接着说了一句:"我不。"

他的语气非常地欠揍。啊啊啊!林轻羽狂怒:"你你你……你不知羞耻!你怎么能说这种话呢?"

江震靠在阳台的围栏上,懒洋洋地笑着控诉,"行啊,林轻羽,看我朋友圈,不回我微信是吧?"

"我……我没有!"

"那你叫我删掉什么?"

江震还在看评论区的留言,但太多了,有点看不过来。

徐思达还在下面评论了一句:"后宫甄嬛传?你可真厉害。"然后问是谁干的好事,"为民除害"了。

林轻羽急得不行:"我错了,江震,求求你,你快删掉吧!"

"那你过不过来?"

"过来,我现在马上就过来!"

江震笑了笑,没有再回评论区,直接点了删除。只是林轻羽进门的时候,差点没扑上去咬死他。

"手机呢!手机在哪儿?快给我!"

"什么手机?"

江震躲来躲去,林轻羽扑到他身上,伸手去够他举起来的手机。

"朋友圈,删掉!"

"我点外卖呢,你别吵啊。"

江震身高188厘米,天生就占优势,任凭林轻羽这个小短腿怎么扑腾都不受影响。

林嘉晏刚才在打游戏,没注意看什么朋友圈,就问怎么回事。他点开微信,说什么也没有啊。

林轻羽狐疑地问道:"你删掉了?"

看她紧张的样子,江震挑眉,问道:"你想看吗?我不介意再发条一模一样的。"

跟江震比脸皮厚，林轻羽真是甘拜下风。

晚上江震点了小龙虾还有一份小火锅。碍于未成年选手——林嘉晏以及一杯就倒的选手——林轻羽，这两个人在，江震没拿啤酒出来，只开了几罐饮料。

吃饭的时候林轻羽突然变得很狗腿，不仅给江震递纸巾，还帮他剥小龙虾，甚至江震问出"现在谁是老大"的时候，林轻羽都能睁眼说瞎话："你，是你。"

虽然，林嘉晏听出了后面还有三个被她硬生生憋住的字"行了吧"。要知道从小到大，林轻羽哪儿这么憋屈过，太阳从西边出来了。

"林轻羽，你突然这么狗腿干吗？"林嘉晏非常疑惑，"你又欠江震哥钱了？"

江震还坐在那，一副等待投喂的表情："哦，就是昨晚——"

林轻羽突然把虾塞到他嘴里，用力堵住，皮笑肉不笑地说："没事。"

林嘉晏听到这句话，脑门上缓缓浮现出一个问号。

第六章

别躲着我

[1]

一顿饭吃得林轻羽胆战心惊，好在林嘉晏也习惯了他们两个人的相处模式，并不觉得有什么奇怪。

过两天爸妈要回来，林嘉晏提前去超市备些生活物资，江震也有东西要买，于是提议一起去。

林轻羽本来不打算跟着，但怕江震管不住那张嘴又开始对林嘉晏胡说八道，只能跟了过去，预备紧盯着江震。

双人行最后变成了三人行，林轻羽夹在最中间，队形瞬间变成了一个"凹"字。江震看着地上的影子，忍不住扑哧一笑。

"你笑什么？"林轻羽不明所以地抬头。

江震摸了摸她的脑袋："没什么，好好看路。"

有病！林轻羽嘀咕了一句。

超市离小区并不远，步行几百米就到了。

林嘉晏走在前面拿推车，林轻羽在后面跟着，江震要买的东西与他们要买的不在同一个区域，于是大路朝天，各走一边下。

只是没多久，江震突然发消息给她。

jz："过来一下。"

Mumu："？"

Mumu："干吗？"

jz:"挑个东西。"

林轻羽心说你自己不会挑吗,但想了想,又问江震要了具体的方位。

家里需要买什么东西,林轻羽也不懂,每次买的时候都是只在旁边点头或摇头,如果不好看就不要。她这种买东西的方式经常被林嘉晏否决,之后林嘉晏也懒得问她。

林嘉晏还在前面挑沐浴露,林轻羽就跟做贼一样悄悄地往后退,跑到了江震那边。

"你叫我干——"

江震突然伸手把她往货架边一拉,高大的身躯俯下来,遮住了她的身子。林轻羽抬手环上他的脖颈,被迫承受了一个吻。

吻毕,江震捏捏林轻羽的耳垂,说道:"这是不理我的惩罚。"

林轻羽的脸色瞬间变得绯红:"我哪有不理你!"

只不过是太累了,睡了一个下午。

"而且——"林轻羽掐着他腹肌,"你干吗在朋友圈胡说八道,颠倒是非?"

这两天快要入秋了,晚上降温了,江震穿了一件薄款的白色卫衣,她这么一掐,倒是不痛,就是有点痒,江震哼了声:"有什么不对吗?"

身后的货架琳琅满目,超市的灯光很亮,她的身材小小的,皮肤又白又细腻,害羞地睁着眼看他,半天说不出话,只看见果冻似的唇瓣动了动。

"嗯?说什么,听不见。"江震将两只手撑在旁边的货架上,身子继续往下躬,和她平视,鼻尖都要挨着她的脸了。

林轻羽的耳朵瞬间发热:"昨晚,昨晚明明是你主动……"她继续说道,"你干吗把我说成了负心汉?"

"那你后悔了？"

后悔和他玩那个游戏，又后悔没有拒绝他。

"林轻羽。"江震不敢错过她的每一个表情，但此时很怕看到她逃避的眼神，声音很轻地说，"我昨晚没有喝多。

"说的每一句话，也都是真心的。

"你是我的乖乖。"

他想亲她，也是真的喜欢她。

最后一句话，他没有像以前一样咽回喉咙里，但说得很轻。

两个人的心跳都很快。林轻羽无处可躲，将脸埋进他怀里，鼻尖蹭到了他柔软的卫衣，还嗅到了他身上很淡的香气。她被他的气息包围了，意识到这一点后，她的脸越来越热。

江震又低声问了句："还疼不疼？"

昨晚他好像亲得有点用力，林轻羽的嘴唇都肿了。喝了点儿酒，她不太清醒，哭着喊了好几声疼。不知道的，还以为江震对她做了多么过分的事。

林轻羽小声说："不怎么疼了。"就是感觉……有点尴尬，也有点不好意思。但让林轻羽意外的是，她好像并不反感江震亲她，甚至很喜欢。

林轻羽面红耳赤。江震抱了抱她，她小小的身体被他全部都拢进了怀里。闻着她的发香，他感觉心满意足。

"好，那以后别躲着我，行吗？"他说过要追她，不想在这个时候让她跑掉。

[2]

林轻羽是脑子进水了才会躲着他，不过她什么都没说，只是轻轻地点头。仅仅是这样，对江震来说已经足够。

回去的路上月亮当空照。依旧是三人行，但这回林轻羽走在旁边。

江震去年参加了一次竞赛，和林嘉晏现在参加的是同一个。林嘉晏做题的时候遇到一个比较复杂的题型，他问江震有没有碰到过。两个人就此聊了起来，气氛十分好。

除了偶尔一起打打游戏，林嘉晏还会叫江震一起踢足球，说队里没有江震哥会心里没底。

林轻羽记得老林去爬山和钓鱼的话也喜欢叫上江震。门口的张爷爷喜欢看江震下棋，虽然棋艺在他们当中算不上厉害，但棋品一绝。年纪轻轻的扎在一群老头里，江震可谓鹤立鸡群，非常醒目，下完棋之后就抱着球去找徐思达。

感觉江震会的东西还挺多，虽然嘴巴不是非常甜，但有礼貌又爱笑，在小区里简直男女老少通吃。

提起姓江的那家，大家想到的都不是很有钱的那个江昱华，也不是很红很有名的演员华瑶。

而是那个走在路上永远活力满满，见到谁都会打声招呼，有什么需要都愿意搭把手的江震。这样外向又热心的人，到哪儿都讨喜。

江震初中那会儿特别贪玩，但上课不扰乱课堂纪律，一个人趴在桌上睡觉，或者看着窗外发呆，一下课就去操场撒野，考试的时候成绩一塌糊涂。虽然到了初三成绩有所提升，但也赶不上其他人。

林轻羽还以为他高中三年也是这样混过来的，但事实证明他考上常大用的不是什么"钞能力"。因为他和林嘉晏说的那些题……她一个字也听不懂。

"有些题它出得的确比较难，但像你刚才说的，它一般都有规律，你可以参考一下98年、00年、05年还有07年的真题,最后一道题它用的都是这个公式,只是算法不太一样。"

"98年?"这题目的年纪比他的年纪还大。

江震点点头:"嗯,这个题型比较老,也难,所以近几年都没有再出,但也保不准今年又考。"

他家里还有资料,说一会儿可以拿给他。有这好东西,林嘉晏当然满口答应。

江震买的东西不多,刚才结账时没有一起排队,出来后他直接把东西放在林嘉晏的袋子里,拎在手里顺便帮忙提了一路,到家才拿出来。

林嘉晏去书房找他说的试卷,林轻羽看着他拿东西。

"江震哥,卷子放哪儿了?"林嘉晏在里面喊,他找不到。

"在第三排的最右边,那个蓝色文件夹里。"

站在客厅的吊灯下,江震一面不改色地大声说道,一边掏出一个花花绿绿的小盒子,悄声地问她喜欢哪一种。

林轻羽只看了一眼就想歪了,立刻移开了视线,耳朵又开始发烫:"你干吗拿这东西问我啊。"

"我就是让你挑一个。"

"我不要!"林轻羽立刻说道。

"哦。"江震扬眉,故意拖长了声音说道,"口香糖都不要啊。"

林轻羽定睛一看,那个花花绿绿的包装的东西果然是口香糖,顿时大窘:"你故意的!"

"是你自己想歪了。"

林轻羽脸红得不行,下一秒他又忽然弯腰:"不吃口香糖,那亲一个可以吗?"

眼见江震漆黑如墨的眼眸因为眼底的笑意变得很亮，林轻羽紧张得想往后躲，小声说："林嘉晏还在呢。"

"所以等他出来我就亲不到了。"

说得还挺有道理。

林嘉晏出来的时候动静特别大："你们在干吗？"

嘴唇还没碰到就要分开，柔软的触感只落在了额头，林轻羽吓得赶紧低头找东西："啊……我戴的假睫毛好像不见了。"

"江震，你快帮我看看是不是掉地上了。"

林嘉晏一脸狐疑："你今天化妆了？"

林轻羽说："那可能是真睫毛掉了，最近脱发掉发挺严重的。"

江震憋着笑，把她拉起来站直，然后看向林嘉晏问道："试卷和笔记找到了吗？"

"找到了，谢谢江震哥。"

"行，那回去吧。"

林轻羽就这么被赶走，出门时还有点不甘心，回头瞪了江震一眼，江震用口型对她说：下次亲。

瞬间的她脸又热了起来。林轻羽心想：谁要跟你下次亲啊。

这两天林轻羽都没有再出门，江震也没有来找她，看他的朋友圈更新的动态，应该是和徐思达出去踢球了。

虽然三个人都在同个小区，还是上下楼的关系，但就是碰不到。听江震说，最近徐思达挺忙的。林轻羽问江震，徐思达在忙什么。

估计是先问了徐思达的意见，江震迟了两分钟才回："陪女朋友。"

林轻羽大为震惊，立刻发微信过去问。

Mumu："什么时候的事啊？"

她竟然一点都不知道。

江震说前几天吧，不过你之前见过。林轻羽第一反应就是那个身材超级棒的赛车手美女。

Mumu："他竟然能泡到姐姐！"

不过仔细想一想也是，估计只有那个款的姐姐才能压住他。

林轻羽又说，那你赶紧回家吧，别耽误人家约会。

江震没马上回，但过了一会儿之后，他问："我也能陪女朋友吗？"

[3]

林轻羽觉得自己开了窍，想明白了之后，面对江震的时候就没那么淡定了。上次一陪就出了事。她到底还是年轻，把持不住自己，跟喝酒和游戏都没什么关系。

她想了想，说——

Mumu："不了。"

Mumu："我还没有做好准备。"

原本毫无龌龊想法的江震看到第二条消息的时候，满脑子问号。他二话不说，给林轻羽打了个电话。

"你怎么还特意来问啊。"今早爸妈刚到家，现在在客厅分礼物呢，林轻羽躲到卧室才接电话，"我现在不方便。"

"林轻羽，你脑子里都装了什么啊？"

"嗯，你想干吗？"

江震气得要死，他去门口的便利店买了瓶水，喝了几口才问："你不想我吗？"

掐指一算，两人已经两天没见了。

林轻羽说："想。"

"你那 500 块钱什么时候还我？上个月那钱我早就还你了，你干吗连林嘉晏的钱都骗？"

那天林轻羽只是骗骗林嘉晏，没想到江震这个浑蛋竟然心安理得地接受，对她已经还钱的事只字未提。

"哦。"江震想起来了，"那不是你输给我的吗？"

"我什么时候输给你了？"

她又没有跟他打过赌！

但是问完这句话后，林轻羽猛然想起了醉酒的那天晚上。

迷迷糊糊昏睡之前，她好像大言不惭地说了句：我要亲江震一百遍。

察觉到林轻羽的沉默，江震皮笑肉不笑地问："想起来了？"

江震说："你什么时候不赖皮了，我就什么时候还你。"

中午，林轻羽收了爸妈出差带回来的礼物，又坐在饭桌前乖巧地听他们说话。他们每次回来都会讲自己遇到的趣事。

林嘉晏高三了，吃完午饭就得收拾，回学校上晚自习。明明是中秋，晚上还不能在家。

孟女士给他装了一大袋吃的，还有换季要穿的衣物，打算一会儿让林邵军开车送他去学校。

林轻羽又是新生刚开学，孟女士问她在学校习不习惯，军训辛不辛苦。

也许妈妈都这样，一个月不见，总觉得自己的孩子在外面吃了很多苦，到了新环境被孤立，是个小可怜虫。

林邵军都有点儿看不下去："我也准备开学了，到时跟木木在一个学校,你担心什么?"但是转头看向林轻羽,又颇为赞同地点头,"好像是瘦了,下巴都尖了很多,宝贝多吃点饭。"

然后林轻羽的碗里又多了一个鸡腿。

林轻羽感动得要哭了:"我的好爸爸。"

"欸,乖女儿!"

林轻羽有事求求,嘴巴变得特别甜:"爸爸,你出差辛苦了,要不一会儿还是我送弟弟去学校吧。"

林嘉晏斜了她一眼:"你会开车?"

"我不会,但江震会啊。"

"还是不要麻烦人家小江了,爸爸不辛苦。"

"咱们都这么熟了,江震不也算您半个儿子吗,怎么叫麻烦呢?"

林邵军觉得她说得有道理,林轻羽都以为她的奸计快要得逞了,结果下一秒林邵军就一拍大腿说:"好!那就拜托一下小江!"

——好耶!

林轻羽暗爽。

"木木在家陪爸爸看看石头吧,这次出去爸爸带了好几块石头回来,特别漂亮。我一会儿拿显微镜给你看。"

林邵军兴致勃勃地起身,连饭都不吃了。

林轻羽欲哭无泪,谁要在家看石头啊。

[4]

出门的计划就此泡汤,傍晚的时候还突然下起了雨。秋雨夹着寒风袭来,气温瞬间下降了好几度。

江震买的那两张电影票,只能做个顺水人情送给了徐思达和他的女朋友。

林轻羽有点愧疚，问他现在在干吗。

江震说："刚送你弟去学校，现在在花店。"

车窗外下着大雨，雨水太多，哗啦啦地往下流，雨刷怎么刷都刷不干净。他把车停在路边，打算一会儿再开走。

晚上七点有华瑶的演出，她自留了几张 VIP 的票，江昱华和他都会过去捧场，之后一家三口再吃顿中秋团圆饭。但刚才江昱华又临时发消息，说七点还有一个重要的应酬。现在只有江震在花店的门口。他去取了上午预订的百合，出花店时多带了一束玫瑰，放在副驾驶。

江震不是第一次买花，华瑶每次有演出的时候，他都会买一束百合去后台，但买玫瑰是第一次——丝绸质感，花瓣上点缀几滴水珠，红得很高级。

玫瑰也许不能和爱情画上等号，那过分艳丽的颜色和林轻羽的小脸也不太搭，但是送她的第一束花，江震还是觉得应该是玫瑰。

"你呢？"江震问，"还在陪你爸看石头吗？"

"嗯，不过我妈去做饭了，他现在在厨房打下手。"林轻羽在客厅看着鱼缸里游来游去的小鱼，心情也变好了，"江震，你喜欢吃什么口味的月饼？"

流心奶黄、莲蓉、豆沙或者是五仁？

家里放了好几盒不同口味的月饼，林轻羽知道江震肯定也不缺，但想挑一个他喜欢的。

江震说要第一个，并问道："你要陪我过中秋节吗？"

"这可能不太行，我就是想给你尝尝不一样的月饼。"

"有多不一样？"

"你不懂，它经过了我九千九百九十九次的虔诚许愿，是由我——林轻羽林大师开过光的，吃了会变开心。"

江震已经听得咯咯笑，随后懒洋洋地说："行。"

晚上要看演出，他可能没那么快回来，江震说她要是想过来，可以随时输密码开门进去。

只是没想到一到剧院，江震就见到了不想见到的人。

女人穿着一身高定，完全就是一副富太太的模样，她见到江震后就笑着要过来摸他的头。

江震躲开了。

女人倒也没有生气，还维持着体面的笑容："小江是自己过来的？外面下着雨，怎么降温了也不知道多加件衣服，小心一会儿着凉。你看，头发都湿了。"

颜梦和江昱华认识十年了，放在以前，也算是常泞艺术团的台柱子，只可惜在认识了江昱华之后就隐居幕后，再也没有机会登上舞台。

这是江昱华的要求，也是华瑶可以容忍的缘故。

江震没想到她居然也来看演出了，江昱华刚才还发消息来说他今晚暂时抽不开身。

"我看颜女士还是不要用这种语气跟我说话，你在我面前可算不上什么体面的长辈。

"还有，我妈的演出马上就要开始了，您要是来看剧就好好看，要是脏了她的眼，可别怪我没绅士风度了。"

没想到他说话这么不留情面，颜梦的脸色青一阵白一阵的。她还带着几个小姐妹，江震并不眼熟，看穿着估计跟她现在的身份差不多。

毕竟正经的太太，可不会跟颜梦来往。

与颜梦擦肩而过的时候,江震又后退了几步,偏头对她说:"对了,颜女士,听说您最近在看医生?我看您也别费那个劲儿了,已经这个年纪了,怀不上就认命,也别想在我身上动什么心思。因为江家不管有没有我,我爸我妈都不会离婚的。"

而且因为她自己小腿骨折的事,他还记在心里。

大雨下到晚上十点还没停。

吃完饭后,林轻羽陪两个大家长看电视,窝在沙发里又开了袋零食。

孟女士让她少吃点垃圾食品,林轻羽摇头,充耳不闻,老林在旁边说:"算了吧算了吧,孩子都这么大了还管她干吗。"完全一副女儿奴的模样。

之后孟女士要拆月饼,林轻羽急忙扑上去:"妈妈,这个不可以!"

"怎么了,这个不是你最爱吃的吗?"

过中秋节吃月饼讲究的就是仪式感,但林轻羽最爱流心奶黄馅的,每年都要吃上好几个。

林轻羽把桌上最大的那个收起来,揣在怀里:"这个不行嘛,我现在还不想拆。"顿了顿她又问,"我可不可以带去学校再吃?"

她明早有课,七点就得起来。

这次返校不需要带什么行李,但因为降温,孟女士也拿了个小行李箱给她装衣物,又将月饼放在最上面。

到了十一点,两个大家长终于回房间休息了。

林轻羽洗了澡,趴在门口听见确实没动静了才去拿刚刚私吞下来的月饼,蹑手蹑脚地开门、关门,一气呵成。

嘿嘿,她现在终于出来了!

林轻羽跑到对面,直接输密码进去,但找不到玄关处的开关,只能摸黑进门。

"江震——"

室内静悄悄的,没有人回应,林轻羽以为江震还在外面,结果进到客厅,落地窗外的灯光照进来,她看见沙发那躺了一个人。

他穿了一身偏复古的黑西装,还打了个漂亮的领结。

林轻羽知道江震每次出席华阿姨的活动都会打扮得很隆重,这次也不例外。这身裁剪得当的礼服给他本就精致的五官添了几分高贵的气质,看起来更像个"小少爷"了。

只是他回来了怎么躺在这儿?

林轻羽走到旁边,又喊了一声:"江震,你——"

她的声音很轻,那句"睡着了吗"还没说出口,伸出去的手指刚碰到他的脸颊就被握住了——江震把她拉到了怀里。

[5]

江震在家等了林轻羽很久,从晚上八点到现在,差不多四个小时。

他以为她不会来了。

因为就住在对门,林轻羽出来的时候只穿着睡衣,奶白色的,应该是纯棉的,布料摸起来很柔软,但还有比睡衣更柔软的——她纤细的腰。

江震没有犹豫地吻上去,月饼落在地上,但是无人理会。

"呜……江震……"林轻羽被他亲得仰起上身,却被他死死地钳住了,她怎么挣扎都挣脱不开。

今晚的江震好像有点吓人。炽热的吻似落入湖中的水花,一朵朵地在她皮肤上盛开,林轻羽体内的血液都跟着沸腾了。

他亲到耳边时,她已经忍不住颤抖了。

"林轻羽。"

"你又迟到了。"

他的嗓音哑得不像话。

"我没有……"林轻羽小声地辩解,"我这不是过来了嘛。"

也许是刚刚被亲得太狠了,她还吸了吸鼻子。江震抬手戳着她的额头,借着外面的夜光看她。

"哭了?"

"没有,都怪你!"林轻羽的鼻尖红红的,眼睛也是,"亲就亲,干吗咬我。"

"哦,我想咬。"他很不要脸地伸出自己的胳膊,补充了一句,"你也可以咬我。"

"我……我才不要呢!"

只是逗一逗,她的脸又红了。

刚才他淋了点雨,头发是被风吹干的,这会儿降温了,他感觉脑袋有点昏沉。抱着林轻羽的时候不想撒手,他偏头在她脖颈处亲了好一会儿。

"那让我抱一会儿,可以吗?"

江震总是很会谈判,先是提出一个她必然会拒绝的要求,等到下一个要求,她就不好意思再说"不"了。

夜色朦胧,看不清的东西总是最危险。她只是过来送个月饼的,没想到像是自投罗网的羊。

"只是抱抱吗?"林轻羽试探性地问。

江震说:"保不准。"

"保不准是什么意思?"

江震很聪明地先转移话题:"我的月饼呢?"

/107/

"掉地上了。"她可怜巴巴地说道,然后去捡起来,"刚刚还被你压扁了。"

"刚刚是你在上面。"他重新把她搂进怀里,坐在他大腿上的她个子小小的,几乎被他包裹住了。

江震的体温很高,暖烘烘地烤着她,林轻羽下意识地往他怀里钻了钻,两个人都没有再说话。

林轻羽还是不受控制地脸颊发烫,江震的呼吸声也变得不平稳。他还没吃月饼,喉咙已经开始止不住地吞咽:"林轻羽。"

"嗯?"林轻羽不敢乱动,哼出的鼻音都甜腻腻的,听得他很想咬她一口。

"月饼压坏了,可不可以赔一个新的给我?"

"怎……怎么赔?"

他突然搂紧她的腰,说:"亲我一下,当作补偿。"

江震很狡猾,看似很有绅士风度,经常问她"好不好""行不行",实则早已把她逼到无处可退的地步。

黑暗中她的眼睛湿漉漉的,但很快被眼皮遮住了。她不说好也不说不好,玩着手里的月饼默不作声。

见状,江震更紧地抱住了林轻羽。

宽厚的怀抱总能给人特别多的安全感,林轻羽用鼻尖在他脖颈处蹭了蹭,接着就听到江震继续问:"给你准备了玫瑰花,在我房间,要不要去看?"

饶是青梅竹马关系再好,林轻羽也很少去他的房间,活动的范围只有书房和客厅。卧室是一个人最私密的空间。

林轻羽不敢去,但留在客厅她又害怕江震再次要求她赔他一个吻。

"什么玫瑰花?"她没有回答,而是问道。

江震想了想,说道:"红色的玫瑰花。"

哦,真是好新奇呢。

她一直以为红色的玫瑰花是俗气的,还有些不够矜持。不过既然是江震准备的,林轻羽还是决定给他这个面子。

但江震并未放开她,而是抱着她往卧室走去。他走得并不快,但是腿长、步子大,感觉不一会儿就到了他的房间。

林轻羽感觉自己就像一只小考拉,挂在了他身上,客厅里没有开空调,行动间带起的风让她感觉有点冷,她不由得蹭了蹭江震,问他:"房间有暖气吗?"

"可以给你开空调。"

"那温度要调高一点。"

"不行,太高了会出汗,一会儿冷下来会着凉。"

江震一边应着她,一边去开灯。

眼睛适应光线后,看清了室内的轮廓,江震的房间很大,窗帘相当于一面墙,但没有拉上,透过窗纱可以看见外面漂亮的夜景。

那束玫瑰花就在桌上。他拿起来,捧到她面前给她闻了一下。味道还是香的。

林轻羽不是第一次收到花,之前即便不是逢年过节,老林也会给孟女士买。林轻羽能跟着沾光,分到一小束。生日的时候,也有人给她送花。

但这是她第一次收到玫瑰花,红色的玫瑰花,原来一点都不俗气,非常地漂亮。

林轻羽捧着花,满眼欣喜地说道:"江震,谢谢你,这是我第一次收到玫瑰花！"

明明不是什么贵重的东西,她却像捧了个宝贝。

"嗯。"江震开始摆谱,皱着眉。

起初他还不太懂,为什么谈恋爱非得送玫瑰花,矫情!可现在看到林轻羽高兴的表情,他好像明白了。

原来她开心,他也会跟着开心。她喜欢,他也喜欢。

江震挑高了眉毛,眼角眉梢散发着自己都未曾察觉到的温柔:"那以后,我天天送你?"

以后她还会有千千万万朵玫瑰。可江震,始终会是她的独一无二。

第七章
暧昧但不恋爱的关系

[1]

这一晚林轻羽没有回去。

江震的心情似乎不是很好。本来体质很好的人，淋了雨，顶着一头湿发躺在客厅等她，这会儿脑袋都有点烧迷糊了，她自然而然地选择了留下来陪他。

江震说："不怕明天你爸起来打你？"

她家里管得严，他知道。林轻羽倒是想回去，可他有本事这么说，有本事放开她啊。现在把她抓得牢牢的，她想动一下都有点困难。

林轻羽有点想哭，说："江震，你是不是想趁机谋害我。"

"怎么谋害你？"

"把病毒传染给我，让我跟你一起感冒。"

江震埋在她的脖颈处笑，胸腔震动，笑个不停。林轻羽只能摸到他的黑发，之后江震才说："是啊，我就是想传染给你。"

他语气恶劣，低头下来咬她的耳朵："所以，你能对我好点吗？"

可以对他好点吗，只喜欢他吗？

青春期里无法言说的心动，一笔一画地写出了"我爱你"三个字。曾经他觉得自己不够优秀，她不够喜欢，他没敢说出口。

"林轻羽。"闹了半天之后，他侧躺在她身边，看着她，目光专注得让她有些招架不住。

林轻羽"啊"了一声，之后江震又靠过来一点。

"今晚别走，留下来，行吗？"

他这儿有独一无二的玫瑰，也有独一无二的月亮。这不是他们过的第一个中秋，但只属于江震和林轻羽的，只有这一晚。他被雨淋湿的心，也会得到慰藉。

林轻羽其实已经困了，但心跳还在替她回应。她是一点儿也不怕，也不担心他，两个人太熟，只要在他身边，她好像怎么样都睡得着。

林轻羽说："好啊。"

等江震洗完澡回来时，果然发现她已经睡着了。小腿压着被褥，露在外面，身体的其他部位倒都钻进了被窝，还挺知道保暖的。

江震没吵醒她，只是把那只脚也放了进去，随后躺在她旁边，连人带被抱进了怀里。

"林轻羽。"他看着她安静的睡颜，小声地笑她，"你就这样睡在我家，是真的不怕你爸明天打断你的腿啊。"

虽是这么说，但江震还是起身，拿了备用钥匙去对门，把林轻羽收拾好的行李和衣物拿了过来。

明天早上八点，他们可以早点起来先返校。

只是到了次日，林轻羽困得一直在打盹，在课堂上连打了几个哈欠。

赵佳佳戳戳她的腮帮子，问："你昨晚做贼去了？"她一下课就趴在桌上补觉，困得像一团烂泥，不仅是她，教室里有一半的人在打瞌睡。

章倩说："放完假早上八点就得上课，这谁顶得住啊。"

国庆这几天大家都玩疯了，一时调整不回作息，魂还在外面呢，人已经坐在教室了。赵佳佳觉得这倒也是。她精神状态好，算是个例外。

/113/

赵佳佳又问林轻羽中午跟不跟寝室一起吃饭。上个月林轻羽没钱，军训结束后都是和江震一起吃，但正式上课后，两个人不同系，课也不一样，上课的教室更是流动性的。

林轻羽趴在桌上，声音闷闷的："再说吧。"

她现在只想睡觉，不想吃饭。

"好好好，那你先睡。"赵佳佳拍了拍她的小脑袋。

后面坐的是两个男生，本想也跟林轻羽说两句话，但看到她又趴下去就算了。

课间的时候江震来过一次，手里还拿了瓶牛奶。他穿着一件黑色的卫衣、黑长裤，看起来酷酷的，有种干净利落的帅气。

赵佳佳看到有个黑影站在旁边时，吓得不轻，抬头一看才发现是江震。

"她睡着了。"赵佳佳小声地开口，指了指睡得像糯米团子似的林轻羽。这人一到课间就睡，睡个十分钟又起来上课。

江震没说什么，只把那瓶热好的牛奶放在桌上，走的时候又回头，三步并作两步地走到她身边，然后抬手把她卫衣的帽子盖到了脑袋上。扬起的嘴角好像在笑又好像在嫌弃：小东西，睡这么香。

这样的生活大概维持了一个星期。

开学忙起来，时间恨不得能掰成两份用，别说是见江震，林轻羽连自己的亲爹都少见。

还是周五那天，她才有空和老林吃了顿晚饭。

"吃慢点，小心别噎着。"

林轻羽吃得着急，米饭大口大口地扒进嘴里，米粒乱跑，粘到了脸上。林邵军给她舀了一碗汤，又去旁边抽纸巾。

林轻羽嚼着饭,坐着不动,乖乖让他把脸颊上的米粒擦掉,腮帮子一鼓一鼓的:"我一会儿还要去上课嘛。"

教学楼离得太远,又是一个"8"字形的楼,她怕自己找不到教室,去太晚会迟到。

"周五晚上还上课?选修课?"

"嗯!"

林邵军还想问修的哪门课,但林轻羽吃完了就放下碗:"爸爸,我先走了啊!"她抓起书包就跑,叫都叫不住。

已经晚上七点多,还差十五分钟点名。幸好在路上遇到了校车,还有同样跑着去上课的同学,林轻羽踩点到了教室。

这是一门通识选修课,面对全校同学开放,教室里已经黑压压地坐了一片人。

林轻羽从后门进来,正抬头张望着坐在哪儿好,背后突然就伸出一只手,拽着她的帽子把她拖到了旁边的位置上。

"唔唔唔——谋杀啊!"

江震的胳膊搭在她肩膀上,手一拉,林轻羽就靠到了他怀里。

林轻羽的耳朵一红,江震用修长的手指捏了捏她的腮帮子,看着她笑。

[2]

七点四十,已经上课了,教授拿着花名册进来,他抬头环顾了一圈,看着黑压压的人头,笑着说:"人还挺多啊,但是我可事先提醒你们,上这门课是不发对象的,你们想要对象,得靠自己的努力去找。"

大学生恋爱心理健康,这门课每一年选的人都很多,其他课的学生下课都会去问老师要课件,只有这一门总有学生来问——教授,上这门课什么时候能发一个对象?

教授说话很幽默,底下的同学笑成一片。

"好了,底下的同学不要说话,我先点个名。"

"孙楼。"

"到!"

"甘雪玉。"

"到!"

"杨凝。"

"……"

教授把讲台上的花名册摊开,一个个地念,林轻羽和江震坐在最后一排,点完名后就开始压低声音说悄悄话。

林轻羽说下课后去坐第一排,她以前都坐前面,上了大学也没改这个习惯。江震说坐这儿就好。

"可是坐这里我看不清。"

教室里的人很多,大概上百人,像这种大课用的都是梯形教室,不存在挡视野的问题。可是距离太远,像这种选修课又是不发课本的,她怕教授的PPT字太小,到时不好做笔记。

江震说:"有我就行了。"

他视力好,两只眼睛都5.3。

"你会做笔记吗?"林轻羽很惊讶,她记得他初中那时上课从来不记笔记,每次考试成绩都一塌糊涂。

江震没生气,将笔记本摊开放在桌上,他先在扉页上写下这门课的名字——字迹清隽好看,写得干净利落,和他这个人一样。

之后江震手指夹着那支水性笔转,偏头问她:"如果这门课我考得比你厉害怎么说？"

"谁要跟你比这个呀。"

幼不幼稚！

而且这门是选修课，专业性不强，大家都是想混个高分把绩点拉上去，把学分修满就好了。

当时林轻羽都没打算选这门课，但是大一第一个学期开放的通识选修课少，这门课看起来比较有意思，林轻羽就选了这个，谁知道江震也选了。

江震以前上课是不认真，高中没能和她同校，心里其实也没什么遗憾。但是有一天他忽然发现，不能见到林轻羽的日子好像都失去了意义。

离她太远了，他的喜欢没有随着距离减少一分一毫，反而觉得，自己这样的喜欢好差劲。

为此，高中那三年他改变了很多，将落下的课程一门门重新捡起来。

说实话，江震其实没有追过人，唯一喜欢的人就是她。江震不知道要怎么样才能成为一个很好的伴侣，但是他想和她再近一点。哪怕最后林轻羽还是不喜欢他，选择和别人在一起，可他是充实的、优秀的，站在人群中也一样醒目，等哪天他可以若无其事地把藏了很久的喜欢宣之于口，她也不会觉得丢脸，会真心地觉得：啊，被他这样的人喜欢过，真的好棒。

…………

"如果呢？"江震突然有点儿较真了，"如果不仅仅是这门课的考试能拿高分，在生活中我也能做得很好呢？"

大学生恋爱心理健康，会讲两性知识，卫生与健康，爱与平等。不管是生理还是心理，都旨在教会作为大学生的他们能正确地看待自己与他人，树立正确的恋爱观，在恋爱关系中成为一个好的伴侣。

江震不是把它当成一门选修课，而是此生的必修课。在讲台上授课的是教授，但他真正的评卷人，是眼前的林轻羽。

林轻羽被他认真的眼神看得脸红："什……什么？"

"如果我赢了，做我女朋友，嗯？"江震忽然伸手，穿过她正在写字的右手，用指尖去挠她的手心。

"别……别乱动了。"林轻羽猛地握住掌心，笔掉在了地上，她握住他的手指，耳根已经烧得通红，"老师还在上课。"

这个老师不像其他教授那样，第一节课先把自己的身世背景、留学经历洋洋洒洒地说上一两个小时，而是很务实。点完名后，他把课程要求和评分细则强调了一遍，便切入了主题。性和爱分不开，大学生要恋爱，首先要正视的就是性别，还有性。

林轻羽把江震的手推开了，一副专心上课的样子。江震和她亲了那么多次，至今都没有一个名分，心里惆怅不已。

坐在后排的人不少，但坐在最后一排的只有他们，江震看着她问："那你想和我结束这种关系吗？"

"什么关系？"

"暧昧但不恋爱的关系。"

林轻羽的耳朵又红了，她都想过去捂住他的嘴。

江震的手臂很长，林轻羽一伸手，就被他压在臂弯下。她不敢闹出太大的动静，把脑袋埋在桌子上，只留了个后脑勺给江震看，嘴里嘟囔道："谁说我们是这种关系了？"

"不是吗？"

有了秘密的人总是更心虚，他俩一起长大，关系本来就很好，在学校一起吃饭也不是什么奇怪的事。

但那天早上她和江震一起提前来学校，把老林抛下之后，林轻羽每次都怕被老林逮到。因此除了今天上这门课，他们已经有好几天没当面好好说话了，都在做"网友"。

江震忍不住也把脑袋搁在桌面上，不知怎的，他听见了她的心跳声。

"你好像也很想我。"江震低笑出声，眼睛一眨不眨地盯着她泛红的耳尖看，"所以，你也喜欢我，是吗？"

[3]

放在以前，林轻羽肯定不会做第一个开口，说"我喜欢你"的人。

日积月累下的感情太过自然，就像人泡在空气里，即便哪天开了瓶可乐，在某个瞬间好似被甜腻的汽水刺激到，她也只是安慰自己：不过是第一口喝下去的错觉。

对于林轻羽来说，喜欢上江震是很自然的事，戳破这层窗户纸，她如同身陷沼泽无力自拔。

但是现在情况不一样，周墨已经帮她作弊了，江震也一直在露马脚。

他说"也"，是因为，他很早就喜欢她了。

所以林轻羽没有犹豫，也没有别扭，转过脑袋，在他的注视下，坦坦荡荡地看着他，小声地说："我是喜欢你啊。"

喜欢就是喜欢，承认也没什么大不了。

教授还在台上讲课，周围的同学都听得很认真，耳边偶尔能听见翻书的声音，还有人磕碰桌椅时发出的细微声响。

而她趴在桌子上，小声地向他告白。其实这一切都很真实。

只是窗外夜色浓稠，尽管室内的灯光白亮，但也会在夜晚的笼罩下，生出一种坠入梦境的错觉。

江震伸手捏了捏她的脸颊:"再说一遍。"喉结紧张到紧绷,江震突然觉得自己没出息,好怕再多说一个字,就会打破这美好的幻境。

已经开小差浪费了好几分钟,林轻羽的脸红红的,不好意思重复,只拧了下他大腿,低声警告:"上课了!听课!"

"再说一遍吧,乖乖。"

江震却不依不饶,动静要是再大点,就会吵到前面的同学还有讲台上的老师。

林轻羽无奈,只好又小声地说了一句:"我说,我也很喜欢你啊,江震。"脸越发烫了,但她没有转头。

他的耳朵红了起来,他的肩膀颤动,却是在开心地笑。他不再缠着她,手从她的肩膀上放了下来,老老实实地坐直了,拉开了两个人的距离。

江震将手肘搁在桌面上,偏头笑着说了声:"好。"视线却舍不得从她脸上挪开。

林轻羽又气又羞,心口却像被蜂蜜填满,她在桌底下踢了江震一脚,说好好听课。却不想,这踢,放在桌上的笔一下子滑到了地上。

看江震的表情是答应了,但是视线没离开,过了好一会儿才捡起地上的笔递给她。

临近下课时,江震突然用膝盖撞了撞她。

"干吗?"林轻羽用笔戳着下巴,专心致志地看着专业课的笔记。

听了一节课后,她感觉大学生恋爱心理健康其实不难,基本上是普及一些常识性的东西,要做的笔记其实也不是很多,所以下课后她看的是自己专业课的东西。

江震突然说:"你脸上有东西。"

"嗯？什么东西？"她一边转头一边问，手在脸上摸，心想，该不会是刚才吃饭的米粒没擦干净吧。

江震说你凑过来一点看看。到这时林轻羽还没发觉这套路老得要命，直到江震在她嘴角轻轻地碰了一下，柔软的唇擦得她脸颊发烫。

"没什么东西，就是想亲你一下。"

林轻羽的耳朵再次泛红，她觉得如果再这么下去，就算是常汀一秒入冬也没用了。

好热！

"你别碰我了。"

林轻羽小声凶人的时候更像是在撒娇，她摸着耳垂坐回去，低着头看书。江震说"哦"，但下一秒，他就握住了她的指尖。

手掌撑开，想和她十指相扣，又觉得她的手太小，最后将她的手全裹在自己的掌心里，林轻羽想抽都抽不出来。这样根本没法好好写字。林轻羽都怀疑他刚才说的要考高分是不是在吹牛。

"你这是在扰乱课堂纪律！"林轻羽很严肃。

江震抬手，在她手指上点了两下，语气散漫，目不斜视地回："可是这位同学，现在是下课时间。"

到了大学不像以前，到了下课时间就乱跑，现在大家基本上都坐在自己的位子上。

刚开学，谁也不认识谁，同一个班的可能都不熟络，更别提来自不同院系的人。好像只有他们两个人熟得不行。江震还装模作样地叫她同学。林轻羽都想骂他会装。她无奈地说："有这么开心吗？"

一节课过去，嘴角还是上扬的。

"我很开心吗？"

"没有吗?"

"没有啊。"

江震偏头,一本正经地看她。败下阵来的林轻羽撇嘴,小声地说:"没有就没有。"

课后,教室清空了,楼道的灯是声控的,教学楼里基本上已经没什么人了,四周都跟着暗下来。

在隐秘的拐角处,林轻羽整个人都被江震笼罩住。仰着头,踮着脚十分不舒服,江震索性将她抱了起来,瞬间,甜腻、灼热的气息将她包围,她的心都被融化了。

"好……好了吗?"林轻羽感觉脸热,脖子也热,小口地喘着气,眼睛湿漉漉的。

江震在她耳边低笑,喉结都在颤抖,他唤道:"林轻羽。"

"嗯?"

外面的夜色正好,十五过后的月亮也非常亮,月光浅浅地照进来,拐了一个角,正好落在他们脚下。

江震把她放下来。耳朵贴在他的胸口,她能听见他剧烈又有力的心跳声,伴随着他低缓的说话声,一下一下地砸到她心里,她的心跳跟着漏跳了一拍。

他说——

"给你听一下,我开心的声音。"

如果语言会撒谎,那心跳会是真话最有力的佐证。

[4]

大学忙起来比念高三时还要忙,压根儿没多少时间腻歪,林轻羽和江震都是见缝插针地发消息给对方。

十月,学校开始筹办新生辩论赛的活动,月底开始初赛。

作为法学院的学生,林轻羽肯定是要报名参加的,但是江震怕她上台后一紧张,又开始对着对方辩友说胡话。

"我现在已经进步很多了!"林轻羽叉着腰,走在路上都要先找一个台阶踮脚才停下来,扬起下巴对他说,"能口若悬河滔滔不绝,把对方杀个片甲不留!过去的事情已然成为黑历史,所以江震同学,为了我俩好不容易建立起的友好关系,我劝你不要再提那些陈年旧事。"

她雄赳赳,气昂昂的,江震都怕她摔下去。

"真的吗?"江震还是不太信她刚才的鬼话,"你现在说一句听听。"

"说什么?"

"说一句,江震,我好喜欢你。"

林轻羽语塞了:"哼!"

"行,不说就不说。"江震憋着笑,单手把她从台阶上抱了下来,然后又捏了捏她的脸颊,两个人往图书馆的方向走。

他最近好喜欢捏她,林轻羽烦死了。

他们有的时候会在没有人的角落接吻,江震亲着亲着就喜欢捏她的脸,然后让她重复那天晚上的那句"我喜欢你"。

江震仿佛患了肌肤饥渴症一样,不紧挨着她就不乐意,更别说亲吻了。每一次都快要把她惹恼了,她才喘着气说:"我喜欢你。"

已经凌晨一点多,辩论队还聚在办公室里讨论。校园里树影重重,月光冷淡。林轻羽坐在角落记笔记,写构思。

学校初赛开始之前,林轻羽已经参加过两次学院赛,一路过关斩将倒也顺利。而且大一新生的辩题并不是很难,辩论赛主要是为了培养学生的逻辑思维以及对世界的探知欲。让学生喜欢上辩论，能自己独立思考才是这场辩论赛最主要的目的。

林轻羽其实还蛮享受这个过程的，每结束一场思想、观念上的博弈都会有种酣畅淋漓的感觉，在这种情况下熬夜再晚也不会觉得累。

今天也一样，只是她的思绪有些游离。

今天下午抽空跟江震见了一面，两人亲热了好一阵子，刚刚他还发消息问："周末一起过吧。"这导致林轻羽到了后面压根儿没法集中注意力。

果然，谈恋爱就是会让人分心。

傅玄则拿笔头敲了敲她的脑袋："林轻羽，你在想什么呢？收拾收拾东西该回去了。"

"啊？几点了？"

她打开手机，发现已经凌晨两点了。

傅玄则是她的同班同学，之前上课经常坐她们后面，辩论队里还有一个叫唐星的男生。两个人都是社交达人，和辩论队的学长学姐很熟。

当时面试大家看林轻羽个子小小的，长得又可爱没有一点气势，并不想要她，是傅玄则他们力荐，说林轻羽很厉害，试试吧，她才能进入辩论队。

叫唐星的那个男生家境还很好，每次聚在一起熬夜讨论辩题时，都会带很多好吃的来犒劳大家。

林轻羽记得江震他们家酒店里就有唐星带过来的点心，小小的一个蛋糕标价三位数。

大家白天都有课，只能挪用晚上的时间来准备辩论赛，结束后傅玄则很绅士地说要送女生们回去，唐星在旁边开玩笑地说："是女生，还是女生们？"说话间，暧昧的眼神落到林轻羽身上。

她在低头看手机，傅玄则小声阻止唐星："别胡说。"

他们还只是纯洁的同学关系，虽然林轻羽确实很讨人喜欢。

第一次见面的时候是班会，她上台自我介绍的时候有点紧张，耳朵红红的，眼睛明亮。她介绍自己的时候很认真，也很简单。

"大家好，我叫林轻羽，为了给同学们留下好的第一印象，我决定不说很多，大家能对上姓名就好了，因为再下去就要开始胡说八道了，谢谢。"

其实傅玄则当时挺莫名其妙，后来一起上课的次数多了，他听到赵佳佳她们嬉笑打闹就懂了。

林轻羽真的是一个蛮可爱又讨人喜欢的女孩子。她参加辩论赛是想多多锻炼自己。除了林轻羽，队里还有两个女生，一个是帮他们把关的学姐，还有一个替补队员。剩下的四个男生集体送她们回去，林轻羽在走下办公楼时看到了江震。

他个子高高的，即便是穿着低调的灰色卫衣也非常醒目，袖子撸到小臂的位置，手很好看。

见林轻羽跑过来，还没靠近他就用手按住了她的小脑袋，等林轻羽拳打脚踢时又一把将她搂到怀里。

他给她带了一杯奶茶。

"还打我？等会儿奶茶洒了谁给你洗衣服？"

"谁大晚上还喝奶茶啊。"

"你不是说想喝？不喝把吸管还我。"

"我不！我不要！"

两个人就站在楼下的路灯旁打闹，江震一边逗她，一边给她插上吸管，

/125/

垂下来的眼里满是宠爱。

"行了啊,晚上尝个味道就好了,不然一会儿回去睡不着。"

他不是第一次大晚上的还来接她回寝室,有时他就在旁边的自习室边看书边等,困的时候就先回寝室睡一觉,到时间了再起来。

辩论队里的人也都认识他,林轻羽的发小,听说准备谈恋爱。之所以说是"准备",是因为听说江震还在追。不过看这情况,和正在谈恋爱也没区别。

她没留意到其他人的失落,只回头摆了摆手:"阿絮、玖玖,我先回去啦!"

走的时候,他们听到江震捏着她腮帮子问了一句:"你就叫你学姐阿絮啊,没大没小。"

林轻羽拐着弯都要踢他一脚:"拜托!我们学姐人超好的,才不像你。"

"奶茶还我。"

"不还,已经喝完了。"

"吐出来。"

"哕——"

"好啊,林轻羽,敢哕我。"

他们已经走远了,也没有回头看身后的那些人,入秋的夜晚其实很凉,贴着地面上的路灯看起来都很单薄。

"冷不冷?困不困?"

再说话时,林轻羽已经趴在了他背上。从学院办公楼到寝室楼的距离还很远,用她自己的"小短腿"起码得走上二十分钟才能到。

"不冷。"林轻羽趴在他肩上,脸颊贴着他的脖颈,他温热的气息很舒服,短发蹭着她的脖子,有点儿痒,但是她很喜欢。

"就是我好困啊。"林轻羽说,"我每一天都好困,你说怎么会有人每一天都这么困?"

　　"是啊,为什么呢?"江震问。

　　"可能我要过冬了吧。"

　　"那我要等春天的时候再叫醒你吗?"

　　"不用了。"她看到寝室楼已经在眼前了,拍拍江震的肩膀,跟按喇叭似的,"师傅,到这里就停下吧。"

　　江震气得想在她腮帮子上咬两口,但最后还只是亲了亲她,才把她放下来:"赶紧回去睡觉,躺下了给我发消息。"

　　"好的师傅,谢谢师傅。"

　　林轻羽犯困了,一边鞠躬,一边退着往前走,走到寝室门口又小跑着过来,亲了他一口:"晚安,江震,今天辛苦你了。"

　　大晚上的,她走了之后江震还站在楼下笑,他突然感觉谈恋爱也挺有意思的,和林轻羽在一起的时候最有意思。

[5]
这几天林轻羽都忙着准备校辩论赛。

　　她是队里的四辩,负责总结归纳和升华,林轻羽不太能直接和人辩论,但在这方面倒是很敏锐,也能一语中的,总结出本队最鲜明精彩的观点。

　　他们模拟辩论了好几回,次次都是熬到凌晨才回去睡觉,四个人之间也越来越有默契。

　　江震也很忙,但空闲的时候会给她发消息。

　　林轻羽有的时候没看到,回复得晚了些,总能看到他自己在那儿自说自话。

jz："你一点都不想我，不爱了吗？"

jz："也对。"

jz："你没说过。"

jz："喜欢不是爱，爱不是深爱。"

jz："喂，110在吗？我家养了十八年的猪丢了，今年过年一家老小都吃不上肉了。"

不久之后又发来一条语音——

"爱上一个不回消息的女人，等待一扇不开启的门。"

林轻羽心想：什么鬼啊这是？

她突然很想检查一下江震的歌单，但现在她必须要反驳一句。

Mumu："你……你才是猪！"

林轻羽挑了倒数第二条回复，江震很快回复过来：

"不可以说脏话，你吓到我幼小的心灵了。乖，下次想骂人替换成'亲爱的'这三个字。"

Mumu："我、亲、爱、的、大、傻、子。"

林轻羽说，我在忙，你话少一点。江震很懂。

jz："嗯？"

jz："好的，小傻瓜。"

骂人还装可爱！然后他发了两个数字过来。

10.4，10.8。

言简意赅到林轻羽都看不懂。

10块4毛钱？10块8毛钱？

这是吃早饭的钱，还是奶茶钱？谁家奶茶还带小数点？

正当百思不得其解时，江震又发来了一个数字。

jz："11.2。"

林轻羽回复了一串问号。

Mumu："什么啊？"

jz："快一个月了。"

江震说："林轻羽，你一个月没有抱我了。"

林轻羽记得前不久才在图书馆抱过，而且今早在教学楼偶遇的时候，他骗她地上有钱。她信以为真，低着头满地找，结果就被他抱上了楼梯，骂了句小傻瓜。

打辩论赛要穿正装，上次的衣服不合身，林轻羽拿去改小了一个尺寸。现在刚拿到手，林轻羽准备回寝室试一试，于是把手机关了，没马上回他消息。

但再打开时，差点把手机扔地上。聊天界面是江震发来的几条消息，还有一张图片。

他应该是刚打完球回来，朝气蓬勃的，背部的肌肉上出了一层薄薄的汗。除了背，还能看到他漂亮的肩颈。

只是他的语气可怜兮兮的，说："看见了吗？"

林轻羽说："看见了，还挺好看的。"

但是他没事发这个干吗？不应该发点腹肌照片吗？林轻羽心想。

江震说："上次你抱我时抓的，铁证如山。"

Mumu：什么铁证如山？这是"国王的爪痕"吧？压根儿就什么都没有，再说，她哪有这么粗鲁！

不过这张照片确实很好看，看得她内心蠢蠢欲动，以至于她否认后，江震问她要不要在上面留下点什么新鲜的痕迹的时候，她很不争气地说了个"好"字。

于是后面几天，江震都在倒计时，等她打完辩论赛。

jz："11.3。"

jz："11.4。"

jz："11.5。"

就跟密码一样，林轻羽却一看就懂。

11月6日，周五。

大一新生白天课多，辩论赛的时间定在晚上七点。

这一天江震要继续上选修课，没法去现场看比赛，他也没有再发数字过来。但是在林轻羽准备上场时，手机突然弹出来一条消息。

jz："反方四辩，请注意场上时间。"

林轻羽回了个问号。

江震说，倒计时120分钟，结束之后，我要见到你。而后，他又加了"抱抱"两个字。

林轻羽红着脸回："你别闹。"

jz："哦。"

jz："那直接点。"

而后他发来一张照片。

jz："120分钟后，今晚。"

林轻羽瞬间感觉像被人扔到了开水里煮，烫得很。

身旁的反方三辩，傅玄则低头问她："脸怎么这么红，很紧张吗？"

校级赛的规模和院级赛到底不一样，来观赛的人特别多，请的评委是校级的领导和老师。

对面正方是文学院的辩友，每一年摘下校级赛冠军的院系不是文学院就是法学院，他们才只是初赛就抽到一个劲敌。

要是这轮被刷下去了，积分不够即便之后险胜进了复赛，也不一定能拿第一名。

傅玄则怕她心理压力大。谁知越是紧张的时候，林轻羽越是平静淡定，在她内心掀起波澜的，只是江震的那张照片和他最后的那句话。

她现在心里平静得很。

"没事。"林轻羽坐好，非常冷静地把手机调成静音，然后收起来。

区区一点美色，她林轻羽岂是可以轻易被动摇的？

不可能，绝对不可能！

临近开场的前两分钟，林轻羽还是越想越气，咬着腮帮子，命令自己冷静下来。等傅玄则不再看过来时，愤怒地给江震回了条消息。

Mumu："你！"

Mumu："给我等着！"

要是她今晚输了，回去就咬死江震这个浑蛋。

第八章

你再抱抱我吧

[1]

江震倒也不是闲得发慌故意逗她，两个人早就习惯了这种相处模式。

课间的时候周墨来找他，当面商讨一下计算机设计大赛的事。

9月刚开学那会儿他们就在找人组队，像这种团队赛一般不超过三个人，除了周墨和江震，他们还找了个隔壁寝室的，也算个"大牛"，高中那会儿就拿过同类的竞赛奖，还是个省高考状元。江震的算法不错，虽然初中那会儿学习成绩不行，但酷爱玩电脑游戏，自学过一段时间的编程。三个人的长处互补，想弄个小软件报名参赛。

现在他们的这个项目请到了更专业的带队教授，教授打算推举他们去参加省市赛，周墨是来问问他有没有什么想法。

江震能有想法？

他们三个人又没有什么太大的压力，只是别占用太多时间就好。周墨问他还在忙什么，江震想了想，说："追女孩啊。"

大学生恋爱课呢，他得好好学，拿到高分，让林轻羽做他女朋友。

虽然江震觉得这门课的内容算是比较简单的，但人总是听道理容易，实践起来难。

做人总要克服一些作为动物刻在骨子里的劣根性，比如教授在普及性爱卫生与健康时，提醒大家要规范地使用避孕套以及注意卫生。

听的人多，但做到的人少。

周墨还以为他早就追到了呢,听他胡扯,就翻了个白眼。

江震说那不一样。

"流程不能少。"江震说,"再说,有点仪式感怎么了,懂不懂啊你。"

他们打赌,这是小情趣。大不了他输了,然后让林轻羽追,换过来让他做她男朋友就是。

周墨骂他臭不要脸。

聊完正事之后,周墨问他怎么不找个理由请假去看林轻羽打比赛。

"我听人说,他们队的那个三辩可是对林轻羽有意思啊,两个人为了辩论赛天天朝夕相处,你还不盯着点。"

林轻羽又乖又可爱,性格还有意思,不无趣,可以说不但男生看了想保护她,女生也会偏爱她。尤其听说他们辩论赛必须要穿正装,这样的林轻羽一出场,绝对能吸引一大批粉丝。

江震说:"你都没追到,我怕别人?"

想想也是,不提傅玄则,就说周墨,他好歹还是林轻羽以前喜欢过的人。江震都能赢了他,还怕赢不了别人?

可周墨说:"我和你是公平竞争,我们遵守规则,但不是所有人都识趣,懂得什么叫分寸感。"也不是所有男人,都是正人君子。

比赛结束后,林轻羽他们激动得抱作一团。辛苦了这么长的时间,他们居然能比文学院还先拿到进复赛的入场券,激动的心情难以言喻。

尽管和对面握手时,正方一辩说总决赛那天再较量。但谁知道有没有那个可能呢?

江震下课晚,结束的时间还没他们早,不过赵佳佳和他们寝室的薛家明一伙人一起来看比赛了。

自上次国庆一起露营后，两个寝室的关系非常好，偶尔也会约约饭聚聚餐。他们来给林轻羽"打 call"，拍了不少照片和视频发在两个寝室的联谊群里。

江震点开其中一个，看到一个人在笑，眼神落在林轻羽身上，而后有个人推了他一下，接着三辩就抱到了林轻羽。

虽然是在庆贺，林轻羽和每一个队友都拥抱了，包括指导他们的学姐阿絮和另外一个学长。

可是这个人的眼神和表情跟其他人不一样，局促中又带着点渴望。

江震一眼就看出了，他就是周墨听说的"那个人"，三辩傅玄则。

林轻羽见他下课了很高兴，也没有去换衣服，一见到他就大方地走过来抱住他。

"这是赢了，还是输了？"

看她作势要咬自己的手，江震故意抬高手搂住她的腰，然后一把抱起她，俯下身。

林轻羽吓得气息都不稳了："赢了，嗯……你干吗，现在就亲我，还好多人路过。"

"大晚上的，谁看得清？"

"你当路灯是摆设吗？"

江震低低地笑："行，那一会儿再亲，现在抱抱。"

他黏人的时候还挺温柔，没微信上那么欠打，林轻羽的好感度又噌噌地往上涨。

不那么想报仇了，她好喜欢他。

"那我们要去哪儿？"林轻羽说，"我给我爸发消息了，说打比赛好累，周末不回家了。"

林邵军还回复了一个老父亲落泪的表情。

她一路叽叽喳喳地说着话，走在前面时不时回头，江震就在后面看着，看她走得急了，又扯了扯她的马尾，把她往回拉了点。随后，两个人的手就牵到了一起。

"去约会。"

"去约会？"

"嗯。"江震说，"带你去买一束花，庆祝我的乖乖比赛赢了。"

[2]

所谓的约会不过是去江边逛一圈。她这些天神经都很紧张，江边晚风习习，吹一吹风散散心正好，而且林轻羽最喜欢看江边的夜景。

走在江边的时候，江震其实很想问，林轻羽，你就这么喜欢你们那个三辩啊，但他问不出口。

走到路尽头时，他才把她拉到自己身边，说："林轻羽，我们来玩个游戏。"

他写了两张字条，让林轻羽抽。她那么喜欢辩论赛，江震就想问问她，爱一个人更重要，还是被爱更重要。

他看得出来，他们那个三辩喜欢她，但林轻羽自己大概没感觉到。

抽到辩题时，林轻羽说当然是爱一个人更重要。两个人从小就喜欢拌嘴，林轻羽在辩论队里待了一个多月，思维逻辑和谈吐都提升了不少，但是她竟然说不过江震！

这简直没天理！

输了的林轻羽自动接受惩罚，被他抱着亲了很久。迷迷糊糊中，她听见江震还在她的耳边强调："被爱更重要。"

他希望林轻羽永远都被人爱。

辩论赛很累,平时都没怎么休息,林轻羽在酒店睡了个饱,等起来时,已经中午十二点。

周末两天,他们就已经在这里耗掉了半天时间。

她刚起来胃口不太好,吃不下油腻的东西,江震只让人送了些甜品和牛奶。

林轻羽被他抱到客厅吃东西时才发现,他昨晚写的两张字条竟然都是一样的。

"江震,你是不是故意的?"这个大坏蛋!

江震给她喂小蛋糕,林轻羽连他的手指一起咬住。

她刚起来,穿的是江震之前留在这里的套头卫衣。

白色的,很大,穿在她身上简直像一条长裙。

"是故意的。但事实证明,你的观点的确是对的,所以,你赢了。"

"哼,那是因为我喜欢你,所以才对你口下留情。"

他们还在就这个辩题吵,不过观点已经反过来。其实这两个都很重要,他只是想听她亲口说,江震,我觉得爱一个人更重要。

她喜欢他,所以阐述这个观点时,她都忍不住加上了自己的小心思,暗暗地表示,我林轻羽喜欢你,就觉得爱一个人很重要。

这不过是个小游戏,林轻羽其实没多较真,但因为江震耍赖,她又开始不好意思。哪有人为了听一句表白这么赖皮!

不过现在把之前熬夜消耗掉的睡眠都补了回来,林轻羽的眼角眉梢都很神气,对他的喜欢也都明晃晃地写在脸上:算了吧,就算知道这是你的小把戏,我林轻羽也很喜欢你。

"你看我宠你吧。"她笑着吃了一大口小蛋糕,有点邀功的意思。

可是江震突然捏住她的下巴,唇瓣落下来,她的呼吸一瞬间就乱了。

"林轻羽。"他像只被雨淋湿的狗狗,湿漉漉的眼睛看着她,明明是他把她抱在怀里,却像他趴在她身上。

江震抱着她,感觉心脏都被填满了。她明明那么小,却把他的心房都填满了。

过了一会儿,他说:"我没有规定你以前不能喜欢谁,但是之后,你只能喜欢我,行吗?"

他会做得很好很好,让这份喜欢变得很重要,不是随随便便就可以丢掉的、只是一刹那的心动。

他江震想要的,是在她林轻羽心里,独一无二的分量。

和周墨不一样,和所有人都不一样。这种卑劣的心思,他也好想让她知道。

[3]

周末过后又是早上八点就开始上课。

课表上的课程密密麻麻的,林轻羽经常上课上得天昏地暗,江震也差不多。

但周二、周三的时候,他们有几节课会在同一栋教学楼上。于是最近这段时间,江震总来他们班抓人。

赵佳佳每次用余光瞥见门口那有个黑影,不用正眼瞧都能知道是江震。于是胳膊肘一推就扯着嗓子喊:"林轻羽,你老公来了!"

林轻羽回回都想跳起来把她的嘴堵住,脸颊红红地跑出去时,江震还在笑。

"笑屁啊。"

"嗯,笑屁啊。"他捏捏她的脸颊,"红得跟猴屁股差不多了。"

林轻羽又张嘴要咬他,江震骂她傻瓜,然后给她喂了颗巧克力糖。

之后好几次,林轻羽干脆占了窗户边的位子,免得江震每次来都在门口找人。

不过他也不是次次都来,有那么两三次,在大课间换教室的时候就能碰到。

江震穿的衣服经常不重样,虽然换来换去都是同个牌子的衣服,但有时是卫衣,有时是棒球服或者牛仔外套。他是行走的衣架子,穿什么都好看。通常隔着一条走廊,林轻羽就能在人群中一眼看到他。

步入11月后,气温降得越来越厉害,他穿了件黑色的冲锋衣,将拉链拉到顶,有点困,眼皮耷拉着,但一看到她,就扬起了嘴角。

第一次碰到的时候什么都没说,只从口袋里掏出一瓶温热的牛奶,然后扔进她的帽子里。

第二次的时候偷偷地拉了一下她的手。

第三次的时候还是很困。

林轻羽和他打招呼,他却突然弯腰,靠在了她的肩膀上。顾长的身体往下压,林轻羽差点儿站都站不稳。

"你干吗?不去上课?"

她站在台阶上,三楼的女厕所总要排很久的队,原本她想下二楼看看,结果在这儿碰到上楼的江震。

之前周墨在群里说过他们最近在准备竞赛的事,时间紧,工作量比想象中要大一些。江震经常睡不饱,总要第三、第四节课后才回过神。他现在就是想靠着她充充电。林轻羽自然由着他,谁知他整个人的重量

/139/

都放她身上,腰还越弯越低。

"我……我……我的腰要折了。"

林轻羽伸手去推他,江震这时才把手从口袋里掏出来,然后去环住她的腰,他撑住了自己的身体,而后直起身。要是他动作再慢一点,林轻羽估计就要成为第一个被男朋友压断腰的人了。

江震发出一阵笑。

"好了。"他把她抱了起来,三步并作两步走上了台阶,"回去好好上课。"

林轻羽的脑袋被他按着,转过身,脸转向他们班的教室,江震还拍了拍她的脑后勺,说了声"乖"。

走到教室门口,林轻羽才后知后觉:可恶,她要去洗手间的,江震这浑蛋怎么又把她抱上来了?

但是扭头看过去的时候,江震已经上了五楼。然后江震就看到林轻羽在三楼的走廊那儿,小短腿一蹦一蹦的,好像很暴躁,还跳起来挥起手,落地叉腰,嘴巴一张一合。虽然听不清她在说什么,但他觉得蛮搞笑的,还有点活泼。

薛家明出来看到还问:"你老婆这是在干吗?"

因为赵佳佳她们嘴边老是挂着"你老公"这句口头禅,江震他们寝室也不甘示弱,跟江震对话时,提到林轻羽就说"你老婆"。

"不知道啊。"看她那口型,江震想都不想就自信地说,"应该是在说爱我吧。"

薛家明脑门上冒出一个问号。

真的吗?他不是很懂小情侣之间的默契。

白天上课，到了晚上林轻羽还是要去参加模拟辩论。

　　几场比赛下来，四个人越来越有默契，也逐渐沉稳。但随着进入复赛，辩题难度的增加，对手也比之前的厉害，他们的压力自然而然地跟着变大。

　　唐星照旧带了一堆吃的过来给他们解压。傅玄则将奶茶插上吸管，递到林轻羽的嘴边。

　　林轻羽愣了几秒，才说："谢谢。"然后表情不太自然地接过。但傅玄则好像没当一回事，接着开始解答她刚才的问题。

　　结束时已经凌晨两点多，比之前的任何一次都晚。

　　回去时，傅玄则问："你那发小今晚不来接你吗？"

　　"嗯。"林轻羽说，"他最近太忙了。"

　　其实是林轻羽不准他来，她想让他好好补觉，不然第二天上课会没精神。而且他们辩论队最少有四个人一起回去，不会不安全。

　　可是傅玄则好像误会了，以为是江震懈怠了，对林轻羽不再上心了。

　　在打决赛争夺冠军的前两天，辩论队出去聚餐。除了上场的四个辩手，还有阿絮学姐她们。

　　他们选了烤鱼店，聚餐的气氛很好，因为以这次的情况来看，只要稳定发挥，他们拿到第一名没问题。阿絮还夸了林轻羽，说她进步最大，是个可靠的潜力股。

　　林轻羽喝了两口啤酒，脸颊红红的，她坐在桌边，看起来又乖又老实，被夸得厉害了，还有点谦虚和腼腆。

　　"谢谢阿絮学姐。"

　　阿絮继续说："幸亏当时傅玄则力荐，不然我们真就把你刷下去了，错失良将。"林轻羽在这个时候才知道，自己能进辩论队上场打比赛，是因为傅玄则。她有点惊讶，转头看向身旁的人。

傅玄则也喝了不少啤酒,脸颊有点烫,温和的目光对上她的视线后,露出了浅浅的笑。

林轻羽明白了,随后跟着笑:"傅同学的确帮了我很多,除了学长学姐,指导我最多就是他,要不是这样,我这一个多月也不会成长得这么快。"

她说得很真诚,而后碰了碰他的杯子,单独对他说了声谢谢。没有觉得愤怒或者感觉到羞耻。别人给了她机会,她就珍惜,也感恩,然后用实力回报。

傅玄则感觉脑子热了起来。他抿唇,碰了碰她的杯子,说:"不客气。"

[4]
晚上十一点时,江震问林轻羽聚餐结束了吗。

今天周五,她下课后就过去了,江震在和周墨他们开小组会,不太放心她一个人这么晚还在外面,便抽空出来打个电话。

林轻羽说准备回去了,又问:"你还在忙吗?"

"嗯,不过我可以去接你,你在那等等我,我拿个外套。"

"不用了,我们就在学校附近,自己走几步路就回去了。"

干吗接来接去,老林都没这么宠她。

林轻羽现在说不用,就是不用,而且态度挺强硬。

江震估计她最近打比赛,理性上头,才会这么说一不二,于是说道:"好,那你回来给我打电话。"

不管是电话还是消息,多晚他都会立刻回复的。

林轻羽说知道了知道了,他才肯把电话挂断。

还有两天就决赛,他们吃完夜宵就准备回去,今晚养养精神,也不打算继续熬夜了。

回去的路上有点冷，风大，但林轻羽穿得很保暖，她穿了一件羊毛衫打底，又穿了件毛茸茸的外套，底下是条灰色长裤。她的穿着打扮都偏浅色系，让人感觉很舒适，看起来软绵绵的，白白净净的，只是她那张脸又总是充满了活力，就连脸颊上的小绒毛都可爱到让人想摸一摸。

走着走着，路上突然只剩林轻羽和傅玄则了。她觉得自己走得不快，但一回头就只有傅玄则一个人，其余人都不见了。

傅玄则说：“唐星他们去买水了。”

"哦。"林轻羽站着不动，"那我们在这里等一会儿吧。"

"没关系，前面就是校门口了，唐星他们好几个人，你困了我可以先送你回去。"

林轻羽觉得这样不太好，大家都是一起出来的，哪有不知会一声就先走的道理。

"那我打个电话给阿絮和玖玖……"

"林轻羽。"

"嗯？"

傅玄则突然打断她的话，她的动作一顿，抬头看见他的耳朵好像红了，应该不是喝酒喝的。

"其实……"他犹豫了一会儿，"其实是我叫他们先走的。"

"为什么？"她脱口而出，"你有什么话要单独跟我说吗？"

如果是这样，其实他可以完全直接跟她讲，说有私事要聊，没必要瞒着她支开其他人。

傅玄则想了想，他觉得趁这个机会，聊一聊也好。可是酒精上头，他先想的，却是要摸一摸她的脸。这么一想，他就有些不受控制地伸出了手。

林轻羽立马避开，傅玄则拉住了她的手。

"傅玄则，你干吗？"林轻羽避之不及，左手被他拉住，这让她非常不适，立刻挣扎着甩开他的手。

傅玄则这才说道："林轻羽，我喜欢你。"

林轻羽皱着眉头说："可是我有喜欢的人了，而且我不喜欢你。"

"为什么？"他有点困惑，"这两个月，你对我没有一点儿感觉吗？"

傅玄则抿唇，他自认为对林轻羽不错。辩论队是他帮忙搭线选她进去的，之后也都是他带着她比赛的。有什么不懂的，不会的，都是他熬着夜一点一点地教她。

他们朝夕相处，比赛赢了时享受的是一样的喜悦，那一次，他们还开心得抱在一起。

他只不过是……比她的那个发小出现得晚了一点点。何况他们认识这么多年都没有在一起，怎么可能现在就能在一起？

他们明明才是志同道合，可以并肩作战的人。

她刚刚还说,谢谢你。眼睛亮晶晶的,清澈又干净,那样真诚地看着他。她不可能没有一点点动心。

林轻羽听了有点生气，他这是什么歪理？

傅玄则却说："这有什么不可以？你和你发小也没有正式在一起，他可以追你，我为什么不行？他能抱你，背你，我只是摸你一下，你为什么这么生气？"

这些话说得林轻羽目瞪口呆，脑子一阵阵地发蒙，她立刻回了句："傅玄则，你有病吧？"

这是林轻羽头一次这么骂人，以往与江震的争吵只不过是小打小闹，并不会说出令人难堪的脏话。她此时气得发抖,也顾不得傅玄则是什么反应。但是撕破脸回去之后,林轻羽在洗漱台那里洗了好久的手,越洗越生气,上床的时候还翻来覆去。

赵佳佳突然拍了拍她的床,唤道:"林轻羽,林轻羽。"

林轻羽睁开眼睛,从被窝里探出一颗脑袋,眼角红红的,好像哭过。

"你怎么回事啊!"赵佳佳吓了一跳。

林轻羽回来得比较晚,许飒和章倩都睡了,只剩赵佳佳这个夜猫子还在熬夜。

赵佳佳说话的声音很低,关切地问怎么哭了。林轻羽揉揉眼睛说没事。

"你叫我干吗啊。"

"看看手机啊,你老公问你回寝室没有,他打了好几个电话你都没接,群消息都刷爆了。"赵佳佳催她,"给他回个信息啊,不然他都急死了。好了,我先睡了。"

林轻羽刚才气得忘了这事。打开手机后,才发现江震打了十几个电话过来,看到这个数字她吃了一惊。

因为平时上课都调静音,她不看手机一般都不知道有电话。过了会儿她终于发消息给江震报了个平安。

江震打了一个电话过来。双方都静默了几秒。

"林轻羽。"他的嗓音哑哑的,语气有点急,耳边还有模糊不清的风声,估计已经出门了,"怎么不说话?"

林轻羽压低声音说道:"怕吵到室友睡觉。"

"是真怕吵到室友,还是怕我听到你哭?"

林轻羽问,你怎么知道,江震小声地骂了句"猪头"。

她心想应该是赵佳佳告的密,毕竟她们几个人都是江震安插在她身边的"奸细"。

"我没哭。"她顿了顿,压住喉咙里的酸涩,才小声地说,"我就是好想你。"

江震,我好想抱抱你。

[5]

林轻羽穿上外套下楼的时候,江震已经在下面等着了。他生得高大,光是站在那里就让人很有安全感,她小跑着过去,还没靠近,江震就已经张开了手臂迎接她。

"这么委屈?"

"嗯!"

刚才她一说话,江震的心就软了。他和周墨他们两个人打了一声招呼,早早地结束小组会议。至于没讨论完的地方,打算之后找个时间再讨论。其实他们也不着急,因为平时江震就已经主动承担了很多事情。这次他们就当帮个忙,让他去哄哄自己的女朋友。

江震说:"抬头让我看看,刚才跑太快,没看清你哭成什么样。"

"不给你看。"林轻羽气得掐他的腰,力气不大,但他感觉很痒。

"那万一我抱错了人怎么办?"他低声哄道,"来,抬头我看看,确认一下是不是我那小傻瓜。"

林轻羽鼻涕泡都要笑出来了。

过了会儿,江震才问:"只穿这么点衣服,冷不冷?"

"不冷。"她摇摇头。

其实抱着江震就很暖和,或者说,江震抱着她,他那又宽又厚的怀抱,暖洋洋的。

林轻羽在他怀里拱了好一会儿，说："江震，你再抱抱我吧，我想你抱抱我。"

"好，抱多久都行。不过这是另外的价钱，你想扫微信还是支付宝？"

"你好烦，我没钱。"

"那就难办了。"

他叹了口气，林轻羽扯着他的衣角，犹犹豫豫地想，要不不抱了，江震好小气。

结果刚要推开，江震就搂紧她的腰，重新把她搂到怀里。

"没钱也可以抱，只是这半夜三更的，站着这儿抱着不动很傻。"江震把她拎起来，拍拍她的屁股，"说个地方，你想抱多久到什么时候就什么时候，嗯？"

她不想待寝室，也不想去酒店，小声地说要回家。

江震说道："好，带你回家。"

和江震同个小区的房子是林奶奶买的。

他们两家算是世交，林奶奶和江奶奶关系非常好，干什么都想在一块儿，就连给子女买的房子也是。江昱华和母亲本就心生嫌隙，江奶奶去世后，两家的大人来往得不是很密切，只是关系较好的邻居。

江震和林轻羽这两个小辈倒是处得很好，青梅竹马，两小无猜。

林邵军之所以没有住学校，也是因为这套房子离孟女士工作的地方比较近。但江震他家为什么一直留着这套房子，林轻羽也不懂，只猜测他回家跟住在酒店差不多。反正去哪儿都能睡，天底下最不怕没地方睡觉的就是他。

坐车回去的路上她还在打趣，见状，江震心想她不是特别难过，应该是被气到了,又委屈才会哭。而且这段时间又上课又参加比赛,超负荷运转,累昏头了。所以她才想要人抱着,去哪儿都不愿意,只想回家。

江震把她带进门,蹲下来给她脱鞋,又脱掉外套挂在一旁,抱着她进了自己的卧室。

"不是自己的家能睡得舒服吗?"

林轻羽点了点头,又摇了摇头。刚走到卧室门口,她又吵着说想洗个澡。她哭得太累,脸上也黏糊糊的,江震又抱她到浴室,拿了干净的毛巾和自己没穿过的衣服,让她将就着当睡衣。等她汲取完足够的安全感和幸福感,明天再送她回家好好睡。

林轻羽出来后说:"我只是想抱着你,抱着你就能睡好。"

江震开玩笑地说:"不怕我对你图谋不轨吗?"

"你会吗?"

她躺在他的被窝里,身上穿着他的衣服,还主动过来抱住他。这样的夜晚,两个人独处一间房,他这个问题显得意有所指。之前有过这样的时候,但是江震始终恪守底线。

这次也一样,他说:"不会。"

"为什么?"

"因为你会不高兴。"他用嘴巴贴了贴她的鼻子、脸颊,就是没有碰她的嘴唇,收紧手臂,"你说想要抱抱,我就只给你抱抱。"

她不高兴的事情,他不想做。

"我以为……"她喃喃自语。

"以为什么?"

以为玩飞行棋的那天晚上,他也只是觉得她好欺负,所以才那样亲她。可是如果她当时态度稍微强硬一点,或者有一点点拒绝的意思,江震应该也不会那样做。他和很多人一样,又不一样。不是每个人,都坏得像傅玄则。

林轻羽窝在他怀里说:"那个人好讨厌,他没有一点儿礼貌。"

"我以为他跟周墨是一样的,我还跟赵佳佳说过,哇,他笑起来和周墨好像啊,都是那种一眼看上去就很温和干净的男孩子。

"可是他一点儿都不一样。

"他好讨厌,我不喜欢他。"

他们或许有相同的特质,但骨子里不一样。

江震听了不知道该哭还是该笑。

"林轻羽。"

"嗯?"

"你骂傅玄则可以,但是不许夸奖周墨。"

"为什么?"

他翻身将她笼罩在身下,咬了她的锁骨一口:"因为我会吃醋。"而后他又问,"他是不是拉你手了?"

"嗯!"

她刚刚搓洗了好久,现在手心都还是红红的。江震低头,亲了她的手心一下。

"不委屈了好不好?讨厌的人我们就离他远点儿,想哭就哭出来。"

"可我已经18岁了,是个大人了。而且我们过两天要打比赛,是同班同学,低头不见抬头见。我刚刚很生气地把他的联系方式都拉黑了,学姐她们知道后,肯定要骂我不懂事。"

她要考虑的事情很多,冲动过后会自责这样做是不是不对。她也会反思,其实傅玄则说的话一部分是对的,他确实有很多功劳。

他只不过是摸了一下手，说了不好听的话，又不是掉了块肉。他平时表现得那么好，旁人知道肯定会说，不过只是一点小事嘛，你小题大做干什么，忍一忍。

江震沉默了一会儿，突然将手抬起来，在她的脑门上方作势抓了一把，而后丢到了窗外。

林轻羽问他在干什么。

"把你的坏情绪都扔掉。"

江震说："首先，他表现得好不好，跟你没有关系，而这和人品更不能挂上钩。

"其次，他帮你不是他道德绑架你的理由。你是他的队友，他有这个责任和义务帮助你成长，如果他连团队合作中的互帮互助都不懂，他又算个什么东西？何况，你在这个团队中，就一点儿作用都没有发挥吗？

"所以，林轻羽，不要否定你自己的价值。

"再次，喜欢一个人的表现，绝对不是在不尊重你的情况下，对你进行身体和语言上的侮辱。你拿他和周墨对比，也能得出结果。

"傅玄则是个浑蛋，他就是浑蛋，赖不到酒身上。

"他欺负你，你生气是应该的，正常的，这是每个人都具备的正常的情绪。即便是成年人，也有宣泄这种情绪的权利。

"最后——"

他说了很多，字字句句都认真，唯独这一句，他咬着牙槽笑了一下，眼神变得危险："他叫傅玄则是吧？行，我记住了。"

第九章
狗听了都要跳下去

[1]

第二天傅玄则发来消息，林轻羽没有理，虽然昨晚就把他从黑名单里放了出来，但不代表她已经不生气。她从小到大就没受过这种委屈，也没有这么被人不尊重过。什么叫"他可以追你，我为什么不行？他能抱你，背你，我只是摸一下你，你为什么就这么生气"，他的意思就是"他可以这样随随便便对你，我也可以"？林轻羽心道，那是我男朋友！我喜欢的人！你又是什么东西！

中午十二点了，她还窝在沙发上玩手机，咬牙切齿，一副恨不得把手机屏幕都敲碎的样子。

随后她把手机扔到一边，一只手抱着抱枕，一只手对空气打了好几拳。

江震拿了外卖进屋。她昨晚一觉睡到现在，起来了也不肯回家。老林每天都会回来，因为要接妈妈下班，"女儿奴"再宠女儿，排第一的还是老婆。林轻羽才不想回去吃爸妈的"狗粮"，给自己找不痛快。

江震给她喂饭的时候，她的腮帮子一鼓一鼓的，像只小仓鼠，米粒沾在下巴上，又掉到衣服上。

林轻羽低头去捡，江震还没来得及说什么，就见她就把米粒重新塞到嘴巴里嚼啊嚼。

"啧。"江震一脸嫌弃，"这是还没睡醒？"

他抽了张纸巾，让林轻羽自己用手捧着，垫在嘴巴下面，还不许她拿走。

　　真无语。林轻羽翻了个白眼："我下巴上有洞，不行吗？"

　　"行。"她还有点生气，江震顺着她的脾气来，"那一会儿吃完给你多挖两个洞，弄个贼酷的莲蓬头造型，行吗？"

　　"哼。"

　　林轻羽被逗笑了，乖乖地张嘴又吃了几口饭，这回她好好地吃饭了，也没有掉东西出来。吃完又让江震抱住她，一副完全退化成三四岁的样子。

　　江震抱了一会儿，就背着她收拾餐桌，又去厨房洗手，其实他都不用动，也可以不去管林轻羽，林轻羽就能把自己挂在他的背上。

　　林轻羽被他背着在客厅转了一圈，由衷地感叹地道："江震，你们家的空气真好。"

　　"有没有一种可能，是我这个身高的空气质量比较好？"

　　"是吗？那我以后都挂在你身上。"

　　江震笑，抬手拍她："下来了啊，我要写作业了。"

　　林轻羽还没见过他在家好好写作业的样子，闻言就一骨碌从他背上爬下来，而后把脸贴在了他的身上。

　　"那你快写吧，我看着你写。"她要做监督人员。

　　今天林轻羽什么事都不想干，她要给自己放假，就在家完完全全地"躺平"了，变成一条咸鱼。

　　只是江震的作业她都看不懂，一串串的数字和字母，他的手指快速地在键盘上移动，发出吧嗒吧嗒的声音，很是好听，不一会儿他就完成了，做出来一个小东西。运行试了试，估计是觉得不太行，他删掉又重来，试了好几遍。

　　林轻羽看着看着就开始犯困，然后把脑袋枕在他大腿上。

"把这个删掉看看。"

她伸出手指头点了一下,江震还以为她找到程序bug(漏洞)了,问:"你看得懂?"

林轻羽说:"我看不懂,但是我看它不顺眼。"

江震顿时哑然。

下午她又吃了些水果,水果都是江震洗好递给她的。

赵佳佳她们发来消息关心地问了几句,林轻羽都说没事,之后她看到阿絮来提醒,说明天下午三点在学院办公室模拟辩论。

林轻羽把群消息设置了免打扰模式,她刚才没注意看,估计是因为没有回复收到,所以阿絮才会发来私聊。林轻羽回了一个"好的"。此外好像没什么不正常。阿絮她们都不知道这件事,林轻羽也就不说,大家维持表面上的相安无事就好,关系闹僵了,还影响比赛。

因为刚才江震嫌她在旁边动来动去,影响他做作业,林轻羽这会儿情绪缓过来了,也就不再闹他。不仅如此,她还坐去了沙发的另外一头,伸着两条腿,十分地放松。

水果碗里还剩下些车厘子,她捧着碗一颗一颗地吃着,还把辩论稿又打磨了一遍。

午后的时间静谧,两个人各自干着自己的事情,即便不说话也不觉得尴尬。

没多久,江震突然合上了电脑。他起身的时候,林轻羽没抬头。只是路过时,林轻羽伸展着的腿不小心碰到了他的大腿,下意识地就拿腿拦住了他。

"江震,帮我倒杯水。"

车厘子吃完了，她觉得口渴，想喝水又懒得起身。江震没说话，把那个空碗拿走，端了一杯水过来。林轻羽伸手去接时，他突然低着头吻了下来。

来势汹汹，还很强硬。

"江震，呜……"林轻羽推了一下，没能将他推开，反倒是倒进了沙发里。江震欺身过来，屈膝跪在沙发上，压迫感十足。

水杯里的水洒了一些出来，但他依旧没有要给她喝水的意思。空气都被江震夺走了，她感觉越来越热。她觉得好渴，不自觉地吞了一下口水，紧接着感觉到他松开了自己，如羽毛般的轻吻落到了她的脖子上。

"林轻羽——"他的嗓音听起来又哑又坏，落在她脸上的目光，说不出来地炽热和温柔，"现在还不开心吗？"

[2]

他哄了她一个晚上，其实林轻羽醒来就不生气了，只是有点黏人。她安安静静地坐在旁边不再闹他了，他的心思反而跟着她一起走远了。

江震以为自己可以集中注意力，忍耐了许久，但好像不行，他想亲她、抱她，想她挂在他身上。

于是他的吻就这样落下来，但他不满足于只是亲吻，想离她再近一点儿，更近一点儿。

"呜……江震……"她把他的衣服都抓皱了，声音也在抖，"我……我想喝水。"

江震不再闹她，搂着她的腰让她坐直了，而后把水递过去，视线却无法挪开。

林轻羽小口小口地喝着水，只是那炽热的视线一直在她的身上到处游移,温热的水滑过喉咙,她应该已经解渴了,却被他看得越来越口干。

"你不做作业了吗?"

"嗯。"

"那你饿不饿,快五点了,可以考虑点个外卖。"

"不饿。"

"那……看电视?"林轻羽说道,"周末最适合在家看电视了。"

他突然哂笑一声,语气带着玩味:"林轻羽,你在害羞什么?"

"我……我哪有害羞,我没害羞。"

她虽然坐在他的怀里没动,但脖子一直往后缩,他说话时离得很近,气息滚烫,搅得她的内心十分不平静。

江震哦了一声,又说:"那你把杯子放下。"

她不肯,两只手捧着透明的玻璃杯,水喝完了也没放下,莹白的手指在杯身上不安地动来动去,表情犹犹豫豫的,像是怕极了他。

于是江震的吻又落了下来,比刚才要轻柔很多,沿着她的眉心、眼睛、鼻尖、唇瓣,一点点地吻,亲住她濡湿的唇瓣,最后又捏住她的后颈。

她手一松,玻璃杯就落到了他手上。

江震亲到她脖颈的时候,不自觉地发出一阵笑。

林轻羽问他笑什么,他说:"笑你言、不、由、衷。

"表、里、不、一。

"欲、拒、还、迎。"

成语说得倒是很溜,但一直贴在耳后的嘴唇开开合合,令她十分难受。

他不想做作业,不想吃饭,也不想看电视。直到林轻羽真用了几分力气去推他,江震才轻轻地喊了一声:"林轻羽——"

漫长的午后,还有两个小时可以让他们浪费。

光影摇曳,风拂起拉上的窗帘,而后光线慢慢地后移。气氛变得越来越紧张,就连不小心碰掉在地的书本,都成为她一惊一乍的理由。他在她耳边反复且小声地叫她的名字:"林轻羽。"

光影变幻,午后明亮的阳光变成了柔软的夕阳,又逐渐变得黯淡。

林轻羽大概觉得自己是和江震待久了,所以越来越没脸没皮。或许是恋爱的滋味太过于甜蜜,她才会浪费下午和晚上的时间,只想和他在一起荒唐地度过。

手机和电脑都关掉,也关掉了与外界的联系,什么比赛和人际关系,都暂时地抛在脑后,只享受地待在对方身边。

[3]

11月中旬,常泞的天气冷得厉害。今天醒来看天气预报,温度已经降到3 ℃。

江震还没醒,林轻羽一起床就跑回了家,整个早上都缠着孟女士。她换了毛茸茸的睡衣,像条小尾巴,从阳台跟到书房,又从书房跟到客厅。

老林还很稀奇,说你的辩论比赛不是要最终决赛了吗,今天怎么突然跑回家了。

"我想喝妈妈煲的汤。"林轻羽说,她已经差不多一个月没回来了。

大一不仅课程排得紧凑,社团活动也非常多,林轻羽虽然没参加社团,但是一个辩论赛就足以让她忙得焦头烂额了。不准备比赛的周末,她最多和江震去图书馆看看书,再一起吃个饭。

现在不是月底,林嘉晏还在学校,他们也是一个月放两天假,其余时间都在学校。

老林还经常说林轻羽这个大学生跟高三学生一样,周末两天都不回家一次。孟女士只说木木刚上大学，多多体验校园生活也不错。夫妻俩在家偶尔会因为这个而拌嘴。

起初，林轻羽还担心两个大家长都会怪她不恋家。现在，林轻羽抱着孟女士的胳膊，感动得一把鼻涕一把泪："呜呜，谢谢妈妈！你真棒！"

老林很受伤，吃醋道："爸爸就不棒吗？"

"爸爸也棒，但妈妈最棒！"

早上九点多，孟女士和老林早就吃过早饭了，但林轻羽回来他们又跟着她吃了些，孟女士还亲自下厨，煲了一碗鱼头汤。孟女士问她是不是在学校受委屈了，眼睛红红的。林轻羽说没有，只是没睡好。

她平时在外面一受委屈就往家里跑，这次也不例外，只不过在回来之前，江震就已经把她哄开心了。眼睛红只是因为昨晚没睡好，在床上哭的。

"那喝完汤就去房间睡会儿，中午吃了饭再跟爸爸一起去学校。"

"知道了。"

林轻羽作势要过来"贴贴"，抱住了孟女士的胳膊。孟女士边嫌弃，边笑着说："嘴巴都没擦干净，你离我远点啊。"

"干吗？妈妈你说话好像江震啊。"

"嗯？"老林的雷达信号响了，立马从报纸中抬头，"什么江震？什么好像？你抱他了，还是他抱你了？"

对于女儿谈恋爱这件事，林邵军同志的嗅觉比警犬还敏锐，林轻羽被汤呛住了，猛地咳嗽起来。

"那个，妈妈……我先回房睡觉了。"她现在还没想好怎么跟他们交代这件事，虽然早说晚说都是说，但需要一个时间缓冲。

林轻羽脚底抹油，跑得比什么都快，林邵军叫都叫不住，他捏着报

隐性暗恋

/158/

纸的手一抖,又问道:"木木刚才那话什么意思?她和小江抱一块儿了?"

"你一惊一乍干什么。"孟女士一边收拾碗筷,一边说,"木木哪句话说他们俩抱在一块了?再说,这俩孩子从小一起长大,打打闹闹的,你碰我我碰你不是常有的事吗?"

江震换的第一颗乳牙还是林轻羽磕掉的,那时两个人身高差还没现在这么悬殊。江震小时候长得像个小姑娘一样,路过的大妈大爷都喜欢夸两句。林轻羽这人好胜心又重,就总是凑到他面前看,非说要看看江震哪里长得比她还漂亮。

江震脸皮薄,被叮得不好意思。两小孩你推我,我拽你,拉拉扯扯,江震不小心就把牙磕到了林轻羽的脑门上。换下第一颗乳牙流了不少血,江震哇哇大哭。

这事林轻羽印象深刻,所以老说自己头铁,可以一头把江震顶死。

林邵军没有再追问这事。

林轻羽关上房间的门后,舒舒服服地倒在了大床上。她打了个滚,觉得还是躺在自己家的床上比较快乐,只是还没躺几分钟,扔在旁边的手机就振动了——江震打来的视频电话。

"喂。"她找来耳机,戴上后才开始说话。

江震估计是刚醒,还趴在床上,睡眼惺忪的模样,额头上的碎发凌乱,但五官很好看。

他只穿了件背心,被子下滑,露出优美的颈肩线条和肌肉纹理,满满的男性气息扑面而来。

"回家了?"刚睡醒,他嗓音还很低哑,半睁着眼,在看她。

"嗯。"林轻羽小声说,"看你刚刚还在睡,我就没叫你。"

昨晚洗完澡后,江震抱着她睡了一会儿,后半夜又起来去客厅开电脑,试着把剩下的程序写完,五点多才回到床上。

他的动静不大,没有吵醒她,是林轻羽起来看到客厅被人收拾过的痕迹猜到的,而且他把她的贴身衣物都洗好烘干了。

林轻羽问他要不要再继续睡会儿,江震翻了个身,说不要,但又没起来。

"那再睡会儿吧,我也要补个觉,下午我们一起去学校。"

林轻羽把窗帘拉上,室内的光线一下子变暗了。她拿着手机,爬回床上时镜头正对着脖颈和锁骨,完全看不到脸。秋冬的睡衣很厚实,她就像一只动作笨拙的小熊,可爱得直戳他的心窝。江震都没怎么听她说话,只单手捂着眼睛在那笑。

林轻羽问他笑什么,江震就说:"乖乖。"

"嗯?"

他沉默了一会儿,只听到他略显粗重的呼吸,自带电流般地钻进耳蜗,令她的耳朵发痒。

林轻羽听得脸颊慢慢地开始发烫。

"可以再看看吗?"

江震突然把手机放在旁边,没有再用手拿,镜头有点歪,但他侧躺着,脸正对着屏幕,就好像躺在她面前。

"刚刚没仔细看。"他说,"你从窗户边走过来,再爬上床。"

[4]

林轻羽愣了几秒之后才意识他在说什么,立刻把手机翻过去,气愤地捶了捶床:"你别想!快睡觉!"她钻进被窝里,把手机扔到旁边不看他，没听到江震的动静，她又转过身拿手机。

江震还保持刚才那个姿势，但闭上了眼睛，嘴唇紧抿着，不知道是不是睡着了。

"在偷看我？"他突然出声，像是猜准了她会这样，嘴角往上扬。

林轻羽刚想否认，又想起他昨晚说的言不由衷，干脆利落地改口："看看怎么了，我不能看吗？"

江震说可以。

"你想看哪儿，我都给你看。"

突然这么大方，林轻羽才不上当。但江震说看看昨晚咬的地方，怕留下什么伤口，林轻羽又低头扯开了领子看了看。

"没事，就是有点破皮而已。"

其实好痛，林轻羽在心里落泪。江震怎么凶巴巴的，还咬人，不过这样的江震她也好喜欢。

"那别的地方呢，疼不疼？我一会儿起来去给你买药。"

林轻羽说没事，不过看他的表情好像有点难受，关心地问道："江震，你是不是不舒服？要不再睡会儿吧。"

他现在的确是不舒服，但也睡不着。

"那你过来陪我一起睡吗？"

"我……我不过来了。"

"好。"江震没有继续逗她，但也没有挂断电话。

下午林轻羽还是没能和江震一起回学校，因为林邵军说什么都要亲自送她。

"我下午也要去教授工作室，顺路，晚上再回来。"

前年老林没有带研究生,但去年带了一个。工作室空出来给学生做研究,他时不时会过去指导一下。林轻羽没法拒绝,只能给江震发微信,说自己先走了。

他回了一个表情包。

jz:"[狗听了都上吊.jpg]。"

林轻羽扑哧一声笑了。老林在开车,闻声问道:"看到什么好笑的了?"

林轻羽"啊"了一声,心虚地藏起手机:"没什么,爸爸。就是刷微博看到了一条好笑的段子。"

嗯,她说得很正经,现在撒谎能力越来越强了。

"哦。"老林的表情有点失落,又故作轻松地说,"我还以为我们家木木在学校谈恋爱了,刚收到小男生发的消息。"

"爸……"林轻羽转头问他,"我现在都上大学了,还是不可以谈恋爱吗?"

"当然可以了!"

这有什么不可以的!老林表示,自己很开明。

"爸爸又不是那种老古板、封建大家长,木木这么大了,有喜欢的男孩子很正常。"他仿佛非常通情达理,甚至谈起了自己的经验,"谈恋爱嘛,是一件很美好的事情,尤其是校园恋爱。想当年,我和你妈妈也是大学校友……"

林轻羽在一旁听得猛点头,感动得泪水都快流出来了。

结果下一秒,他喜滋滋地咧开嘴,说:"就是不知道是哪个臭小子胆这么大。"

"要是被我逮到……"他冷笑道,"我先打断他一条腿。"

林轻羽沉默了。

[5]

自那天晚上不欢而散后,傅玄则发了几条微信过来道歉,但林轻羽始终没回复。

傅玄则承认自己当时有些失态,把事情闹得难看了,林轻羽平时看起来好欺负,但他知道,这姑娘心气高、家教好,不是随随便便就能追到手的。是江震给了他错觉,林轻羽喜欢的人是他,而不是和谁都没距离感。

最后一次模拟辩论,不管这次决赛能不能拿第一,之后傅玄则大概都不会再有这样的机会可以和林轻羽走得这么近了。

他来办公室的时候,一副心事重重的模样。

林轻羽提前到了,坐在位置上已经拿出了纸笔,上面密密麻麻地写了很多字,都是她自己收集来的资料和提炼的观点。

她做得很认真,每一段都做了注解,还画了一个思维导图。如何解题、破题,又怎么攻怎么守,她能想到的,都整理好了。

傅玄则只看到了一半的内容,林轻羽抬眼过来对上他的视线,没有闪躲,也没有避让,甚至没有什么情绪波澜,只是点点头,算是跟他打了个招呼。

她好像并不生气,但也不会像之前那样,打招呼的时候,会对他笑得露出一个小酒窝了。

"人都来齐了,那我们开始吧。还是先强调几个原则……"阿絮拍拍手,把他们的注意力都拉了回来。

她先说了上一场比赛出现过的问题,大家低头记下,后面开始模拟辩论。林轻羽这次表达得很顺畅,口齿清晰,也说得很有条理。她做四辩的时候把他们要阐述的内容也都看了好几遍，认真地听，认真地记，之后提出了自己犀利的看法，认为其中有个观点不可信。

傅玄则之前辩论时善用典故，这回估计是想创新，剑走偏锋，选了一条前几年网上热议的新闻做案例。但林轻羽觉得这个新闻案例用在这里很奇怪。

阿絮眼里流露出赞赏，鼓励她说："那你觉得怎么改比较好？"

"我们知道新闻案例一般都是很有说服力的，而且影响力广。"林轻羽斟酌着开口道，"可是严谨起见，我上网查了一下，发现这条新闻还有后续报道，和原来报道的意思并不一样。

"现在很多人上网看新闻，通常只是看一半，记住的也是最火最热的那一条。其实事件的整个过程是什么，真正的意思是什么，很少人会继续关注。这样断章取义，不仅没有厘清事实的真相，还成了误解。

"如果我们拿这个新闻来做例子，却连它最基本的意思都不能还原和尊重，不是以讹传讹吗？所以，我的建议就是要么砍掉这个案例，要么换一个。"

她翻出自己记的笔记，将其推到桌面中央："这是我昨天找的，和我们的立意相关，虽然案例并不耳熟能详，但我觉得如果表达得好的话，它更容易打动人。"

林轻羽一口气说完，看大家的反应明显都还在思考。于是她舔了舔嘴唇，谦逊地说："当然这只是拙见，供大家参考和批评。"

模拟辩论结束时，已经下午五点多了。阿絮提议要不要一起吃个饭，唐星他们几个都说没问题，玖玖说有事，傅玄则没表态。

林轻羽说："我也有事，等比赛结束了再一起去吧。"她收拾好东西就准备走。傅玄则在后面跟上了她,走到路口的那棵大树下停住,问她:"林轻羽,你是不是还在生气?我那天不是故意的,我……"

他原本以为她今天不会来,小女生闹闹脾气是常有的事,可林轻羽来了。傅玄则还以为她足够理智,可是她刚刚又在挑他的刺。

以前都是他教她、带她,林轻羽也一直都很虚心地听,从来没有这样大胆而又直接地指出他的问题。而且阿絮她们竟然觉得有道理,一致认为林轻羽的思路不错,让他再把稿子改改。这让傅玄则有点不爽。

"我没有生气。"林轻羽说,"我刚刚只是就事论事。傅玄则,你以后也不要再向我道歉了,我向来对事不对人。你觉得我进辩论队只是靠你的关系,我的进步和成长也离不开你,但是……"

她抿抿唇,轻轻吸了一口气。香樟树下光影交错,几缕秋日的斜阳穿过她的发丝和肩膀,投下一道浅淡的阴影。

林轻羽站在那儿,脸蛋还是小巧圆润得没有一点儿攻击性,但是表情倔强。

"但我想证明的是,我们辩论队能进入决赛,不仅仅是靠你一个人。我们每个人都有作用,且不说我们四个辩手,即便是没有上场的阿絮和玖玖,她们也做了很多贡献。

"不管我们之后拿到的是第一名还是第二名,不管是三辩还是四辩……走到现在,荣誉是共享的。

"既然我能够参加比赛,那自然是有我的长处。你用的案例不对,我作为队友提出来,是想让我们辩论队配合得更好。这怎么能叫针对你?"

虽然,她的确很感激他之前帮了自己很多,但是这不能成为他之后否定她的理由。

直到决赛开始前的一个小时，林轻羽都没有再跟傅玄则说过话。

以前傅玄则和唐星到教室占位都会坐她后面。一开始是巧合，后来是傅玄则知道林轻羽喜欢坐在前三排的位子，而且他们三个人都是辩论队的，傅玄则也喜欢课间叫她一起讨论辩题。

但是现在，林轻羽坐得很远，隔了好几桌的距离，傅玄则看到后，也自觉地避开她。

赵佳佳发现了一点端倪，问她怎么突然换座位了。大学课堂的座位虽然不固定，但每个人都有自己喜欢的区域，林轻羽经常选前面那几排的位置——视野好，挨着走道不用麻烦别人让位，离黑板也近。

"想换就换了。"林轻羽一脸生无可恋地趴在桌上，抬起手指头说，"可以的话，甚至想换个地球生活。"

上一堂课，教授一上讲台就掏出花名册，点了林轻羽的名字，叫她起来回答上次课提的问题。林轻羽答了一半，后面的怎么也想不起来，老师就叫她记下。谁知昨晚睡前太困，收拾东西时，把桌上的两双外卖筷子当成笔塞包里了。于是林轻羽就在课堂上拿着一双筷子和教授大眼瞪小眼。坐下来时，林轻羽的脸都红透了。

真的无语，她刚长出来的新脑子好像才用了一下就坏了。

"别啊。"赵佳佳劝她，"你要是换了，你老公都找不着你了。"话音刚落，赵佳佳就看见江震拿着一瓶牛奶走到了窗边，抬手敲了敲玻璃。

"林轻羽。"他在叫她，"出来。"

第十章
连影子都在鲜活热烈地相爱

[1]

赵佳佳觉得江震挺绝的。今天周一,计算机系的课都不在这栋教学楼,他还是过来找人。

林轻羽像只小兔子似的跑了出去。

刚出了糗,她的精神状态其实不太好,但一见到江震又活蹦乱跳了。

两个人站在走廊上说话,隔着一点儿距离,不算近。江震的胳膊搭在扶手上,旁边就是林轻羽。

林轻羽早上没怎么吃东西,课间江震就给她带了一瓶牛奶。

"行了,慢点喝。"林轻羽垂着眼,鼻子哼了一声。

她的脸蛋圆圆的,之前还有婴儿肥,特别软,但最近忙这个忙那个,瘦了不少,下巴稍尖,看起来更娇俏了。

江震低头看着她那浓密的眼睫毛,心痒得厉害,抬手捏了捏她的脸颊,说道:"晚上我去看你打比赛。"

前几次林轻羽都不让他去,说看到他会紧张,口误的话很丢人。之前他还拿照片诱惑她,气得林轻羽隔着屏幕都想咬他。

这次是决赛,最后一场。林轻羽犹豫了一会儿,说好。

"但是你不能坐在太显眼的位置。"

不然她还是会紧张。

"那怎么办?"江震很臭屁地说,"我长这样,披个麻袋坐在垃圾桶里都显眼。"

无语,这人又来了!吸管已经被林轻羽咬扁了,她张着嘴,作势还要咬他的胳膊,江震一只手就能挡住她的脑袋,她想再靠近一点儿都不行。

"林轻羽,你属狗的啊。"

"我不属狗,我咬狗。"

江震憋着笑,撑着她脑门的手下滑,非常自然地牵住她的手,将其揣进自己的衣服口袋里。

两人的距离这时才拉得很近。

"那一会儿我晚点儿去,结束后带你去吃饭,嗯?"

课间只有十分钟,江震要赶着回去上课,没有逗留太久,但下楼时他碰到了傅玄则。

楼道就这么点空间,一上一下,靠右走其实都能过,但江震人高腿长,不知道是有意还是无意,两个人在台阶上杠上了,后面干脆都站着没动。

"让一让?"江震先出声,冷笑了一声。

江震本来就高,站在上面的台阶上更显优势,傅玄则抬头只能看到他的胸口。不知道为什么,江震这个人其实还挺讨喜的,放在男生堆里,也是个让人服气的大帅哥。此时他穿一身黑衣长裤,外罩一件休闲外套,衬得他玉树临风,器宇不凡,很有精气神。傅玄则就是看他不太爽。

听唐星说,江震家里挺有钱的,他爸爸江昱华的公司是常泞服务行业的龙头老大。餐饮、酒店,都是连锁的;他妈妈是很有名的话剧演员。总之,他是个有钱的公子哥。

傅玄则僵硬地抬了一下头,往旁边一站,给他让出了位置。江震这才慢悠悠地抬脚走下来,运动鞋踩到和他同一级台阶,手揣在裤袋里,却没走。他转头看过来时，眼神有点冷。

"听说你很厉害？"江震舔了一下牙槽，发出玩味的笑声，"法学院的高才生，才大一就能用PUA（Pick-up Artist，延伸为指一方通过精神打压等方式，对另一方进行情感控制）的话术打压人了吗？"

傅玄则的瞳孔因震惊而放大了，随后恢复原来漠然的神态："我不知道你在说什么。"

"哦。"江震笑了笑。

他长相出挑，五官其实很有攻击性，尤其是那双狭长黑亮的眼睛，不笑时锐利而冷漠。此时他看着傅玄则，眼底虽然带着笑意，但显得目光更锋利。

"那我可能记错了。"江震说，"不过下次见面，可以见识一下。"

辩论赛结束后，林轻羽差点儿高兴得蹦起来，站在台上和颁奖领导合影时，嘴角都咧到了耳后根。

这是她第一次和书记握手啊。何德何能，校级辩论赛居然请了校党委书记来看，还亲自给他们颁奖。这种荣誉让林轻羽感觉很自豪，险些不争气地泪洒当场，说一句"妈妈我好像出息了"。

不过抬眼一看，林大教授也坐在下面。她撇撇嘴，又硬生生地把眼泪憋了回去。爸爸肯定也在下面给她偷偷拍照片，不能哭得太丑，否则又要被当微信头像挂个好几天。

"这么高兴啊？"

一下颁奖台，林轻羽就过来抱住老林，非要看看相册里的照片，生怕他拍丑了。

林轻羽说："那当然了，我可是拿了第一名的人。"

只是一场校级的辩论赛，对于很多人来说也许没什么。可林轻羽才大一，她未来的路还很长。她从小不太敢在很多人面前说话，更不要说在很多人面前准确清晰又自信地表达出自己的观点并且去说服别人了。可是她想当律师，她需要一个这样的舞台来磨砺自己。她不想以后走上社会了，还一直停留在原地，做那个在演讲比赛上拿倒数第三的人。

这是一个很小的起点，也是一个很大的起点。捧着这个奖杯，好像也对得起自己咬牙奋战的那些日日夜夜了。

"爸爸，我很棒对不对？"

老林说当然是，我们家木木最棒。

他刚才还把照片发到家族群了，孟女士说等回家了给她做好吃的，就连一直"潜水"的林嘉晏都发了句："厉害。"

虽然一秒后就撤回了，但被林轻羽看到了，她发了条语音过去："林嘉晏！"

"你上课玩什么手机！这个时间不应该是在上晚自习吗？"

"还有，你怎么把手机带去学校了？！"

一个高三生，还在上课时玩手机！

林嘉晏没点开语音，但光是看她发来这么多条语音都觉得吵死了。

林嘉晏打字回复："我在集训，刚休息。"

哦，她忘了，她这个臭弟弟比她要厉害一点，现在正要去参加竞赛拿保送名额。林轻羽瞬间不说话了，哼了声，去找阿絮他们了。

他们刚才看见林轻羽和一个教授站一块说话，一下子都有点好奇，林轻羽随意地说道："哦，那是我爸爸。"

"他是你爸啊？"

"总不能是我老公吧！"林轻羽一副受惊的模样，心想，他们真这

/171/

么觉得吗?这也太扯淡了。虽然老林长得确实叫一个风流倜傥,一表人才,但他已经上年纪了啊!

大家震惊的表情变成了无语:"我们的意思是,很惊讶林教授和你居然是父女。"

林邵军在学校的人气还挺高的,年年讲座都人员爆满。大家震惊是因为林轻羽平时没说过,自己的父亲就在常大任教。

不过也很正常,不是一个院系,课程也不一样,碰个面都难,谁都不会天天把"我爸,我爸"挂在嘴边。

今天老林是特意过来给她捧场的。

之后林轻羽低着头给江震发微信,问他在哪儿。

白天的时候,林轻羽说不要坐在太显眼的位置,结果晚上江震还真隐身了,找了半天都没看见他在哪儿。

过了两秒,对话框里弹出江震的消息。

jz:"抬头。"

[2]

按照往常来说,她现在抬头应该就能看到江震。身后来看辩论赛的观众还没走完,陆陆续续地从报告厅后门出来,林轻羽被挤到一边。

她穿着套装和高跟鞋并不显得矮,但小巧玲珑的,看起来还是很好拿捏,像只黑不溜秋的小蚂蚁。

小蚂蚁还在低头打字,问:"抬头看什么?"

江震气得想笑,发了条语音,说:"抬头看王八看不看?"

他站在那,手揣在口袋里,跩得像个二百五,袖口还撸在小臂上,也不怕冷,拿着手机的那只手摁灭屏幕后,朝她一招:"快过来。"

林轻羽感觉走过去就要被打死,冲他嘿嘿笑了两声,之后小跑着撞上去:"干吗干吗,想打我啊。"

小东西拿了奖之后,嘚瑟起来的样子还挺欠打的。

江震宠得不行,捏着她鼻尖笑:"是啊,想打死你。"然后作势要咬她的耳朵。

林轻羽说现在要是被老林看到的话,江震的大长腿就不保了。

男人的腿多重要啊!她还没老呢,她可不想现在就用轮椅推着他去跳广场舞。

笑了半天,林轻羽才撒着娇哄他:"别生气嘛,给你一个亲亲。"

"一个不够,我要两个。"他弯腰下来,手指着脸颊,戳了两下。

林轻羽踮起脚,攥着他的衣领,即使是在走廊也照亲不误。

"好了吗,好了吗?"她问。

"嗯……还要叫一声哥哥。"

"哥哥。"

"还要叫老公。"

"老婆。"

"老公。"他强调。

"老婆。"说完她就往后退,要跑。

江震气死了,扯着她的领子把她拉回来:"这两个字烫嘴是吗?"

没在一起的时候倒是叫得挺顺溜的。

林轻羽笑着说:"没办法,这不是肉麻嘛。"

两个人像小学生一样在走廊打闹,阿絮在走廊的另一头叫林轻羽。已经十点多了,他们比赛前就约好了比赛结束要聚餐。

原本还很热闹的报告厅,此时已经没什么人了,只剩如星星般闪耀明亮的灯光还一盏盏地亮着。

刚才江震就坐在最后一排。他也用手机拍了不少照片，买的花还在座位上，他捧出来问林轻羽好不好看。

这次买的不是玫瑰，是一大束向日葵。

"林轻羽，这是你拿的第一个奖。

"你以后还会越来越棒，不管是在团体里的林轻羽，还是作为个人的林轻羽，都有无限向上的可能。"

一路人声鼎沸，所有闪光灯都会照在她的身上。

阿絮她们还在等她，林轻羽其实有点舍不得江震，想着要不还是不去了，她现在对有傅玄则在的地方都不是很喜欢。

但江震弯着腰，抬手摸了摸她的脑袋，无声地说了句"去吧"。

"你只管闪耀，我永远在你身后。"

这浑蛋突然说这么煽情的话，林轻羽都不忍心丢下他，只委屈巴巴地看着他。

江震又笑着揉她的脑袋，之后把手放在耳边比了个手势，走的时候还提醒她："回来记得给我打电话，别忘了。"

这个时间了，这家小餐馆还很热闹。

阿絮原本打算在附近吃顿烤鱼之类的，毕竟时间太晚，一会儿回去不安全。

难得赢了比赛，还是第一名，唐星提议去餐厅吃，还是五星级的。

"五星级的餐厅？这太奢侈了吧！"虽然赢了比赛有奖金，可阿絮还是心疼自己的钱包，怕进去后这点钱连一杯水都买不起，"我不去，看你们的意见。"

她很接地气,虽然是带队的学姐,但从不打肿脸充胖子,带一群小弟弟小妹妹去高档餐厅高消费。林轻羽和玖玖也说不去。

聚餐不过是想开开心心地庆祝一下,吃什么都行,没必要花这么多钱。几个男生却来劲儿了,说要吃就吃一顿好的。

就在彼此意见僵持不下的时候,傅玄则淡淡地说了句:"我请客。"

"你请客?"

"嗯,我请客。"

大家都很惊讶。

平时出手最阔绰的人是唐星,什么好吃的好喝的都买了提过来,但没想到傅玄则也这么大方。真是没看出来。

既然有人请客,阿絮也被他们吵得头疼,就说那走吧。

几个人打车到了餐厅。

傅玄则面不改色地点了很多菜,单单是一道不起眼的素菜就要三位数。除了唐星,几个人都惊掉了下巴。

林轻羽不懂他这是什么意思,但脸上一直都没什么表情,也不说话。直到吃完之后,她去洗手间洗手,碰到了傅玄则。

说实话,两个人之间也没什么好说的了,刚刚在餐桌上,大家提议要和队友互发感言,她也没说什么话。

洗完手,林轻羽打算与他擦肩而过时,傅玄则突然开口了:"是因为他有钱吗?"

"什么?"林轻羽抬起头。

傅玄则说:"之前唐星带的那些饮品和蛋糕,其实都是我买的。"

因为林轻羽喜欢甜品,他没说,只是不想给她增加负担。江震能给她的,其实他也能做到,没必要因为一点小误会就这么撕破脸。

林轻羽的脑子转了一圈:"你觉得我喜欢江震是因为他有钱吗?"

除了这个,傅玄则也想不到其他理由。

"我只是不想我们的关系变得很奇怪。"

哪怕她拒绝了他,可之后还要做四年的同班同学。

傅玄则说:"如果你一直这样冷着我,其他人怎么看?刚才玖玖都看出来你不想搭理我了。"

既然真的那么大度不生气了,就不要这样漠视他。林轻羽想,之前是不是因为一直没有回应他的道歉,所以才让他这么耿耿于怀。冷暴力这种方式在处理任何一段关系中,似乎都并不可取。因此听了他的话,林轻羽皱了皱眉头,思考片刻后心平气和地解释:"傅玄则,让我们关系变得奇怪的,并不是那次吵架,而是我们从一开始就不是一类人。没有这次比赛,我们根本不会产生任何交集。即便是同班同学,关系也不会很亲密。

"好比你认为,追求一个人就是要讨好她。可如果只是用他对我好不好,有没有对我嘘寒问暖,家里是否有钱来衡量的话,那也太搞笑了。是,我知道如果一个男生连上述行为都做不到的话,那他对我的确不上心,连及格线都没有达到。

"江震家里是有钱,但我也不差,你也很厉害。

"可是我觉得,我林轻羽的眼光绝不仅限于此。"

不管是从他那天表白的表现,还是现在他这样铺张浪费以彰显自己的阔气来看,林轻羽都没有什么好感。假如她要选一个人做男朋友,那必定是他本身就是一个很好很优秀的人。即便哪天爱意消磨殆尽,他的教养也不允许他委屈她,不尊重她,甚至是对不起她。

江震就是这样的人。能和这样的人在一起,林轻羽不后悔。

她客客气气地说完,不带半分怒意。

聚餐结束之后,傅玄则看到江震来接她了。见林轻羽的心情似乎还不错,江震握着她的手放在嘴边咬了一口。

林轻羽当然要抬手打他,但谁都知道他们感情很好。阿絮受不了这种情侣撒狗粮的行为,抱着玖玖嚷嚷,说受不了,受不了。

江震对着大家笑,说道:"不好意思,我先带我女朋友离开了。"即便是对傅玄则,也没有给太难看的脸色。傅玄则猜测,今天早上江震过来应该是想打他一拳的,但为了今晚的比赛,又顾及林轻羽与他是同班同学,还是辩论队的队友,所以只是给了个警告。

就像林轻羽,生气归生气,但遇到问题还是细声细气地解释,没有把事情闹大,没有继续让他难堪。直到结束,这件事情也只有他们三个人知道。

江震和林轻羽的确很般配,他们走在一条路上,连影子都在鲜活热烈地相爱。

不配的人,是他。

[3]

来接过这么多回,这还是江震头一次表明两个人的身份,以前他都是以发小自居。

林轻羽边走边问,说不是要等到考试结果出来才算男朋友吗,现在就叫我女朋友,害不害羞。

江震没说话,只牵着她的手,改口叫她名字:"林轻羽。"

林轻羽说,干吗。

江震又叫了第二遍:"林轻羽。"

林轻羽转过头,还没等她跳起来打人,江震就弯腰,托着她后颈低下了头。

两人的唇瓣贴合,江震的气息铺天盖地袭来,似乎非要让她感受一下自己的急切,林轻羽的呼吸和心跳都被他搅乱。感觉到他迫切的心情,林轻羽没忍住,攥紧了他的衣服外套。江震顺势搂她入怀,把她溢出的声音都堵了回去。

林轻羽被亲得骨头都软了,轻声哼着:"你……你先放开我。"

大街上,卿卿我我的像什么样子啊!

"哦。"江震笑声愉悦,用鼻子抵着她的鼻尖,她的唇瓣被亲得嫣红,暧昧的呼吸还在纠缠,他忍不住又亲了一下,"所以,是你害羞了?"

林轻羽没好气地哼了一声。

辩论赛过后,身上的担子轻松不少,平时除了上课就是上课,只是眼看着期末将近,林轻羽感觉自己还要背很多书。

江震说才11月底,期末周按照往年来看,都是排在1月初或1月中旬,怎么现在就开始着急。

林轻羽说知识点太多了,等到12月才背书会太迟。她凡事习惯提前准备,把繁杂的要点都先梳理好,等到考试再轻松应战。

只是她忘了,月底还是她生日。林轻羽一年要过两个生日,一个是7月,她18岁的生日就是和爸妈一起过的。11月的那个生日是身份证上的日子。起初搞错的时候,孟女士还想给她改回来,但老林说就这样吧。以后木木上学会交很多好朋友,总要有自己的空间,在家里有父母陪着,那就留一个让她和朋友一起过。小孩都在学校,年轻人有年轻人的玩法,他们也不干涉。

江震上学比较晚,生日也差不多在这个时候,比她要大一岁。

等林轻羽想起来时,刚好是周末,她叫上了两个寝室的人一起吃饭。地点选在市中心的一家音乐餐吧,旁边还有个俱乐部,都是年轻人爱玩的地儿。

想着徐思达也在常泞,林轻羽还叫上了他。毕竟都是发小,总不能厚此薄彼。江震说她就是好色,想看看人家女朋友长什么样。

拜托,赛车手美女!长得特别漂亮,身材又超级棒,谁不爱看啊!

林轻羽跳起来捂住他的眼睛:"你不爱看那你别看!"

"我当然不爱看,我只爱看你。"

小情侣在那里小打小闹,赵佳佳她们都没眼看,纷纷说开始点菜吧,她们还是要吃点实在的。

徐思达来的时候正好晚上七点。

外面天冷,但里面的氛围才刚热起来。

他穿着黑色的大衣,里面是件灰色的羊毛衫,脖子上的条纹围巾和女朋友的是同款。他的女朋友很漂亮,身材的确很赞,画的眼线很张扬,一看就是难搞的姐姐,说话却温温柔柔的,还给林轻羽带了礼物。

这反差林轻羽简直爱死了。

"哇,谢谢苏莫姐姐。"林轻羽说着就把礼物收了,然后转头问徐思达,"你的呢?没准备吗?"

今晚是江震的生日,林轻羽的生日是明天。

徐思达女朋友送的礼物肯定是给她的,但徐思达怎么说也得准备两份才,怎么能让美女姐姐破费?向来大方的徐思达今天却没有任何表示,真是没天理。

徐思达开了一瓶汽水,外套已经脱了放在旁边,撸起袖口,笑得很邪气，表情还很疑惑："准备什么，你们不是一起的吗？"

小情侣合并同类项，苏莫给的就是徐思达给的，林轻羽收的就是江震收的。

都是一家人。他这脸皮厚得，林轻羽都无话可说。

十个人整整齐齐地围成圈坐了一桌，估计是店里有客人点歌，驻唱的小哥哥在台上弹起了吉他。

这家餐吧的环境好，价格也挺贵，几道菜上来之后，几个人都竖起大拇指说好吃，不愧是价值四位数的一顿饭菜。

不过今晚徐思达的心情似乎并不是很好，从落座开始，他的右手就没抬起来过。

林轻羽都不用猜，一眼扫过去就知道他在桌底偷偷牵美女姐姐的手。

苏莫长得一副生人勿近的模样，说话却轻声细语，嗓音还有点甜，手腕细细的，上面除了戴了条银色的手链，还有一个文身。是一串英文字母，不知道是什么意思。

徐思达吃了几口就没再动筷子，喝着饮料问了一句："今晚谁付钱啊？"估计他心情不好，又憋了一肚子坏水，眼神故意瞥向坐在旁边给女朋友剥虾的江震。

他视若无睹，完全不受影响。倒是被喂得满嘴是虾的林轻羽举手说："我啊，我啊，我请客。"

今晚江震是寿星，所有的消费林轻羽都包了，他们打算吃完饭后还去楼上打打桌球。

徐思达愣了一瞬间，笑了："行啊江震，这种活儿都让我们妹妹包了。"

江震说："没办法。"他擦完手，笑得那叫一个优雅得体，"谁叫她是我老公呢。"

"噗——"徐思达嘴里的饮料喷了出来。

[4]

徐思达想过江震臭不要脸,但没想到他会这么臭不要脸,喊林轻羽"老公"这种话都说得出来!

徐思达和他们不同校,对此次事件的细节不知情,赵佳佳薛家明他们几个旁观者倒是深受其害,已经被荼毒半个月了。

以前赵佳佳她们看到江震时,总对林轻羽说:"你老公来了。"

一开始林轻羽还会反驳,反驳无效就加入了。自从那次辩论赛后,江震非要让她叫自己老公,林轻羽不乐意。后来更是一不做二不休,听见赵佳佳他们说"你老公来了",她眉毛不抬,眼睛都不眨一下,看着江震就说:"什么我老公,那是我老婆。"

几个人当场惊呆了。果然打败魔法还是得用魔法。

林轻羽得意之余,心想:自己这小脑瓜果然打过几次辩论赛之后就聪明起来了,以前怎么没想到呢,真是吃了个大亏。

江震本来也不能接受,但谁叫他脸皮厚,又喜欢让林轻羽哄他,适应能力强得离谱,没两天就接受了这个新称呼。现在大家也都习惯了。

这个小插曲只经历了两分钟,话题就转移了。之后徐思达起身去洗手间,饮料沾了一手,黏糊糊的。没多久,苏莫也跟着起身,说要去外面打个电话。

这对情侣从一出场就备受关注。俊男靓女很养眼,关键是两个人的形象看起来并不搭,多看两眼之后越看越觉得这两个人十分相配。

男生长得高且瘦,干什么都揣个心眼,吊着冷冷的眉梢,看起来就不好糊弄，绝对是个腹黑的人；女生长得明媚张扬，只比男生矮半个头，身材堪比模特，细腰长腿，令同为女生的她们都看直了眼。

两个人站在一处，看着就旗鼓相当，应该是谁也不让谁。偏偏有苏莫在的地方，徐思达就变成了一个乖巧的弟弟，什么坏心思都收了起来，只眼巴巴地想牵苏莫的手。

这和两个月前露营时，那个大杀四方的魔头，是同一个人吗？！赵佳佳表示怀疑，其余人也看出了一点端倪，问怎么回事啊。

江震没搭腔。其实关于他俩的事，江震是知道得最多的。但是背着当事人去曝光他们的私事，他干不来，干脆不开口。

林轻羽也摇头，无辜地说："我不知道。"

后来大家都不再问了。

难得这么多人聚在一起，赵佳佳表示必须在这里玩几轮游戏再上楼去打桌球。

菜盘子吃完后都撤了，林轻羽担心一前一后离桌的徐思达和苏莫没吃饱，又点了几份小吃和点心。

甜品被服务员端上来时，奶油不小心沾到了林轻羽的衣服上。她擦了一下，奶油的痕迹反而晕开了，她干脆起身去一趟洗手间。

这会儿店里的客人很多，赵佳佳他们都让江震陪着林轻羽一起去，江震就起身跟在了林轻羽的身后。

两个人一前一后走着，等过了拐角，两个人的手就牵在了一起。

林轻羽小声说："你干吗跟过来呀。"

江震不动声色地握紧她的手，两人十指紧扣，才回了她一句："他们让我过来的。"

放屁，明明就是自己想跟着。

林轻羽晃着手，想甩开他的手，但江震扣得紧，甩不掉。

本想走到洗手间就松开，却没想到还没到地方，林轻羽就被楼道处传来的响声吓了一跳。

动静其实不算大，但传来的声音很熟悉，好像是徐思达和苏莫。

林轻羽张张嘴，无声地问他：要去看看吗？看样子，这两个人一直没回去是在吵架。

苏莫和徐思达这两个暴脾气本来一点就着，尤其是徐思达，看起来就十分爱吃醋。

江震已经见怪不怪，但闻声还是耸了耸肩，意思是：那去看看？于是他们转了个弯，林轻羽抱着江震的腰，从他的臂弯下，探出一颗脑袋。

江震感觉自己像夹了只小老鼠。

"你看就看，还偷看，怂不怂啊？"他托着她的下巴，还用手指捏了捏她的脸颊。

林轻羽气呼呼地说："你不怂你先去啊！"

她才不敢得罪徐思达。这家伙阴险狡诈得很，要是被他知道，指不定哪天又笑嘻嘻地给她下套。

两个人就这么磨磨蹭蹭地走过去。

楼道里只亮着安全通道牌的绿灯，外面传来餐吧的音乐声，还有客人用餐时餐具乒乒乓乓的杂音，有点嘈杂。而这片隐秘的角落，徐思达正拥着苏莫，两个人吻得热火朝天。

他们今天穿的这一身是情侣装，脱去外套后，里面穿的羊毛衫都是同款。不过苏莫穿着的是紧身的羊毛衫，此时的画面有些过于美了。

林轻羽大为震惊，眼疾手快地抬起手，"啪"的一声挡住了江震的眼睛。

也就因这清脆的一声响,徐思达扭头看了过来。

[5]

几分钟后,一群人换到了楼上的桌球俱乐部。

林轻羽去前台开了个卡座,还点了些饮料啤酒和小吃,薛家明他们几个打桌球。江震靠在沙发里,眼泪直流。林轻羽点完单之后,又让服务员给她拿了包冰块。

"谢谢啊。"江震撇了撇嘴,语气听不出什么情绪。

林轻羽心虚不已,干巴巴地笑:"嘿嘿,不客气。"

先前情急之下,她跳起来一巴掌拍过去要挡住江震的眼睛,结果用力过猛不小心打疼了他。

徐思达一转头就看见泪眼汪汪的江震。

该,偷看人亲热,活该长针眼!

林轻羽心疼地给他吹吹,十分担心自己把他的眼睛拍肿了。江震的睫毛都被泪水打湿,粘成一簇簇的,眼眶红红的,流着泪,模样我见犹怜。

薛家明回来喝水,看到江震那副梨花带雨的样子,还吹了声口哨,说:"江震一哭还真是俏得很,果然是老婆。"

江震一脚踹过去:"滚。"

"哎哟喂,打你的人又不是我,你踹我干吗啊。"

"你管得着?"说着,他又掉下一滴晶莹剔透的眼泪。林轻羽立马捧着他脸颊,吹了吹:"对不起对不起,你别哭了。"

江震在内心骂了一句:笑得想死。但这会儿是真难受,他大大咧咧地敞开两条长腿,将胳膊放在她的后背,委屈巴巴地低下头,道:"那你再哄哄我?"

林轻羽揉揉他的脸颊，说："宝贝别哭了，宝贝。"语气柔软，看得出来是真的心疼了。

江震心满意足地扬起嘴角，右手绕着她的脖颈，扯了扯她的耳垂笑骂了句傻不傻。

徐思达从外面抽烟回来后落座在卡座右侧，看这两个人黏糊糊的劲儿，说了一句："光吹吹有什么用，亲一口啊。"

林轻羽心里咯噔一下，徐思达一脸皮笑肉不笑地看着两个人，林轻羽登时讪讪地开口："这多不好啊……"

这大庭广众下的。

林轻羽掐了掐江震的腰。江震咳嗽一声，解释了两句他们只是路过。对，只是不小心路过，什么也没看到。

人来齐了，大家陆陆续续地落座，饮料和小吃也都端了上来。

徐思达还看着他俩笑，苏莫打完电话回来，坐在他旁边，用膝盖轻轻撞了撞他，说："别老拿你弟弟妹妹开玩笑。"

徐思达说知道了，下巴朝江震一扬："那家伙比我还大俩月呢，也就木木年纪小。"

他们仨一起长大，苏莫知道他们关系很要好。

第一次见面，就是他带着江震和林轻羽来看比赛，然后认识了她。

两个人刚在楼道处亲热了半天，回来时感情好了很多，徐思达也不像刚才那样拉着脸，虽然对于被人打扰这件事还有点儿不爽，乜斜着狭长的眼，浑身上下都散发着冷淡劲儿，但他的另外一只手还是牵着苏莫的手。十指相扣的两只手，就搁在徐思达的膝盖上。仔细一看，十指相扣的两只手上，各有一枚银色的戒指。很明显，这是一对情侣对戒。

林轻羽突然觉得别人谈恋爱真是高级，什么都是情侣款的。

于是林轻羽跟江震咬着耳朵，说自己也好想要。

江震问："嗯？想要什么？"

"情侣的。"她小声说，"想要一个情侣的东西。"

他们从确定关系到现在，好像没有一点儿仪式感，一切自然而然，随心所欲。可小情侣都有的东西，她也想要。

江震当然说好，问她想要什么样的。林轻羽一时又答不上来，就说之后再看看吧。

来俱乐部玩的年轻人很多，虽然热闹但比其他地方的氛围好，大家玩的游戏也都比较健康。

薛家明他们打了几杆球之后就回来了，赵佳佳好久没玩游戏了又开始手痒，去吧台问服务员小姐姐要了一副扑克牌。

很快，服务员端上来一些花花绿绿的、看起来就很黑暗的饮料。

林轻羽咽了咽口水，问："咱们这次玩什么？"

赵佳佳说："很简单，国王游戏，和咱们上次那个差不多。"

类似于盲选版的真心话大冒险。他们十个人，十一张牌。国王是K，其余的是从A排到10的数字牌。多出来那一张是国王的，国王拥有两张牌，字母K和数字牌，但国王不能看自己的数字牌。

所以选择和被选择的人都是随机的，国王也有可能抽到自己被惩罚。

不同的是国王拥有制定规则的权利，可以指定哪两个数字牌做什么样的事。比如一起大冒险，互相抖露一件对方的糗事，拥抱或者喝交杯酒。做不到的人自罚两杯黑暗饮品，根据逃避次数成倍递增，最多只能逃避三次。超过次数之后，可以抽取终极惩罚卡，幸运的话能拿到免死金牌，不幸的话惩罚翻倍。

"哇……"

这真是刺激。在场的人都倒抽一口气。这游戏成双成对的,当时联谊的时候怎么不拿出来?

那会儿个个都单身怎么玩都行,如今在场的已经有两对小情侣,这玩起来要是把他们给拆散了,可是很容易发生事故的啊!

还没开始就已经要飙肾上腺激素了,薛家明看热闹不嫌事大地嗷嗷叫:"玩,玩,玩!都给我玩!"

今天一个都别想跑。

第十一章

以后的路，他们也要一起走

[1]

徐思达没意见，虽然这次是带着苏莫来的，但玩这种游戏他没怕过谁。比较倒霉的是林轻羽和江震这对小情侣。刚偷看徐思达和苏莫亲热，等会儿要是落在徐思达手里，必定死得很难看。但林轻羽转念一想，没亮牌之前，他又不知道自己拿的是数字几，顿时底气十足。徐思达再阴险，总不能连自己都坑，再说还有苏莫在呢。

十个人围成圈，赵佳佳一边强调规则，一边发牌，事先声明这只是玩游戏，结束后那就是过往云烟，别再惦记。但如果有人看对眼了，想私下发展发展也可以。

"但是我不建议换对象啊，有对象的保护好自己的对象。"

几个人一阵笑。

徐思达第一轮就拿到了国王K，这人玩起游戏来运气还真是好，林轻羽瞬间给自己捏了把汗，江震已经止住泪了，只剩眼眶还有点红，表情倒是云淡风轻。

"那就……"徐思达扫了一圈，慢悠悠地开口，"请数字4和8喝杯交杯酒吧。"说完，他笑了笑，"第一轮友好点，开个好头。"

这个笑容和他上次玩游戏时一模一样。

许飒和方勇也不磨蹭，大大方方地端起酒杯一口干了。

之后国王K都不再手软，尤其是碰到徐思达，这人真是狠起来不给自己留退路,也不怕下一回栽的人是自己。

"数字1和9。"游戏活阎王徐思达开口了,眼神轻飘飘地落在薛家明身上,仿佛在说:哟,是你啊。

另外一个数字9是赵佳佳。这两个人玩游戏玩得最起劲,一个比一个爱看热闹,这回都栽到了徐思达手里。尤其是薛家明,刚才他还点名让苏莫和周墨喝交杯酒。天地良心,他也不知道数字7就是苏莫啊,要是知道,谁敢这么明目张胆地针对这对小情侣,只能暗地里针对。

但现在风水轮流转,徐思达就像开了透视眼一样,猜到数字1和9里必定有个是薛家明,于是让他俩去隔壁桌一个模仿大猩猩捶胸,一个表演猪叫。

隔壁桌的人惊呆了,这是什么东西!

下面的惩罚就更狠了。

赵佳佳也不知道倒了什么大霉,回回都跟薛家明撞一块儿,跟薛家明一起蹲厕所里把舌头吐出来维持了30秒钟。回来之后,她就发誓再也不干这种"社死"的事情了。

逃避的三次机会,一下子全用光了。

"还玩不玩啊?"不知道第几轮过后,徐思达又抽到了国王K。

众人都震惊了:这……这人是真心话大冒险的"天选之子"吗?运气这么好!

不能让徐思达这么嚣张下去了。

众人纷纷投票,让徐思达把王位传下去。

徐思达没意见,眉毛一挑,甜甜地朝着林轻羽笑了一下:"那就给我们木木妹妹吧。"

她是今晚的"大金主",还一次都没抽到过国王K,总得把排面给安排上。虽然林轻羽觉得……这并不是什么好事。

不过,薛家明和赵佳佳已经被他折磨得人不像人,鬼不像鬼,看起来怪可怜的。

"那就……你们抱一下吧?限时 10 秒钟。"

"啊?"

"啊?!"

叫声一个比一个大。

林轻羽说:"你们都搭档过这么多回了,友谊必然已经坚硬如铁,抱一下怎么了。那不然去抽一下终极惩罚卡?"

赵佳佳的逃避次数已经用完了,不可能再喝饮料了。薛家明的脸红透了,他支支吾吾老半天,还是赵佳佳豪气地一把搂过他,一掌拍向薛家明的后背差点把薛家明给搧到吐血。

"对不住了,兄弟!辛苦了,兄弟!"

林轻羽顿时无语,突然意识到赵佳佳这么积极地搞团建却依旧单身,果然不是没有原因的。饶是林轻羽有心帮忙也没用。

有了薛家明和赵佳佳这一对"炮灰",后面大家都放开了,问的问题也逐渐隐私了起来。

"提问:数字 2 和 5,你们的初吻分别是在什么时候?"

这一轮被点到的是许飒和章倩。两个人亮牌后,一个人说在暑假,一个人说初吻还在。

这个问题问得有点没劲儿,但放在了林轻羽和江震身上就很微妙。

因为两个人的回答并不一样。

"哎哟,哎哟,是不是换人亲了?老实交代,坦白从宽抗拒从严。"

林轻羽也扭头看向江震。

江震靠在沙发里,表情有点懒洋洋的,狭长黑亮的眸子被笑意点缀,掩不住少年的意气与柔情。他的手一直搭在林轻羽的背后,被点到时才略微地收了一下。

"没有换人。"江震说,"是我犯规,偷亲了她。"

那一晚他和周墨说好了公平竞争,但是晚上却没忍住,在帐篷里偷亲了林轻羽。

这件事没人知道,他现在也不怕大家知道。

这时周墨才说了句:"你小子真行。"不过眼里已经是满满的祝福。

他知道即便不是江震偷亲,林轻羽也会默许。

因为喜欢一个人,就是允许他犯规。

[2]

大家越玩越"嗨",十八年来的黑历史都被挖出了出来。

徐思达拿到国王K时,林轻羽又捏了一把汗,徐思达还笑,说道:"紧张什么,我又不让人亲嘴。"

接着徐思达又问江震:"你没意见吧?"

虽然知道江震不是那种玩不起的人,但他的宝贝疙瘩林轻羽在这里,徐思达也怕玩过火了,把江震惹生气了。

不过江震知道徐思达向来有分寸,顶多就是为了刚才那件事,想找补回来,故意让他吃一下醋。

江震说:"行啊。"

玩游戏而已,又不是不可以。

徐思达见江震这么大度,也就不客气了——

"那就请数字7和9玩家分别夸一下在场的异性,并说一句表白的话。

"请数字4和5玩家,去对面要一个异性的微信,并在现场完成一个指定动作:比爱心、抛媚眼。"

江震无语地想:来真的啊。

这些数字玩家里,差不多都有林轻羽。

她向人要微信的难度系数并不高,困难的是要怎么完成"比爱心、抛媚眼"这个动作。

方勇都毫无形象包袱地抛个媚眼就走了,林轻羽还在原地,骑虎难下且有点儿尴尬,被要微信的那个男生还盯着她看。

"那个……或许,你喜欢我给你摇个花手吗?"林轻羽的脚趾都要把地板都抠秃噜皮了。

当着江震的面给别人比爱心,回去他不得掐死她?

徐思达只是说比爱心,没说不准在这基础上继续加动作,于是林轻羽胡乱地比了个爱心之后就摇着花手走了……走了……

回来的时候所有人爆笑不已,林轻羽的脸也很红,她说:"笑什么笑,别笑了。"

徐思达说:"可以啊,妹妹。"眼神赞许地看向她,又转头问江震,"还行吧?"

刚刚还说没意见的江震,现在已经泡在了醋坛子里,后牙槽都咬碎了,却还是硬着头皮说了一个字:"行。"

那个男生也被林轻羽逗笑了,知道她在和朋友玩游戏,还送了几瓶饮料过来,说请他们喝。

江震的脸又一黑。

其实大家玩游戏,惩罚基本上都是点到为止。只是到了后面被点到的玩家突然说要大家说一个和彼此有关的秘密。

周墨和林轻羽都沉默了。

林轻羽想了想,说她好像没什么秘密。

如果非要说一个,大概就是她高一那年看到演讲台上的周墨拿了第一名,而自己只是倒数第三的时候,心里想着:有朝一日自己会做得比他更棒。

这或许就是她当年喜欢他的理由。要成为和他一样的人,又要做比他更厉害的人。

陈年旧事了,但被挖出来又是另外一番滋味。

在场的人都不敢起哄,只偷偷地观察江震的反应。江震的反应比刚才还要淡定,轻轻扬起眉梢,心想:这有什么?

他的女朋友,志向高远,必然会是最厉害的。

"我和林轻羽的秘密……"周墨在犹豫要不要开口,拿着数字牌敲了敲手心,随后笑了一下,"好像就只有上次露营的时候,她对我说的那句话。"

当时周墨照顾女孩的面子,申请特权,只让林轻羽到他耳边说。其余人都不知道,如果那年两个人都赴约,林轻羽要对周墨说什么——

"她说让我做她的男朋友。"周墨说。现在想起来他还觉得有点儿好笑,心想她当时应该是在偷看江震的反应,一时紧张还咬到了舌头。

不过已经翻篇了,现在说出来也已经没有任何意义。

聚会结束后,男生女生一起打车回去。

徐思达和苏莫还不急着走,两个人穿上大衣,又站在路边说了一会儿话。两个人的影子都很瘦长,徐思达笑起来有点坏,和刚才玩游戏时的坏不一样,对着苏莫时,笑容里都透着一股独属于男人的性感。

再转头,林轻羽和江震两个人已经不见了。

江震过生日,林轻羽自然早早地准备好了礼物,不过因为要先出去吃饭,她就把礼物放在了酒店里。

回酒店的路上,江震在和妈妈打电话。华阿姨很有气质,说话也温柔,叫江震都是叫"崽崽"。

她下半年有很多巡演,中秋那天,江震还因为颜梦的事闹了点不愉快,演出没看完就直接回了家。

"嗯,知道了,吃饭了,和朋友一起。"

他一边漫不经心地答着华瑶女士的问题,一边牵着林轻羽的手去摁电梯的上行键。

不知道是不是电话那头的华阿姨提到她了,江震垂下眼,看着林轻羽说:"有啊。"

林轻羽的心一紧。

"木木和徐思达都在,晚上一起吃的饭。"江震看她那副做贼心虚的样子,扬起嘴角一笑,问道,"要跟她说话吗?"

林轻羽吓得要拧他的胳膊,但江震已经把电话递了过来。

"喂,华阿姨。"

"哎,木木。"华瑶女士很热情地说道,"今天晚上玩得开心吗?江震有没有欺负你啊。"

林轻羽说没有,今天玩得挺开心的。

一看时间,都玩到十点多了,华瑶女士又问:"那江震呢,江震今天开心吗?"

"他……"林轻羽艰难地抬头,看到江震靠在电梯旁的墙上,一只手给她举着手机,一只手环在胸前,眉眼乌黑,好看得令人挪不开视线,只是薄唇扬着,一副似笑非笑的样子,挺冷淡的还有点儿太好说话。

林轻羽不太确定地说道:"他应该也挺……开心的吧。"接着她就听见江震嗤笑了一声。

华阿姨说开心就好。

"等阿姨回来请你们吃饭,在学校好好学习,要是江震欺负你的话,你就给阿姨打电话。"

"好,知道了,阿姨。"林轻羽乖乖地应着,又补充了一句,"您在外面也要注意身体,天凉了别感冒,好好休息。"

华瑶一直想生个女儿,女儿都是贴心小棉袄,现在听到林轻羽这么说,笑得更开心了,连再见和晚安都是和林轻羽说的,等手机回到江震手里,电话早挂断了。

之后江震看到华瑶女士转账,说明天木木生日,多给她买些好吃的。

江震用房卡刷开房门,林轻羽直接从他臂弯下钻过去,光着脚踩到地毯上,去客厅找刚才放在这里的礼物。

"欸,东西呢?"

林轻羽跪在地毯上,扒着茶几的边沿一点点地找,没找到,她又去翻沙发。

不知道是不是下午阿姨又来打扫过,放在客厅的礼物盒并不在原地——客厅的茶几上。

江震脱了外套,仅穿着一件宽松的套头卫衣,深色牛仔裤。

室内暖气充足,他单手开了一罐汽水。说实话汽水有点凉,但解渴。

从俱乐部回来的路上,江震的话并不多,表情还有点懒洋洋的,看不出是开心还是不开心。

林轻羽猜测他大概是累了。毕竟还愿意牵着手,就不是不开心。

江震也不着急要礼物,但林轻羽很急,客厅找不到,她思索着要不要去卧室找找。

东西还挺重的,放在客厅的茶几上的确有可能把茶几压坏,而且……林轻羽觉得那东西确实不太适合放外面。

林轻羽起身说道:"我去卧室找找,你别着急。"

看她跑那么快,江震懒洋洋地笑了一声:"哦。"一副气定神闲的样子。

林轻羽是"送礼困难户",年年过生日都不知道该送人家什么好,于是从小到大,江震和徐思达收到的来自林轻羽的礼物都是一样的——不是游戏就是乐高。哦,去年还送了两件一模一样的黑色羽绒服,就跟情侣装似的。

他其实不太抱希望,不过今年的礼物是女朋友送的,就变得很期待。因为就算又是送一样的礼物,他也比徐思达先收到。

林轻羽去了卧室,手机还丢在茶几上,屏幕上一条条消息急切地跳出来,有人在给她发微信。即便没开锁,他也看到了是谁发过来的。

"林轻羽。"

"干吗?"

他已经走到了门口。

室内开着灯,流水般剔透的光倾泻下来。察觉到动静,林轻羽捧着礼物盒回过头。

现在的她和以前的打扮不一样。脱掉宽松肥大的白色的羽绒服之后,里面是一件半高领的羊毛衫,配着牛仔裤,衬得她的腰纤细又漂亮,偏偏她的表情天真且懵懂，形成的巨大反差感，她看起来像一朵饱满的花苞。

想采摘，又舍不得。

江震拿着手机靠在门口，质问的话到了嘴边，顿了两秒后，变成了——

"找到了？"

"啊。"林轻羽说道，"找到了。"

江震说，拿过来给我看看。

礼物盒子看起来不大，但林轻羽很犹豫，说她估计拿不动。

江震脑门上不由得冒出一个问号。

拿不动？

林轻羽往旁边挪一挪，江震这才看到，她身后的那堆东西——她准备的礼物。

"刑法？"江震气笑了，"林轻羽，你男朋友过生日，你就给他送一堆刑法典？"

"也不全是啊，还有民法、劳动法……"她一本本地数着，嘴里还念叨着说"可齐全了"。

送礼嘛，就是要送最实在的。

江震从小锦衣玉食，什么都不缺，但现在长大成人，之后还要步入社会。林轻羽想着，遵纪守法，时刻把法律的底线牢记在心是很有必要的。

"我这是在提前做普法工作，让你过一个十九年来最有意义的生日。"

"行。"江震一边点头，一边听她胡扯，"那你普法结束了，现在我们来普一下男朋友的法。"

林轻羽还没说完呢，闻言，舔着嘴唇，微微一愣："什么男朋友的法？"

"这个。"他把手机放在桌上，屈指敲了敲屏幕，发出一声闷响。

手机屏幕又亮了起来。

"明天下午有空吗?"是刚才加的那个男生。

他发了好几条消息过来,想和她说话,又怕打扰她休息,最后小心翼翼地问了句,明天能不能一起出来玩。

这小家伙,还真挺会拈花惹草的。

明明知道是在玩游戏,可对方还是上钩了。得,跟周墨那家伙一个样儿。

想到这里,江震有点不爽。

林轻羽连忙发誓:"这次我会好好说清楚的,绝对不会让他产生一丁点的误解!"

"哦,那上次没说清楚,是想和周墨再续前缘?"

所以才藕断丝连,以至于上了大学,周墨还对她印象深刻。

林轻羽真是冤枉,一口老血堵在喉咙里:"我早就和周墨说开了呀!"

嗯,虽然当时他已在来露营的路上了。

"那个,我先去洗个澡!"

林轻羽扔下手机就要跑,江震把她扯了回来,手机和人一起摔在床上。

江震跟着欺身而上,屈膝跪在床沿,他的动作危险,林轻羽看得心猛颤。

过个生日,送他一堆书也就算了,还把陈年旧事给翻了出来。他越想越耿耿于怀。

"可以,林轻羽。"江震一边逼近,一边没什么情绪地说道。他的手握住了她的脚踝,他的掌心烫得她浑身都开始发烫。

江震把她拖回身下才笑了声,"那天真心话大冒险,问你的男神愿不愿意做你男朋友,问我就是做你老婆?"

这小东西,还真挺会区别对待啊。

"没、没有……"林轻羽被江震看得心发慌,他还凑得越来越近,将手撑在她肩两侧,偏头追着她的嘴唇,旖旎的吻落了下来。

一开始还在笑,渐渐地,空气中就多了些别的东西。

林轻羽感觉浑身热得像被炭火包围,尤其是她还穿着半高领的羊毛衫,领子压迫着喉咙,喘息声都变得笨重而又急促。

她想要摆脱江震,但一动,手就被江震禁锢住,直到江震彻底压下来,贴在她身上时,林轻羽才知道他的体温已经升得这么高了。

江震扣着她的手腕,偏头仰起下巴,含着她的下巴,略显焦急地吻到耳后。

林轻羽缴械投降,再没有力气推拒。

"再给你一次机会。"迷蒙中,林轻羽听见他轻咬着她的耳朵,嗓音暗哑地说道,"真正的礼物是什么?"

"拿出来,我就原谅你。"

[3]

"你别搞一些少儿不宜的东西啊。"

十几分钟后,江震被蒙上了眼睛,林轻羽一副神神秘秘的样儿,让他觉得有点儿好笑。

刚洗过澡,身上穿着酒店的浴袍,乌黑的短发还散发着湿热的水汽,仿佛能闻到洗发水的香味。

林轻羽回了一句:"你才少儿不宜呢。"

江震发出一声低笑,慢悠悠地说行吧,然后接着等,但心跳已经很快了。室内没开灯,气氛变得格外危险,仿佛有什么东西要从胸口跳出来。

他的一颗心慢慢地往上提,堵到嗓子眼不上不下,又问了一句好了吗,林轻羽说快好了，但是依旧没过来。

直到江震的耐心快要消耗殆尽，林轻羽才磨磨蹭蹭地走过来，说道："好了。"

眼罩摘下，映入眼帘的是林轻羽酡红的小脸以及摇曳的烛光。

江震过生日很少吃蛋糕，年年都不订，也就没有蜡烛这玩意儿。他印象最深刻的，还是八岁那年林轻羽在放学路上，掏出自己的零花钱给他买的一块草莓蛋糕。说实话，奶油的质地很一般。但不知道为什么，江震记了好多年。

今年江震也没订蛋糕，但林轻羽给他捧来了一个蛋糕。

"这是我自己做的，可能有点丑，但应该还蛮可爱的吧？"

林轻羽瞒着没说。蛋糕是她自己DIY的，第一次做，的确不太好看，但蛋糕上面画了两个小人。江震其实很不想承认，上面的那丑八怪是自己，可林轻羽在小人的衣服上写了"jz"两个字母。看在他旁边那个扎辫子的小女孩的衣服上写的是"lqy"三个字母的面子上，江震也就勉为其难地说："嗯，可爱。"

他笑了。

"我可以吹蜡烛了吗？"他不想再被两个小丑人"辣"眼睛了。

林轻羽气得踢他的脚踝："江震！"

"好看，我喜欢。"江震把她拉过来，林轻羽急忙护住蛋糕，没有让他碰到。

这次江震很认真地说："是真的很喜欢，谢谢。"

以前她随随便便送的一块橡皮擦，他都可以用很久，何况是长大之后，她亲手做的生日蛋糕。没有人比他更懂得珍惜她。

江震将她捧在手里都怕她化了，他轻声问："这次可以吹蜡烛了吗？"

/ 201 /

林轻羽被他看得脸红。蛋糕其实不大，刚好两个人分，但这样端久了也有点累。手指摩擦着蛋糕的底盘，她说当然可以了。

"但是，你不想先许个愿吗？"

每个人都有愿望，过生日的时候可能不太喜欢吃蛋糕，但吹蜡烛许愿望，是很有仪式感的一件事。

但是江震总觉得这种环节特别矫情。

"那就许一个。"江震改从身后环住她的腰，帮忙把蛋糕稍微往上举了举，让她没那么累，"希望江震从今往后，岁岁有林。"

岁岁有林，岁岁有你。

烛光一灭，室内就真的没了一丝光亮。黑暗中她被江震的气息包裹，温热的、绵密的，他沿着脸颊慢慢地吻了过来。

他过生日的确不怎么爱吃蛋糕，年年都不订，好吃甜点的人只有林轻羽，但他此刻很想知道，抿一抿奶油似的东西，会不会更有仪式感。

如果是在这样的一天，将自己交付出去，林轻羽认为自己大概率不会后悔。

他们相识已久，以后的每一天，也想一直在一起。

"林轻羽。"江震将林轻羽抱了起来，轻声叫着她的名字，又喊了声宝宝，声音有些沙哑，他说道，"你好甜。"

心跳声越来越大，最后他们满足地相拥而眠，但那时已经很晚了。

次日醒来，江震还在熟睡。林轻羽睁开眼，看见他就想咬一口，但碰到下巴还是轻轻地亲了一口，不想他动了一下，那个吻就落在了喉结上。

江震翻身把她抱住，两个人在软床里陷得更深。

"嗯……你干吗？"林轻羽推他的脑袋。

江震将头埋在她肩窝处，呼出的鼻息温热，蹭了几下耳垂，又忍不住咬了一口，还稍微用了点力气，留下了一个小小的牙印。

"咬你。"他说，声音还很沙哑。

林轻羽刚睡醒就要咬人，江震当仁不让地回敬一口。

"要起床了吗？"江震问。

今天醒得比较晚，还有点疲惫，林轻羽不想起来，与江震赖了一会儿床。

她"嗯"了两声，是不要的意思。

于是江震的手就落在她的腰上："是不是还酸痛？"

"嗯。"

他闭着眼睛，用了点儿力气揉了起来。因为侧躺着，衣服领口处滑出一块玉，那是昨晚林轻羽给他戴上去的。

江震说："你把这个给我，奶奶不会生气吗？"

江震知道林家的子女不算少，光是叔叔伯伯就有好几个，还有两个姑姑，但林轻羽这一辈，只有她这么一个女孩。她爷爷奶奶疼她疼得要命。

要不是林嘉晏也讨巧，老林和孟女士又不是偏心的人，他的家庭地位估计还不如林轻羽的一根头发丝重要。

给她护身的玉，自然是要命得紧的。放在店里，估计也是有市无价。这么宝贝的东西，她却换了根新的红绳子，戴在了他的脖子上。

林轻羽不以为然地说道："为什么生气？这是一样的啊，奶奶给了我一对。"

连林嘉晏都没有。只要她愿意，另外一个送给谁都可以。

江震从小到大什么都不缺，林轻羽也不知道送他什么，但这个玉很有意义，她就希望今年、明年、年年，江震过的每一个生日，身边都有林轻羽。

她的平安分他一半，他们可以厮守很多年。

她只是这么一个单纯的心愿。

"玉不贵重，心意最贵重。它的价值是人赋予它的。我的喜欢也一样有市无价，我很喜欢你，就是很喜欢你。在当下，在眼前，我想给你，就给你。"

她喜欢江震，就想给他家人般的待遇，而不是像以前那么敷衍。

林轻羽说："倘若哪天输了，我也不后悔。"

她好像总是在意想不到的时候，带着一种孤注一掷的勇气。

江震知道她输得起。哪怕他们有一天分手了，林轻羽说不定只是回家大哭一场，没多久就会重振旗鼓。

她不缺爱，爱情不是她的唯一，所以她才舍得给。

可是好不容易爱上的人，哪里能够说割舍就能割舍得下？

江震握着她的手，把她抱住，一起埋在被窝里，狠狠咬了她一口："我不会让你输。"

林轻羽被他咬得咯咯笑："你有本事把这句话再说一遍？"

"行啊。"江震无所谓，掀开被子就把她拉起来。

房间里朝着浴室的方向，阳光已经洒了一地。

他很听话地边走边说："我江震，绝不让林轻羽输。行吗？公主殿下。"

林轻羽不知道的是，在爱情这场赌局里，在她还没走进来之前，江震就已经困了自己很多年。所以江震永远不会让林轻羽输。

11月的最后一天，气温虽低，但天气难得放晴。

林轻羽出门的时候还在捏耳朵。

"怎么了？"江震以为她是怕冷，还伸手帮忙焐了一会儿。

结果林轻羽说："江震，我们去打耳洞好不好？"

江震没多想，第一反应是怕她疼。

街上人很多，川流不息，他们停在一个广场上，背后是暖洋洋的光和成群飞的白鸽。

他弯腰下来，扯了一下她羽绒服的帽子，让帽子遮住了那颗小脑袋，说："不行。"

"为什么？"

江震捏捏她的耳朵："早上咬你的那点儿力道你都受不了，打耳洞不怕疼？"

林轻羽的脸红扑扑的："那又不一样。"

"怎么不一样？"

"就是不一样！"问急了，林轻羽嘴里就飙出一阵乱码，好像那些字烫嘴一样。江震坐在路边的长椅上笑得不行。

随后，江震手一拉，林轻羽坐在他旁边，问："你是不是为了省那两对耳环钱，所以不同意打？"

因为那块玉，今早出门时两个人还聊了一下结婚的话题。

对于婚姻，两个人都不太熟悉，所以聊的时候也不算认真，只是漫无边际地瞎聊。

林轻羽还说结婚是不是要闹洞房、喝交杯酒，感觉好土好累啊，她不想结婚了。不过听说大学生领证结婚可以加学分，也不知道是不是真的。说着说着，她又兴致勃勃地说可以试试结婚。

这一会儿想结婚，一会儿不想结婚的，路过绿化带时，江震都想把

/ 205 /

她栽进花盆里。

之后林轻羽又掏出手机，查结婚需要准备什么，看到订婚还要有五金：金戒指、金项链、金手镯、金耳环，还有金（手）脚链。林轻羽捏了捏自己的耳垂，她突然觉得，可以打一个情侣耳洞。

江震不同意，于是她才说了这一句，你是不是想在提亲的时候，省下那对金耳环？

"想什么呢。"江震气笑了，又捏了捏她耳垂上今早被他咬过的那个地方，不知道那个牙印还在不在，"我只是怕你疼。"

林轻羽就没吃过苦，完全是被捧在手心里长大的小公主，他都舍不得让她感受到一点儿疼痛，这会儿她却要拉着他一起去打耳洞。

"那就去打一个嘛，没有耳洞的话，我以后怎么戴金耳环。

"江震，拜托拜托。

"去嘛。"

她拽着他的胳膊撒娇。江震拗不过，抬手揽住她的后颈，额头抵上去，他的目光深邃，眼睛黑且亮。

"那一会儿不许哭。"

"无痛打耳洞，绝对不哭！"林轻羽发誓，"我们一人一个，这样就是情侣款了。"

她挠了挠他的手心，她可是记得昨晚上的徐思达和苏莫，两个人又是情侣服装、情侣围巾，又是情侣对戒的，什么都是成对的，她当时就嫉妒了。

他们虽然有一对玉，但这个风格好像不太适合年轻人。

林轻羽将自己挂在江震的胳膊上，歪着脑袋看着他："江震——"

江震笑了，说好。

"我陪你一起打。"

幸好是在冬天，伤口没那么容易发炎化脓，好得也快，但近一个月内还是得小心养护。

林轻羽打完耳洞的第一天，感觉没什么事，第二天醒来就疼得直抽气。

周末林嘉晏也在家，看到她耳朵上莫名其妙地多了个东西，今早起来时还疼得嗷嗷叫，这会儿更是痛得喝汤时连勺子都拿不稳了。

林嘉晏像看傻瓜一样，古怪地看了她一眼："林轻羽，你是叛逆期还没过吗？大冬天的，跑去打耳洞。"

林轻羽疼得直哼哼："你少管我。"

林嘉晏也确实是懒得管她，吃完饭后就去对门找江震了，还上次借的笔记。

结果一看到打开门的江震，他就愣了一下。

"江震哥，你也打耳洞了？"

今年是流行打耳洞吗？家里已经有一个因为打耳洞疼得嗷嗷叫的傻瓜了，没想到对面还有一个。

不过江震好像没受什么影响。

他今早起来，刚去洗了个澡，头发还是湿的，脸上也有未干的水珠，随口"嗯"了声，然后侧身让林嘉晏先进来。

他去客厅倒水，然后问："笔记看完了？"

江震突然转移话题，林嘉晏这才想起自己是来还笔记的，说已经看完了，还很有用。之前江震帮他圈的几个重点，后来林嘉晏和老师讨论题目的时候还提到过，他受益匪浅。

不过聊着聊着，林嘉晏的注意力又回到了江震的脸上。

说实话，长得帅的男生一抓一大把，但都没有江震的这张脸高贵。尤其是现在这张脸沾着湿润的水汽，衬得五官越发清晰且立体，如今耳朵上多了一颗蓝色的耳钉，更显出几分清冷的贵气。难怪大家都说，江震要是去染个头发，怕是能出道做偶像了。

但林嘉晏还是一脸狐疑，这个耳钉怎么感觉和林轻羽的那个那么像？林轻羽的跟江震的这个是一对的吧？真的越看越像是一对。

江震看他一直盯着自己，不由得问道："怎么了？"

"江震哥。"林嘉晏直接问道，"你在和我姐谈恋爱吗？"

[4]

晚上，林轻羽等爸妈都睡了才敢出来。

"你怎么没去学校啊？"

明天就周一了，她和老林说好了明天早上一起走，所以今晚没返校。但江震没走，是因为听林嘉晏说，家里有个傻瓜因为打了耳洞疼得一直在哭。

下午她陪着老林看纪录片，窝在家里没出门。

江震把她拉过来，低头看着她的左耳："有点儿肿。"

江震问："是不是洗澡的时候沾水了？"

"嗯，刚刚我妈已经给我涂过药了，下次我小心一点儿就好。"

打耳洞之前，江震就查了注意事项，一条条地记了下来。

"晚上睡觉不要压到它，平时少用手去碰，转耳钉的时候动作慢一点儿，轻一点儿，不要扯到伤口。"

"我要是觉得痒怎么办？"

"痒说明伤口快长好了，但哪能好得这么快。你最好是祈祷下次别再感染了。"

他看了都心疼。

夏天打耳洞最容易发炎,冬天虽然相对而言情况好一点儿,但天气太冷伤口愈合得也慢。

江震给她买了个又大又宽松的帽子,可以挡风又不碰到耳朵,还塞给她一盒消炎药。

"回学校后可以叫赵佳佳她们帮你涂药,要是不好意思麻烦别人,你就打电话叫我。"

"大半夜疼醒也可以吗?"

"大半夜疼醒也可以。"

林轻羽哼哼唧唧地说知道了,张开手臂环住了他的腰。

"干吗?"

这小东西又黏糊了起来。

江震的外套没将拉链拉上,衣服宽松肥大,可以将她也一起裹住。林轻羽就钻进去,闻着他毛衣上的味道,暖烘烘的,还有点儿香。

她问他用的是什么洗衣液,江震说不知道。

林轻羽说:"骗人。"

"没骗你,秋冬的衣服都是拿去干洗的。"

"那内裤也干洗吗?"

"内裤是手洗的,但你闻的不是毛衣的味道吗?"

"我想知道是什么味道。"

"林轻羽!"

"干吗?"

"你变不变态啊。"他边笑,边装出嫌弃的样子,"你别抱我了啊,快点撒开手。"

"我又没说要闻,你才变态。"

两个人拉拉扯扯好一会儿,江震才低下头,问道:"上次不是帮你洗过吗?"

用的是柠檬味的香皂。

记忆被唤醒,林轻羽悄悄地红了脸,说不抱了,她要回家。

江震却没那么容易放她走,把她搂在怀里,抵着墙就俯身亲了下来。

黑夜四周寂静,林轻羽忍不住羞红了脸,而他却撬开她的唇齿,直接攻入城池。

"嗯……"林轻羽推了推他,反倒让江震越发地用力了。

结束时,她的眼睛水汪汪的。江震的嘴唇忍不住在她的耳边流连,手指却摸上了她的左耳。

林轻羽没忍住一抖,声音都在发颤,"江震……"

"快点好起来吧。"他突然说,"快点好起来,下次,我们可以选一个更漂亮的耳钉。"

周一返校后各自忙碌。

幸好林轻羽对耳钉不过敏,擦了药之后也很快消肿了。等到学期结束,他们打的这个耳洞才算完全长好。

江震的体质让人很羡慕,打了耳洞,除了耳垂有点泛红,就再也没发生其他的事了。

他说:"那是因为我会护理。"

要是林轻羽一直在他眼皮子底下,他也能把她照顾得好好的。尽管不能每时每刻盯着她,但是返校后江震每次看见她,也会把她扯过来,弯腰低头看看她的耳朵。

耳钉被他转动时,很痒。但是她不敢吭声,只能攥着他衣角问好了没。很奇怪,打了耳洞之后,她的耳朵好像变得敏感了,轻轻碰一下就红了。江震说好了,眼睛却还盯着耳朵不放等她抬头的时候他才落下一个吻。

他玩这个游戏总是乐此不疲,她也每次都上当。

考完试之后,江震在寝室楼下等着接她回家,和开学那天差不多,只不过这次两个人是一起走的。

漫长而又短暂的寒假。

以林轻羽之前的那股黏人劲儿,江震还以为放假后林轻羽会天天来找自己玩。

结果没有。

在微信上甚至连句号都不给他发一个,和暑假那会儿差不多,只不过是两个人的位置颠倒了。

江震天天想着出门,林轻羽却天天宅在家里。真是神奇。

江震想,他女朋友大概是个"反套路"达人。

徐思达家里养的狗都自己坐电梯上来过几回了,林轻羽还按兵不动,也不知道她在干什么。

直到有一天要下楼买东西,对面门开着,客厅的说话声传出来,江震才知道她在陪老林下棋。

整整一星期,她都在下棋,下的还是五子棋。

江震真是服了。

"女朋友"三个字打出来,想到林轻羽说的不能过早暴露,否则美丽的爱情就要夭折在摇篮里,于是江震又删掉,发了三个字过去:"林轻羽。"

没回。

三秒之后——

jz："林轻羽？"

jz："林轻羽。"

jz："林轻羽！"

jz："林、轻、羽。"

如果微信文字能发出声音，林轻羽现在估计都要被吵死了。她打开手机，正要回一句，结果江震又发了三条——

jz："是不是要叫老公才出现？"

jz："好。"

jz："老公。"

叫得非常干脆。

林轻羽无语地发过去一个问号。

Mumu："你……"

是不是有病啊。

放假时，林轻羽和老林闲聊，无意中得知他和自己选修课的董教授竟然是好友，走得还挺近。

董教授散步的时候和老林说，他年年开课授课，总有学生问他对象要怎么找，但今年挺有意思。今年的课程还没结束，班里就已经出现了一对小情侣。

那小姑娘长得挺可爱的，笑容又甜，每回上课都要坐第一排。坐第一排的同学本来就少，她又爱笑，上课时两只眼睛亮晶晶的，写满了求知欲。所以董教授对她印象深刻，说："好像是叫……林什么羽。"

两个人第一次上课时坐的是最后一排，但后面占的都是前排的位置。

男生个子高，长得也很惹眼，女朋友准备辩论赛，需要请假没来上课时，他就一个人坐第一排，听得也很认真，还要做笔记。说是他女朋友上课喜欢做笔记，因为其他的事情落下这门课的笔记，他还没有帮忙补的话，她晚上会难过得睡不着觉。有时他在讲台上还看到两个人偷偷地牵一会儿手。

这门大学生恋爱课上得还真是充满了恋爱的酸臭味。董教授乐呵呵地说，这两个人也挺厉害，考试成绩是全班的最高分，99分。

选修课考试的形式比较开放，花样也多，只要老师不严格，想拿高分并不难。

老林却在听了第一句之后就开始皱眉："林什么羽？"

林轻羽？

那不是他女儿吗？

这丫头，上大学还真找了个男朋友。

在董教授的课堂上，那应该是大学同学，他忙问是哪个院哪个系的，人怎么样。

老林撸起袖子，手都开始痒了，董教授却说："忘了。"

一个班的学生那么多，全校同学都能选的课，院系少说也有十来个，他哪儿记得？

不过两个人从第一次课开始就坐在一起，看样子也不像是刚认识的，他猜他们应该是同班同学。

男生个子高高的，长得很帅。用这些学生的话来说，就是能迷死一群小女生的风云人物。

董教授还很自恋："哎，你别说，那小子长得还真有点我当年的意思。"

老林心想，你看我想问的是这个吗？

回家之后，老林来探过虚实，林轻羽没否认，说是有这么一回事。林轻羽还想借此机会探探口风，如果对方是江震，老林会是什么样的态度。

然而刚一张嘴，老林又说："算了，爸爸不想知道。爸爸知道我们木木长大了，有主见了，喜欢的男孩子挑的肯定也是最好的，爸爸不操心，你好好谈就行。"

孟女士在厨房听到他这番话，都有点儿受不了，说："林邵军，你这话最好是说真的，别等木木出门要约会，你又在家里躲起来哭。"

老林还信誓旦旦地反驳，说"我是这种人吗"，下一秒看到林轻羽要拿手机出门，又非要拉着她下棋。

他还说："也不知道为什么，最近有点儿上火。嘉晏还没放假，只能让木木陪爸爸下下棋、喝喝茶了。"他需要修身养性磨一磨这暴脾气，不然他总想做点儿什么。说着，老父亲的眼眶一红，问了一句，"木木有了男朋友之后，不会不心疼爸爸了吧？"

林轻羽一时无言。

晚上吃了饭，林轻羽回到房间里才回江震消息，问他怎么了。

江震只说："想你。"

明明林轻羽就在隔壁，走两步路敲个门就能见到人，结果现在搞得像网恋。

前两天孟女士让林轻羽去对门送水果，她还只放在门口，就走了。

林轻羽说："你不懂，这是迂回战术，我先假意投诚，迷惑对方，让敌人放松警惕，之后再降服敌人。"

Mumu："而且我发现这两年来，北极热带雨林开始不断地向我国进口混凝土。这种恶劣的市场竞争形势表明，爱情革命的成功靠的是百分之九十九的西北风，加上人自身的一个肾上腺激素组合构成的天体斜坡，所以从勾股定理的角度来看，我觉得先安抚好大家长的情绪是很有必要的。"

Mumu："你能明白我的意思吧？"

要不然哪天被扫地出门，就真的只能喝西北风了。

话说得挺绕口，江震只听懂了最后一句。

"你别迂回了。"他懒得再打字胡扯，懒洋洋地笑，"再迂回，你爸还没投降我就先投降了。"

整整一星期都没能见上一面，他也服气了。

江震靠在阳台上，看到她卧室那边的窗户透着浅浅的光，随后低声叫了她名字。

"林轻羽。"他说，"你都不想我吗？"

你不想我，但是我很想你。

[5]

话都说到这个份儿上了，晚上江震一个人在家，趁着大家都睡着了，林轻羽悄悄地出了门，敲响了隔壁的房门。

江震早就等在门口了，立刻就把她拉了进来，关门声有点急切。

还没进客厅，江震就把她抱了起来，不得章法的吻似雨点，胡乱地落下来。林轻羽听见他在耳边宠溺地笑骂了一句："小东西，一点儿都不想我？撒个谎啊，骗骗我也行。"

他总是这样，让林轻羽没有办法拒绝。好在他也很容易就被哄好。

见这么一面，拥抱亲吻，接下去一直到过年，江震都很安分，没有再微信"骚扰"她，不过每天还是照例会问她在干吗。

林轻羽赖在家里，说看书啊。偶尔关心一下自己的男朋友，江震只说在做作业。

几个月前，江震和周墨他们组队参加比赛，12月就提交了项目文件。所以江震说自己在做作业，林轻羽都想不到他还要做什么作业。结果没多久，江震就叫她打开电脑看看。窗口弹出一只粉色的小猪，每5秒钟吐出一个彩虹色的爱心屁屁，熏得她的屏幕五颜六色。

林轻羽被震惊到了，说："好土啊。"

江震说："那下次放个林轻羽就不土了。"

林轻羽立马问他现在在哪儿，快点儿出来她要跟他单挑。她今天不和江震打一架，就不叫林轻羽。

"在外面呢。"江震说，"想约架啊？等我回家。"

今天是大年三十，家家都在吃团圆饭，林轻羽想不出来他在外面干吗。

江震说，他现在就在外面吃年夜饭。

前两天，江爷爷从国外回来了。老人怕回老宅睹物思人，于是把孩子们都叫到在自家的酒店餐厅吃团圆饭。

江昱华和华瑶都在。

两个人的婚姻当年是长辈一手促成的，感情算不上好，但都孝顺，平时也相敬如宾。爷爷要一家人一起吃个饭，又是过年，他们自然推掉所有的事务赶了回来。

华瑶看着江震出去打电话，打了好几分钟还不见他回去，怕老人等急了，便出来叫他："崽崽，爷爷叫你呢，你在跟谁打电话啊？"

江震只能先把电话挂了，说一会儿回家再打。

"女朋友吗？"看他一脸笑容，华瑶只能这么猜测。

江震说是啊。

"女朋友。"

很乖，很可爱，等过完年就带回家。

周末难得出来约会，林轻羽还叫上了徐思达这个电灯泡。以前三个人怎么玩都行，这会儿却显得拥挤。

徐思达都气笑了："我是你们的爱情保安吗？每回出门都叫上我。"

这几天苏莫回了老家，不在常泞，要是在的话，也轮不到徐思达来吃他们的"狗粮"。

林轻羽刚安抚好大家长的情绪，获得出门的自由。江震请客吃饭，坐下后握住林轻羽的手，说："你现在可以走，晚上回家我们再叫你。"

徐思达翻了个白眼，合着他就是个"工具人"？

不过大好的周末，徐思达确实没空夹在这两个人中间当电灯泡，但也没走，因为他们约了以前的朋友一起出来玩。闹哄哄的，一堆人。江震安静地坐在旁边，看徐思达教林轻羽打保龄球。

保龄球很大，又重，林轻羽刚把球提到手里就被压弯了腰，看她的表情似乎很用力，最后还一个都没打中。

江震一边喝着手里的饮料，一边笑，之后用手机给她拍了好几张照，林轻羽回来坐下，小脸通红，也不知道是热的还是累的。

"不好玩吗？"

徐思达是这家俱乐部的高级会员，他们玩多久都行，但是如果她不喜欢，他也可以现在带她走。

林轻羽的手很酸，她软绵绵地靠在他肩上要他捏一下。江震就放下手机和饮料，捉住那只小手帮她放松肌肉。她则拿走了他的手机开始"查岗"。

"要换个地方玩吗?"

林轻羽将脸蛋搁在胳膊上,说话的语气像在撒娇:"我不要,外面好冷,不想出去。"

常泞已经下了几场雪,地面湿滑,她皮肤嫩,不受冻,一到冬天就容易长冻疮。刚刚没戴帽子,冷风一刮,耳朵就红了。

江震看她在翻相册,赶紧说:"你别删啊,给我留几张。"拍得都好丑,林轻羽才不听,删照片的速度唰唰如流水。过后江震掐着她的腰把她按在沙发上,说"不许再删我的照片"了。

林轻羽鬼哭狼嚎般的叫声吸引了所有人的注意。

这时有人转头问徐思达,说你不管管啊。

徐思达早见怪不怪,说:"让他们玩去吧,这两个人加起来年龄不过三岁。"一个比一个幼稚。

之后徐思达拿了相机过来,说别吵了。

"嫌弃你男朋友的拍照技术不好,那思达哥哥给你们拍,行了吧?"徐思达指挥这两个人站起来,"站好啊,别动。"

徐思达无奈了,陪他们出来约会,还得帮忙拍照。

不过画面定格的那一瞬间,两个人倒是挺配。

江震一只手揣进兜里,另外一只大手搭在她的脑袋上,往自己怀里一拉,笑得挺跩的,林轻羽则扬起笑容,对着镜头比了一个大大的胜利的手势。看起来都傻乎乎的。唉,就当是养了对儿子女儿,带他们出门玩吧,徐思达这么安慰自己。

下午,万年不发朋友圈,一发还只发图的江震,拿到照片后更新了一条动态。但发的不是徐思达拍的那张——照片上是被林轻羽咬过的手腕,虎口那儿有一个清晰的牙印。配文:"我问我女朋友,你是不是属狗的,她说她不属狗,但咬狗。得,今天又是狗咬狗的一天。"

底下一堆人点赞和评论。但江震忘记了屏蔽家长。没多久之后,他收到了老林的评论。

老林说:"小伙子不错啊,找了一个牙口这么好的女朋友。瞧瞧这牙印,整齐、漂亮,跟挖掘机似的。"

林轻羽无语,爸爸,您这么说我合适吗?

这一天,其他人都知道江震在和林轻羽谈恋爱,唯独几个大家长都被蒙在鼓里。

被发现的那天是在两家人的家宴上。虽然江奶奶已经过世,但江老爷子和林家爷爷奶奶还有交情,每年年后都会聚上一聚,几个小辈也都在。但吃到一半,林轻羽突然发现大家都不动筷子了,一顿饭吃得异常沉默。

林轻羽还很不解地问林嘉晏:"大家怎么都不说话啊?"

林嘉晏也不知道这话该不该他说,但看了一圈之后,他咳嗽一声,压低声音提醒道:"耳钉。"

"什么?"她没听清。

林嘉晏服了,用手指了指自己的耳朵:"耳钉。"

"你和江震哥,戴着一模一样的耳钉。"

这两个人,当大家瞎呢?

其实都戴了耳钉倒也没什么,但问题就在于这对耳钉分明是一对,两个人各戴一枚。

不同时出现看不出什么,但两个人坐在一起就分外惹眼,越看越有猫腻。就连老眼昏花的林奶奶都愣了一下,随后笑眯眯地问:"崽崽最近是在跟我们木木谈恋爱吗?"

当然他们有一百种借口可以搪塞过去，林轻羽也想好了说辞，可是江震却很平静，闻言名只是看了林轻羽一眼。

她好像有点紧张，但更多的是担心。像是怕他把话说出口，下一秒老林就要把他大卸八块。

可是在这样的一个场合否认、退缩，之后再承认，都会显得他不够坦荡。

"嗯。"江震和那天回答林嘉晏的时候一样，只不过这次，好像多了分自己都意想不到的决心，"奶奶，我最近的确是在和木木谈恋爱。没能提前打声招呼，是我做得不够好。但木木是我很喜欢的女孩子，在这里，我想向叔叔阿姨赔罪，也想正式地请求一个机会，能不能让我和林轻羽在一起？"

晚上回到家，林轻羽想到江震当时说话的表情和语气，眼睛还是有点酸。她咬着牙给他发消息，想说好多好多话，但又怎么都开不了口。因为"卑微"这两个字，好像无论如何都不应该和江震这个人挂钩。可是一想到他的姿态放得那么低，林轻羽就忍不住眼眶发酸。

不应该这样的，他们是正经谈恋爱，又不是干了什么坏事。

第二天睡醒，林轻羽决定去找老林谈谈，打听一下他们昨晚都聊了些什么。但是孟女士说，今天一早老林就出门了，不在家。

林轻羽扑了个空："啊？"

这大冬天的，外面的路都结成冰了。

"爸爸不在家，他去哪儿？"

"去钓鱼啊。"孟女士说，"他和小江约好了，今早两个人一块儿去江边钓鱼。"

她看了一眼时间，两个人刚出发没多久，估计得下午才回来。

老林平时就喜欢钓鱼，拿着一根鱼竿，能在江边一坐一整天，钓鱼的技术又差，一天都钓不到一条。

现在天寒地冻，他和江震估计得钓一整天，也只有江震愿意陪着他了。

林轻羽就这么熬了大半天，回来时老林喜滋滋的，说今晚可以吃鱼，但对她和江震谈恋爱的事，一句话都没提。

林轻羽气都气死了。

江震晚上过来敲门，问她要不要出去看烟花。林轻羽卡在门缝里，说不去。

"还在生气呢？"

老林都不给她设门禁时间了，进出自由，她还像只小乌龟一样缩在这儿。

林轻羽说："你们说话都背着我，也不给我透露一点口风，我被你们孤立了，现在很难过。所以江震同学，我拒绝你的邀请，你快回家睡觉吧。"

"没有。"江震看着她笑，靠在墙边，问道，"真不去？"

"不去,市里严禁燃放烟花爆竹,你这是违规的行为,我要去举报你。"

江震笑了半天，把她从门缝里抠出来，拉进怀里后把她抱走了。林轻羽威胁他，说信不信她现在号一嗓子，老林就会拿着菜刀冲出来。

"没用。"江震才不怕，"你爸现在已经被我降伏了。"

"真的假的？你可别吹牛说大话，打脸很难看的。"林轻羽开始服软，贴在他身上说刚刚她说的只是气话，"江震，我很喜欢你的，不管他们同不同意我都喜欢你。"

江震说，我知道，又说："我什么时候骗过你？"他和老林的关系

/221/

又不差。

知道林轻羽藏了很久的小男朋友是江震时,老林的确很吃惊,吃惊到态度从"谁家的猪来拱了我家的白菜,弄不死他"变成了"我家的白菜原来是他拱的啊,好小子"。

如果是江震,好像也没什么看不顺眼的。毕竟知根知底,董教授还站在江震这边说了很多好话。先前老林觉得他的话太过夸张客套,后面想想又觉得句句实在。

只是……要"拱"我女儿还是不行!于是一大早,老林就把江震叫走,去外面钓了一整天的鱼,回来的时候他都有点感冒了。

江震让她摸摸自己的额头,又贴贴她:"我牺牲很大,你要不要亲我一下?"

林轻羽有点儿委屈,又很心疼,紧紧地抱着他,说:"可是亲一下又不会好。"

"是不会好。"江震说,"但是你亲我一下,我会很开心。"

江震说要带她出来看烟花,这倒也不是哄骗她。

今天是徐思达的生日,他们在别墅的院子里开派对,林轻羽这两天因为恋情被戳破,都忘了准备礼物。

苏莫替徐思达说没关系,他们上次也只送了一份礼物,还给了她一支仙女棒,说:"现在只有这个了。"——大的烟花不允许燃放的。

不过几个人手里都有,在黑夜里点燃,也十分璀璨,它甚至更像触手可及的星光。

"他现在能把你约出来,心里应该很高兴。"苏莫跟她说,"刚刚我们还在打赌,怕他输了会难过。"

林轻羽不太理解:"为什么呀?我们之前也都是随叫随到啊。"

"不一样啊。你现在是他的女朋友,不是发小。"

人和人的关系总是会变,身份不一样,心情也会不同。

在叫林轻羽出来之前,他们在这玩了好几局的游戏,估计是一整天没见到她,江震总有点儿心不在焉。想现在就过去约她,又怕她已经睡了;还怕老林堵门口,对他说,你小子,明天再来。比以前还要小心翼翼,视她如珠如宝。

想着想着,江震就在那儿笑,输了好几局也不在意。

苏莫也是在这个时候才知道,江震其实喜欢了林轻羽很多年。

此时寂静的夜里,过去那些不可言说的情愫,倒像是梦境一场。现在摊开在眼前的,只有闪耀而又明亮的爱意。

不久之后,徐思达把苏莫叫走了,说要准备切蛋糕了,江震也过来叫林轻羽,还从徐思达那抢了一根点燃的仙女棒。

这一帮人都爱玩,有些弄烧烤、弹吉他、唱歌,还有些打扑克,但是玩仙女棒的男生,只有徐思达和江震这两个人。因为要哄女朋友。

明天好像是情人节。

零点的深夜,只有这帮人年轻人不畏天寒地冻,在这热热闹闹地聚会。

江震说:"傻了?不会玩?"语气还是一如从前欠揍。

林轻羽踹了他一脚:"你才不会玩呢。"

她刚刚只是没有打火机。

一群人在他们身后,灯火璀璨。

江震低下头,搂住她的腰,说刚刚被踢疼了:"林轻羽,你得哄哄我。"

"你有这么娇气吗?"

"有啊,特别娇气。"

因为那一年她的那一句玩笑话，被他当了真，从暗恋到明恋跨越了四年，其间，有过无数个想得到她又怕失去她的瞬间。

如果可以，江震不会选择更早一点儿向她表明心意，因为当下、现在、此刻，就已经是最好的安排。

喜欢一个人应该稍微知足一点儿，也要娇气一点儿，贪心地想要多一点儿安慰，并不算过分。

切完蛋糕之后，江震带她玩游戏，是一盘全新的飞行棋，图纸摊开在两个人面前。手里的棋子还是只有一个，骰子扔到六点就出发。

江震说，你每次停到一个地方，我就奖励你一个礼物。几乎每一个格子上都写了礼物，只要她起飞，落地的每一步都有奖励。

徐思达他们过来凑热闹，说这么好玩的游戏，怎么不带他们一起。江震说这是双人游戏，你们掺和什么？林轻羽想到他们上一次玩的双人飞行棋，脸开始发热。

不过今天的这个，似乎还挺正经的，就是礼物多得吓人，林轻羽说："真的假的？江震，你好像笨蛋少爷哦。"而且今天又不是她生日，她感觉怪不好意思的。

江震说："真的啊。"

他不骗人，林轻羽也就不客气。

骰子扔到数字5，扔到数字6，扔到数字3，又扔到数字1……

玩了十几把，她收到的礼物感觉都要把屋子堆满了，江震还真就给了她一把钥匙，说礼物都在里面。

只有最后一步，落在了一个神秘的格子上，上面什么都没有写。

江震说："闭上眼睛。"接着他将两张卡纸似的东西塞到了她手里。

"机票?"林轻羽睁开眼睛,又惊又喜。

背后是烟火在黑夜里燃烧,晚上又下雪了,一片片地落下来,她穿着白色的羽绒服,像一只雪精灵,在浩瀚的夜空下,眼底的光比什么都明亮。

"嗯。"在闹哄哄的氛围里,江震握住了她的小手,声音轻到像是在商量私奔,"林轻羽,一起走吧。"

他这次来实现她上回许的愿望,去特罗姆瑟看极光。

他们正值年少,青春漫长,正是肆意享受年华的好时候,而以后的路,他们也要一起走。

<正文完>

番外一

一些后来和一个关于过去的梦

江震和林轻羽谈恋爱的事情已经公开。

意料之外又在情理之中的是,两家人都没有反对。华瑶还说她一早就猜到了,林轻羽很惊讶,问了原因。

华瑶:"你那天早上和我打招呼,身上沐浴露的味道和江震的一样。"

用都是他们家酒店里的那款。

他们自以为遮掩得很好,实则处处留破绽。她没戳破,是给小情侣留面子。

不过华瑶很喜欢林轻羽,还嘱咐江震不许欺负她。

江震那叫一个冤枉。他就算是欺负谁,都欺负不到林轻羽头上,林轻羽这小东西还挺欠收拾,耀武扬威地说:"你,不可以欺负我。"

当然这话说太满了。

晚上江震咬了她一口,第二天林轻羽就不理他了,说什么也不愿意再继续待在他那。一大早,江震又得哄她。

他拽着林轻羽的小胳膊,把她拉回跟前:"真要走啊?"

林轻羽鼓起腮帮子,红着脸说:"你快回去,别拉我了。"

两个人夹在江震家的门缝中。

林轻羽还想趁今天周末孟女士在家,回去吃顿妈妈煮的早饭呢。

"别生气了。"江震伸出胳膊,上面还有个清晰的牙印,"你不也咬了我两口吗,咱俩扯平行不行?"

"谁要跟你扯平了。"

两个人拉拉扯扯半天，林轻羽说："你可以松开我了，不然一会儿我爸出来看见——"

话音刚落，身后的门就被打开了，老林像尊门神似的杵在那儿，说："我已经看见了。"

林轻羽被吓到了，江震无语。

今天一大早，江震点开微信，聊天界面弹出一大串消息。第一反应是诈骗，后来一看备注：肯德基疯狂星期四野生代言人·林轻羽，瞬间明了。

Mumu："说个渣男的故事，大概是三个月以前吧，我朋友上网认识了一个男的。他们在网上聊了差不多两个星期左右，就见面了，而且第一次见面就去了宾馆，之后的每个星期六星期天都会去，就这样持续了好几个月。我朋友向那个男的说，已经一个多月没来大姨妈了，没想到这句话说完，隔天就找不到那个男的了，手机一直打不通，关机。直到我朋友前几天跟她父母坦白这件事情，说完了我朋友一直哭。那天晚上我偷偷给她买了个验孕棒，一看，真怀孕了，然后我第二天让她来我家专门跟她聊这件事。她说那个男的对她很好很好，我说对你好还不是想玩你，实在不行报警吧。她听到这句话后，就趴在桌子上大哭。正当我打开手机准备报警的时候，一不小心打开肯德基。原来今天是疯狂星期四，谁请我吃顿肯德基，我把结局告诉他。"

江震发过去一串省略号，而后给她转账了 5000 块钱："说吧，那个渣男后来怎么样了？我听着。"

最近林轻羽有点儿难伺候。他一早起来后，拿了钥匙出门，准备给她买早餐。豆浆无糖的不要喝，虾饺皮太薄的不要吃，路过的狗都要骂两句,嘟嘟囔囔的,最后又扑到他怀里,说最烦的还是他这个人;她黏人的时候,又一直抱着他不肯撒手,情绪反复。毕业那年他们已经订婚,江震问过她要不要同居。

林轻羽不肯。

两家离得近,江震也就由着她。

下楼后,林轻羽扒着窗户,用望远镜看到他已经出门。

"他啊。"林轻羽说,"他今天起床起晚了,早上七点才出门买早餐。穿着黑色的羽绒服,戴着格子围巾,现在已经走到了一棵歪脖子树下——哦,还抬手和大爷打了声招呼,帅得连大爷牵着的那只萨摩耶都在冲他摇尾巴……"

"林轻羽,你这形容,我怎么感觉你在拐着弯骂人呢——"

江震听到这还没完全反应过来,他笑了起来,顿了几秒才跟卡壳似的停下来,扭头看向他们家窗户。

"乖乖,"他沉默了很久才说道,"你别说,也别撒谎,老实告诉我,怀孕的那个朋友……是你,对吗?"

"嗯。"

最近江震做了一个梦。很奇怪,他其实很少做梦,即便做梦,梦到的也都是林轻羽。

这梦有些荒唐,有些不可理喻。

高中那三年,他很少和林轻羽在一起。过年她要去爷爷奶奶家,暑假她要去补习,或者和爸妈去旅游。见不到林轻羽的日子,不只是在学校。好像她从自己的生活抽离了,但一冒出这个念头时,还没开始紧张,他回家就看到门上有一张小小的便利贴:

"江震,帮我喂一下小胡子,拜托拜托啦!"

林轻羽很喜欢动物,但她小时候养的一只萨摩耶因为误吞鸡骨头死了,家里就没再让她养宠物了,怕她伤心。

小胡子是生活在附近公园里的一只流浪猫。

他们高一那年一起发现的,林轻羽经常喂它东西吃,一来二去也有了感情,即便是离家也都惦记着。她唯独不惦记他这个大活人。但喜欢麻烦他,好像也是一种惦记。

江震给她发消息,懒洋洋地说了声"不",很高冷。不知道他抽什么风,林轻羽回都没回他。

不过梦里的场景并不是这样——

他回到了三中。

他总是一个人去学校,到了之后就在教室里坐着,同桌的脸很模糊,在和他说话。班里很吵,只有他安安静静地坐着,不知道在想什么。

后来有人叫他去踢球。

江震说好啊,但是一直没动。

实际上并不是这样的。

高中的那三年,他很活泼、外向,同桌和他说话,他会跟着笑;班里的男生叫他一起踢球,他也都是第一个说:"走啊。"

没有人不喜欢他,他过得并不孤独。每一科的科任老师见到他,也都会说:"江震,这次又进步了。"

他也挺没脸没皮的,所有的表扬都照单全收,丝毫不懂得谦虚,咬着笔头,每一根头发丝都写着张扬,笑着说:"那是必须的啊。"

他要回到林轻羽身边,想每一个日日夜夜都被她看见。所以他得进步,那是必须的啊。

他那么喜欢她,他又怎么甘心被淹没在茫茫人海中,让她多年后再提起江震这个人,不过是介绍一句:啊,他是我发小。

可即便是发小,他也要做最好的那一个。

他很努力。林轻羽不在的时候,也很努力。日复一日,重复同样的生活。

直到那个梦境剥开了他全部的伪装,江震看见了孤零零的自己。所有的喧嚣和热闹都是苍白的,他坐在窗边,怀念有林轻羽在的鲜活的日子。

徐思达说:"哎,木木,那不是你的暗恋对象吗?"

这句话,应该是很久之后才说的。但在梦里,它发生在高中。

江震看到她有喜欢的人了,情窦初开的年纪,她在台下望着另外一个人,眼底是满满的仰慕,藏都藏不住。

他慌了神,立马推开桌子,一路跑回家,到22楼时,他看到林轻羽背着书包要出门。

电梯要等很久,她叼着一片吐司要走楼梯,江震上前一步拉住了她的胳膊。

"嗯?"林轻羽不明白他的意思,茫然地抬起头。

她嘟嘟囔囔的,好像说了很多话,但江震一句都没有听清,她想吞下吐司再开口,江震又非常恶劣地用手捂住了她的嘴巴。

"林轻羽。"

江震看到她幽怨的眼神,顿时有点想笑。但此刻他笑不出来,他怕他一松手,林轻羽就会告诉他:"江震,我喜欢别人了。"

周墨的确是个很好的人,值得她喜欢。只是让江震有点儿难过的是,原来他在追赶她脚步的同时,她却被另外一束光吸引。

喉咙吞咽都有些困难,他缓了好久,才低声地请求她:"林轻羽,我已经在努力了,你可以不用等我,但是……"说到后面,他难以再开口。

回家的路上，江震跑了很久。

他努力地从年级中下游的位置，跑到年级前十，其实有点累。虽然他知道，有些东西不是一直跑就能追上的。可是他一遍遍地告诉自己，不能停下来。哪怕终点不是林轻羽，也不可以停下来。他不应该把她当成最终的目标，只是如果在奔跑的过程中，心里惦记的一直是这个人，他会跑得更快一点。好像只有这样，才可以再骗一骗自己，心里惦记的那个位置不会被其他人捷足先登。

"林轻羽，你等等我吧。"这是江震无论如何都说不出口的话。可如此坦荡自信的他也会在心里卑微地乞求，乞求她不要那么快喜欢别人，不要在他缺席的那三年，选择和别人一起走。

番外二

似水流年

开学之后，林轻羽和江震的恋爱就谈得顺利了许多。注册当天，还是江震妈妈开车送他们过来的。

华瑶是名人，大家都认识。刚才她送林轻羽到楼下，还拎着不少吃的，温柔地嘱咐她在学校要开心。

这一幕被赵佳佳她们看在眼里，纷纷惊呼这才一个假期，婆媳关系都处这么好了。林轻羽满头黑线，辟谣了很久，说即便没有和江震交往，华阿姨对她也是这样的。

其实没什么变化，唯一不同的是，察觉到江震看着自己时，林轻羽好像都会脸颊发热，心跳加速。

她不知道这是开窍后的心理作用，还是见到喜欢的人心跳就会加速。

大学生活丰富多彩，学校经常组织各种各样的活动，各个院系也同样如此。

大一过得最积极，也最忙碌。

赵佳佳她们几个还参加了学生会，开起例会、组织起活动来更是忙得脚不沾地，大半夜才回来也是常有的事。唯一值得欣慰的，她们还能经常和薛家明他们碰见，可以聚在一起吐槽学生会里遇到的奇葩人、奇葩事。

林轻羽自认不是个热衷于社交的人，之前参加辩论赛还是为了以后做打算。可是她很快就发现，要拥有一个完整的大学生活，就不得不为了学分低头，被迫参加各种无聊的讲座和学生活动。

于是周末一大清早，林轻羽就被赵佳佳她们叫了起来，紧赶慢赶地跑着去食堂买了个包子，然后去现场签到。一个签名加一分。为了这一分，林轻羽的命都快没了。到了晚上她才向老林吐槽，说这个破学校怎么老组织这么没意义的活动，她都快没时间复习了。

老林自知道她恋爱之后就没怎么管她了。偶尔管，他的语气也是阴阳怪气的："没事，我们木木长大了，爸爸知道自己是老古董，有很多道理放到现在都不管用了。是爸爸跟不上时代了，没关系。"或者是，"我就说木木可乖了，怎么可能有了江震忘了爹。你瞧，木木还知道天冷了要给爸爸买外套呢。"

其实那件外套，是江震去打球时让林轻羽拿着，然后她不小心带回家的。林轻羽还没出声阻止，老林就喜滋滋地拿起来试穿，一边穿一边嘀嘀咕咕地发出"这外套怎么感觉有点儿紧"的疑惑。

江震虽然长得高，肩膀也宽，却是标准体重，加上经常踢球和跑步，完全是穿衣显瘦脱衣有肉的类型。而老林上了年纪，年轻的时候身材保持得再好，这会儿也长出了肚腩。那件外套穿上去，拉链都得拉好久才能拉得上去。

家里并不缺钱，一件外套而已，老林想买多少没有？因为是林轻羽拿回来的，他就格外高兴。看着他那骄傲又欣慰的表情，林轻羽都没好意思说这衣服是江震的。

但这件事很快就被江震知道了。

三月，常汀的天气还没完全回暖。江震上次的比赛拿了名次，可以加很多学分，但综合素质测评里的学分分类也很多，除了比赛，其他类

/235/

的学分也要拿一点儿,所以他会跟着薛家明他们一起参加活动或者讲座。

起得太早,他只穿了件薄薄的卫衣。昨晚没睡好,还有点困,走在路上叼着一袋豆浆,眼皮都懒得睁开。

早上七点多的校园还有点雾蒙蒙的。老林来学校来得早,迎面就看到他们几个往综合楼的方向走,隔着一条道喊了声:"小江——"

江震抬开眼皮,看清来人是林邵军,忙打起精神,规规矩矩地喊了声:"林教授。"在学校他都这么叫,很少叫叔叔。

他乍一看林邵军,感觉哪里不对劲,好像很眼熟,眼熟中又有点陌生。

就连旁边的薛家明都呆了,刚想抬起手指说"这不是——",然后他的手指很快地被江震拍了下去。

拿手指长辈,不礼貌。

薛家明讪讪地喊了声:"林教授。"

老林为人随和,倒不计较这个,闻言乐呵呵地笑,然后问他们:"怎么样?是不是也觉得我今天特别帅?"他还挺了下腰杆。

薛家明点头说:"嗯,教授您今天特别精神!"

"我也这么觉得。"老林说,"这是木木买的外套,穿上之后我都感觉自己年轻了三十岁!就跟小江一样。说起来,这种款式的外套,小江好像也经常穿,你说是吧,江震——"

江震愣了一下,说道:"嗯,确实。不过没有教授您穿得这么帅。"

老林笑得鱼尾纹都出来了,不过他没有得意忘形,非常有自知之明地说这衣服有点儿紧,自己要是减减肥再穿,说不定更帅。

"早上起床的时候,拉链还坏掉了,我昨天刚去换的,这件事我只告诉你,你可别让木木知道啊,我怕那丫头伤心,说爸爸不爱护她送的礼物。"老林悄悄地跟江震说。

江震说:"知道。"

"好了,你们是去听讲座的吧?好像八点就要签到了,你们赶紧去,说不定能抢到好位置。这次请的主讲人是其他高校的教授,你们好好听总有收获的,别总想着混学分。"

几个人都点头说"好的教授""知道了教授""林教授慢走",过后才到门口签到,然后挑了最后一排的座位。

林轻羽是最后一个进来的。

周末没有早课,她本想睡到九点才起来,但仔细一想又觉得太不应该,最后还是七点五十就爬起来,在外面背了五十个单词才从后门摸进教室。

签到表在第一排。许飒总是起得很早,她来的时候已经帮林轻羽签过到了,然后等讲座结束的时候自己来签名。

前面都没什么人,偏偏最后一排是最抢手的。林轻羽没看到最后一排有位置,于是抱着自己的书包,蹲在墙角一点点挪,想去倒数第二排的位置。

不小心连续撞到两个在后门维持秩序的工作人员,林轻羽不好意思地抬头说"抱歉",之后继续一步一个脚印地往后挪。

正要挪到第二排的时候,一双长腿突然伸出来,拦住了她的去路。

等等,这什么东西?正当她想道歉时,一抬头,就看到了江震那张欠揍的脸。他单手托着脑袋,另外一只手十分随性地转着笔,狭长的眸子往下垂,有点好笑地看着她。

林轻羽抬起小短腿踹他,小声地用口型说:"拿开啊。"

江震把笔一放,示意她:"过来坐。"

林轻羽只疑惑了一秒就乖乖地挪到了他那边,他挪了个位置,把书包塞进桌肚里，旁边就多了个空位。林轻羽也没客气，很自然地坐到他旁边，只是一过去，江震就用手臂环住了她的脖子。

"你对女朋友好点儿行不行？要勒死我了！"林轻羽差点喘不过气。

他们两三天没见了。平时上课很忙，不约着一起吃饭的话，碰不到是常有的事。上次见面，还是林轻羽去看他打球。

江震想起那件外套，挑眉道："我的外套你拿回去洗了？"

这么久还没回来。

林轻羽闻言一愣。

她刚才没把早餐吃完就跑过来了，将包子塞进口袋，这会儿也没好意思掏出来。

江震看到她的外套鼓鼓的，一想就知道是什么，随后从自己的书包里拿出一盒牛奶，插上吸管，然后递到她嘴边。

悄悄地喝一口，不碍事。但教授在上面讲话，他们在底下交谈不太好，于是林轻羽抽了张纸出来，用他刚才拿在手里转动的笔写道：嗯。

就一个字，感觉她还挺心虚。

江震笑了，随后接过笔在上面懒洋洋地写了一句：真的？

林轻羽快速地在纸上写道：过几天就还你，别问了，好好听讲座！不许再影响我！

江震没再回，但盯着她，而后把嘴巴张成O形，无声地说："哦。"

幼稚！

因为这场讲座的专业性不强，学院的认可度低，只能加0.5分。林轻羽还有很多学分要修，最后翻到社会实践那一类，看到文件里说献血也可以加1分。

1分，这是多么大的诱惑。林轻羽想也不想就撺掇江震一块儿去。但江震眼睛一闭，说："不去。"

"干吗不去？这正是需要我们这种热血青年为社会做贡献的时候！江震，我们都要无私一点，只有人人都献出一份爱，这个社会才会变得温暖！"

食堂人很多，声音嘈杂，但林轻羽还是试图说服他。

江震把冰山脸凑过去，说道："哦，那你知不知道，你的男朋友——我，其实是一个非常冷酷的男人。"

林轻羽皱眉道："你之前不是还说自己是阳光型男吗？"

江震说道："转型了。"

最后林轻羽没办法，只能使出撒娇大法。

"哎呀，江震，你去嘛，去嘛，陪我去嘛。求求你了，哥，大哥。"

"别，你给我打住。"江震不为所动，咬着一袋酸奶扫码付账之后，就准备头也不回地离开，还教育她，"乱伦是不被社会所允许的，充满爱和温暖的社会容不下我们这种伦理道德败坏的情侣。"

"所以你，林轻羽同志，请你现在立刻马上回宿舍睡午觉，下午好好上课。"

林轻羽气得牙痒痒，恨不得给一众校友表演一个"生吞男朋友"的戏码。

不过江震向来口是心非。他回去打听了一下，从薛家明那得知林轻羽她们宿舍的人都抽过一次血了，就在去年圣诞节，林轻羽怕疼，没去。

那会儿她晚上还和江震出去约会了。

爱心献血车是周日上午进的校园，一学期一次，广场那已经聚满了来献血的师生。

/239/

林轻羽在旁边的那支队伍排队，等待抽血验血，因为个子矮，混在人堆里不太好找，但又因为是最后一个，穿着白色的卫衣像条小尾巴，被清晨的太阳照着又格外好认。

　　前面的队伍挪走了两三个人，林轻羽和前面的人空出了一大段距离。她正想抬脚跟上，膝盖一抬，还没落地就感觉到脖子被人一勒。

　　江震扯着她的卫衣帽子，说："让一让，插队。"

　　林轻羽生气地扭头，但仰着脑袋一看，看到江震那张脸后，眼睛又瞬间一亮，喊道："崽啊！你来了！"语气非常欣慰。

　　江震瞬间被气笑了："乱叫谁呢？"

　　林轻羽不甘示弱地道："谁插队我叫谁，你，给我老老实实地排到后面去。"

　　江震倒不是真的想插队，闻言就双手插兜，站在她身后。林轻羽跟上前面的人之后，半分钟之内回了八次头，脖子都要扭断了。

　　江震好笑地捏住她的脖颈，问道："有必要经常回头看吗？你男朋友长得帅你又不是第一天知道。"

　　呸，臭不要脸！

　　林轻羽只是很好奇："你上次不是说不献血吗？怎么又过来了？良心发现了？"

　　"作为一个热血青年，我的血多，嗞嗞往外喷。比起用它冲厕所，我更想用它去拯救其他人的生命，不行吗？"江震拍拍她的脑袋，抿着嘴角，"好好地排你的队，快到了，别说话。"

　　察觉到他的态度严肃，林轻羽"哦"了声，乖乖地转头。但过了一会儿，她又回头小声地说："江震，其实你也可以用它浇灌祖国的花朵，这样也不浪费。"

"啧。"江震被她说得不耐烦了,开始胡言乱语,"我的血有毒,浇灌花花草草会枯萎。"

"是吗?那你先给我喝一口。"

江震气得想笑,最后还是任由她撸起袖子,在小臂上留下了一个浅浅的牙印。咬完之后她还挺得意,夸自己的牙可真整齐。

江震漫不经心地应着,说:"不然我用你这个牙印做个文身?"

"那倒不用。万一你之后想考公务员,要是文身洗不掉,或者是洗掉了但是还留了疤痕怎么办?"

想得倒还挺长远。江震扬起嘴角笑了一下,没理她。这样插科打诨地说上几句,队伍都好像短了很多,排队好像也不是特别难挨的事。

只是越靠近前面的医护人员,江震的脸色就越苍白一分。

直到林轻羽掏出自己的学生证、身份证拿去登记,测血压,然后针管掏出来,往林轻羽手上抽取血液,江震才扭头,紧紧地闭上了眼睛。

完蛋,他好像有点儿腿软。

林轻羽拿手摁住棉签,转头喊:"江震,到你了。"

江震走到前面,面无表情地在板凳上坐下:"哦。"

医护人员问他:"你要献多少?"

献血量的标准是200—400 mL。男生基本上都是400 mL,女生也有,但比较少。有些平时身体比较弱的人,最少也会抽200 mL。

江震抿着唇,没说话,移开视线,死死地盯着路边的石头。医护人员疑惑地看着他。

林轻羽在旁边小声:"我刚才说要献300 mL。"

她言下之意,是邀请他和自己一样,献出300 ml的血。不过林轻羽觉得,她男朋友这么强壮,高低也得献个400 mL。

/241/

谁知挣扎片刻之后，江震怯怯地说："200 mL 吧。"

医护人员疑惑了，林轻羽也有点无语，心想，你一个大高个，只献血这么一点儿吗？倒也不是歧视，只是感觉江震不像是只献血 200 mL 的人。

手指被扎破的一瞬间，江震皱了一下眉，和林轻羽一样在旁边等。将棉签摁在手指上好几分钟，他都没舍得扔。

林轻羽看出一点儿端倪："江震，你是不是怕……"

"闭嘴。"

"我知道，我不会笑话你的。只是没想到你都 19 岁了，怎么还是像小时候那样——"

"林、轻、羽。"江震散漫的语调让他的威胁听起来毫无威慑力，"你再说我就亲你了。"

林轻羽连忙闭上嘴，不再说话了。不是怕他，而是担心他好不容易说服自己，鼓起勇气来陪她献血，这会儿笑他的话，他会掉头离开。

林轻羽先江震一步走上献血车，抽血抽到一半，江震跟着上来了，就坐在林轻羽旁边。两个人都没吃早餐，抽完血可能会有点儿晕，车上备了糖水，医生嘱咐他们抽完之后可以先在车上躺会儿，喝点糖水再下车。

一开始江震还嘴硬说不用，结果那么粗的针插入血管，他的眼睛立马就红了。偏头，正好看向林轻羽。

林轻羽瞪大了眼睛：不是吧哥？

比她更震惊的，是给他抽血的医生，看江震这样，她有点儿担心：这人该不会是上来"骗"血的吧。刚想开口说同学你要是撑不住就算了，就见江震眼睛红红地盯着林轻羽说："林轻羽。"

很担心下一秒江震就会泪洒当场，林轻羽小心翼翼地问："怎么了？"

"抽完这管血，请我喝奶茶，听到没？"

好在江震抽完 200 mL 之后，没有哭也没有晕倒，也许是心理作用，只是感觉有点儿虚弱。

不过嘴巴有点儿干想多喝水是真的。

糖水太难喝，江震只喝了几口，还是林轻羽逼着他才把那杯糖水喝完的。之后她带江震去食堂吃早饭，还买了一杯大大的奶茶。

薛家明和赵佳佳他们昨晚熬夜组队打游戏，起来得比较晚，正好和他们碰上。看到桌上的那一大杯奶茶，还以为是江震买给林轻羽的。于是他笑道："哟，是谁一大早又对老婆这么好？"

赵佳佳皱眉道："林轻羽，你不是说戒奶茶了吗，又喝？"

林轻羽还没张嘴，就见旁边坐着的江震虚弱得抬不起胳膊，一副快死的样子。林轻羽瞬间福至心灵，给江震插上吸管、喂到嘴边，可谓一条龙服务。

薛家明差点把装豆浆的袋子捏烂了："你牛。人家献血是为学分，你为爱献血，到头来还要女朋友哄。"

这段时间，大家吃饭都避着林轻羽和江震。倒不是怕被喂"狗粮"，大家都玩得熟，有情侣在也不会觉得尴尬，而且有的时候坐在旁边听江震和林轻羽这两个人互掐还挺有意思的。

他们不腻歪，很神奇的是不管怎么样都给人感觉很甜，哪怕林轻羽扬言说要骑在江震头上，大家都觉得江震的眼神是宠爱的。

但因为上次献血，林轻羽顿顿都给江震吃猪肝补血。江震没吃吐，他们在旁边看着的人都快看吐了，脸都要成猪肝色了，所以一到饭点就非常自觉地远离这对情侣。

5月20日那天，正好是周末。林轻羽准备去图书馆占座，江震要忙别的事，没和她一起。到了中午，江震发消息约她出来吃饭，林轻羽想着下午就不看书了，一起去玩也不错。

但是刚出图书馆，就看到门口站了两个人。两个人的身材颀长，一个穿着灰色的休闲卫衣，一个套着黑T恤衫，脖子上挂着一串很酷的金属项链。气质很不相同，但是这么高的个子往门口一站，那张脸又长得好，就很吸引目光。陆陆续续出来去食堂吃饭的男男女女，都不自觉地把目光投了过去。

林轻羽脚步一顿，心想徐思达怎么也来了？

也许是她的表情太过明显，刚走过去，徐思达就笑道："怎么，思达哥哥来看你还不乐意？"

乐意是挺乐意的。只是平时被他坑太多次了，林轻羽现在看到他都有点儿发怵，生出心理阴影来了。不过到底还是从小一起玩到大的朋友，嘴上损几句就没事了。

三个人到学校外面的小餐馆吃饭，江震帮林轻羽拿着书包。一入座，徐思达点餐，之后就拿出手机玩游戏。江震倒好茶水问林轻羽还有没有其他想吃的，林轻羽说再加一道水煮鱼。

徐思达轻声嗤笑："你就点吧，然后让你的江震哥哥挑刺。"

林轻羽哼一声："少管小情侣的生活。"

徐思达扬扬眉，没有再说话。本来好好的520，林轻羽还想跟江震过二人世界，结果硬生生地变成了三人世界。不过林轻羽也没有不乐意，毕竟之前她和江震两个人偷偷出去约会时，没少叫上徐思达来打掩护。

在外面逛了一大圈，又叫上了其他的朋友。到了晚上九点之后，林轻羽都有点撑不住了，徐思达才对江震说："送妹妹回去睡觉吧。"

江震有些担忧地看了他一眼："那你呢？"

徐思达懒洋洋地笑道："死不了。"说着，又想摸出一根烟抽，但见林轻羽还在这里，他又忍了下来。

徐思达又催了江震几次赶紧把林轻羽送回去。好好的情人节，他不想当这么久的电灯泡。

在回去的路上，林轻羽才问江震："他和苏莫姐姐是不是又吵架了？"

就算江震不承认，林轻羽也猜到了。两个人平时可亲密了，好好的520他不去找苏莫，反而来找他们，没毛病才怪。

徐思达还吹什么这是伟大的友谊，分明又被姐姐嫌弃了。林轻羽后知后觉地想，觉得谈恋爱还是不要太黏人，不然不管男的女的都遭不住，归根结底还是得有自己的生活。

江震按着她脑袋，说："没事。想不想去吹吹风？"

徐思达的私事，江震很少和别人说，就连林轻羽也一样。他们这两兄弟的关系真是铁得要命，不过林轻羽也不八卦，男孩子之间有些事不方便告诉她也正常。

时间虽然已经过了九点，但五月份是常泞天气最好的时候。春末夏初，夜晚的风温柔，吹过草丛树梢，带来一阵清爽的凉意。江边更是漂亮，波光粼粼的江面被风吹过，好像可以闻到对岸的青草香。

林轻羽好像不是那么困了，点头道："好。"

两个人在一起时，大部分时候表现得很幼稚，但偶尔也有静下来的时候。就比如现在，他们手挽着手，在江边漫步，林轻羽踩着自己的影子又时不时地去踩他的,也不用说话,就这样也感觉很有意思。

最后江震被她踩得烦了,笑着说:"行了啊。"林轻羽不听。江震就单手把她举起来,有点睚眦必报的意味,接着在她的影子踩一脚。但之后,他就把她放在护栏上,低着头安静地和她接吻。

他身上总有一股很淡的草木香,丝丝缕缕地缠绕过来,比五月的风还要缠绵,林轻羽渐渐地就感觉有点腿软。

想抱着他,又把他的衣服弄皱了,最后只剩下呜咽。

江震让她都沾满了自己的味道才放过她。林轻羽觉得自己可能有点不争气,不然怎么老是被他亲一下就受不了。但她看到江震波光潋滟的眼时,又觉得:江震不过如此。

"林轻羽。"

"嗯?"

江震低哑的笑声混在风中,吹得她的耳郭都红了。江震没有心思取笑她,只是把下巴搁在她肩窝上。江面被风吹出了一道道柔软的波纹,和他此时的内心一样。又或者,更凶猛一点。

大一结束之后,他们短暂地喘了一口气,然后迎来了更加忙碌的大二。许多专业课都集中在这一学年,大家都忙得脚不沾地。

林轻羽的生日都没时间过。以前她总爱过两个生日,这一年她只过了7月18日的那个。不过到11月29日的时候,她还是给江震准备了生日聚会。虽然快到期末考试了,两个宿舍的人还在抽空出来吃了顿饭。地点就选在学校附近的小餐馆。

常泞一般到了这个时候就开始入冬,断崖式降温,气温跌得厉害。大家都套着最保暖的羽绒服,只有江震和周墨这两个人穿得单薄,一个穿着帅得掉渣的冲锋衣，一个穿着很有型但是不太保暖的大衣。不过周墨加了条围巾，看起来倒也还暖和。

只是他们一坐过来，薛家明和方勇就想躲开。这两个人帅起来根本不给其他人留活路，坐在他们边上，很容易被衬托得十分惨烈。此时在烟火气息浓郁的小餐馆，他们更不想跟他们沾边。

江震翻了个白眼，他拉开椅子，预留了一个位置给林轻羽。

周墨很自然地坐在他的另外一边。两个人谈论着手里在做的比赛项目，旁人都插不进话，直到林轻羽过来，他们才聊了些别的。

"冷不冷？"她刚从图书馆出来，握了一天的笔，手冻得有点僵。图书馆的空调暖气都不怎么顶用，前些天林轻羽还得自带暖宝宝，这种天气对她这种畏寒的人来说实在是太痛苦了。

林轻羽很自然地把手放进江震的掌心里取暖，说："还好。就是题写多了感觉手指有点儿酸。"

"那我给你捏捏？"江震很自然地顺着往下说。

其他人都抗议，说你们小情侣能不能单独约会的时候再做这些，他们还等着吃饭呢。

江震笑了，对林轻羽耸肩说没办法了。林轻羽很自觉地把手插在他口袋里，一脑袋撞到他的胳膊上，像只剩下半口气似的对他们说："那你们等菜上了就赶紧吃吧，我先靠着江震充会儿电。"

平时大家都忙，学习的学习，比赛的比赛，有些人还早早地开始做项目。

赵佳佳她们几个大一就进了学生会，有的人留任，有的人退出，留下来的负担更重，以前参加例会是"摸鱼"，现在变成组织者，要操的心更多。所以看到赵佳佳的黑眼圈时，林轻羽没忍住给她夹了好多菜，想给她补一补,但是离得太远,这种活后面就交给了坐在她旁边的薛家明。

赵佳佳吃着刚刚夹进碗里的牛肉说:"张艺雯休学了,前两天刚办的手续。"

几个人闻言都一愣。

这事也不算秘密。张艺雯大家都认识,是她们班的同学。薛家明他们知道,是因为张艺雯是校礼仪队的,人很漂亮,又有气质。

她现在大二,要不是意外怀孕了,留任礼仪队是有可能当队长的。偏偏她大一的时候就开始和体育部的部长谈恋爱。校学生会的人基本上都知道这件事。只是两个人旗鼓相当,在校园里出现,即便不认识,但都会让人忍不住回头望一眼。学生会的人也以这样一对高质量的情侣为荣,谁知道竟然出了这样的事情。

见没人搭话,许飒语气平平地问了一句:"没有给处分吗?"

"给什么处分?"赵佳佳冷笑道,"都大学生了,成年了,谁还管这个?就是没能打死那个浑蛋,我心里气。张艺雯也是脑子进了水,她竟然还要休学去养胎。想什么啊?好好的大学不上,非要生了孩子再继续读,到时候家里还愿意供她读吗?孩子都奶不过来。"

说到这个她就生气。

旁边的薛家明被无辜牵连,叫唤道:"哎哟,你骂就骂,踩我干什么?"

"不好意思啊,吐了块骨头,不小心掉地上了,想捡起来扔垃圾桶。"

薛家明忍着骂脏话的冲动,心想你吃的是牛肉又不是牛排,哪里来的骨头可以吐。但女人生起气来非常不讲道理,薛家明也就忍了。

之后他说:"那也没办法,一个愿打一个愿挨。浑蛋和'恋爱脑'天生一对,我们只能尊重他人命运,放下助人情节。"

闻言赵佳佳叹了口气。

张艺雯和体育部的部长恋爱，他们并不反对，只是那个男生并不是忠于爱情的人。不仅他们知道，张艺雯心里也清楚。

就在这一年里，两个人分分合合，常常吵架分手了，没多久又和好，但这期间那个男生没少"跳轨"。

对，就是跳轨。为防止别人说他出轨，那个男生基本上无缝衔接，和张艺雯谈了立马和现任女朋友分手，和张艺雯分手后立马和其他人在一起。这样就没人骂他脚踏两只船。

现在张艺雯意外怀孕，他又开始玩失踪。眼见肚子一天天大了，瞒不住了，张艺雯才向学院申请休学。

章倩说她前几天去学院办公楼的时候，看到辅导员都在偷偷抹眼泪，因为劝不住张艺雯。

张艺雯的家境本来就不怎么好。上大学都是家里帮她弄的助学贷款，今年还申请了贫困生补助。如果休学去生孩子，那个男生要是不负责，产检费、母婴用品等等一系列开支，要花多少钱都不知道，谁还能保证她之后可以继续回来上学？

大家一阵唏嘘。

不过提到情侣，大家才发现今年聚餐少了徐思达和苏莫。

赵佳佳他们问起，江震才说："他们有事，今年来不了。"

本来就是关系很好的发小，平时也经常见，生日这天不来也没关系，而且他们今晚主要是让两个宿舍的人借着过生日的由头聚一聚。

后面老板给他们上了几瓶啤酒。都是男生喝得多，但江震没怎么碰。

不过聚餐的地方就在学校附近，他又不开车，因为是寿星，兴头上来了非要江震喝酒，他也不好拒绝，就碰了几杯。

不过他说什么都没让林轻羽喝。

她酒量差他又不是不知道。不仅如此，江震还把她面前的杯子里的啤酒换成了果汁。大家都在抗议，说："你这是护短啊！大家都喝啤酒，你只给木木果汁。"

江震满不在意，把手搭在林轻羽身后的椅背上，明目张胆地护短，他没说话，但笑容有点欠揍。他的意思很明显，就是护短又怎样？

回去的路上，八个人的步子都很乱。薛家明不知道在发什么酒疯，对着墙角扯着嗓子就来了一首"苍茫的天涯是我的爱"，被巡逻的保安用手电筒一照，问："在那儿干吗呢？"

然后赵佳佳扯着他就跑。真是丢死人了！

江震和林轻羽倒是走得很慢，周墨跟着他们慢慢走。不过因为他要和江震聊比赛的事，林轻羽走着走着就小跑了几步，跟上了走在前面的章倩和许飒。

方勇开始落在了后头，但没多久就走到了章倩的左边。几个人并排，走得很整齐。林轻羽被夹在中间，和身边两个女生比起来，她还是显得有些娇小。

周墨突然就笑了，江震转头问道："笑什么？"

"想起去年露营的时候，你跟我说要公平竞争。"周墨看着前面的人，有些感慨，"那个时候我还觉得我赢定了。"

因为林轻羽以前喜欢的是他。

虽然可能懵懵懂懂，情窦初开，印象还不是很深刻，但年少时的心动，足以成为他赢过江震的筹码。但后来发现，他从来没拿对过剧本。

江震回想起来，也跟着笑。他双手插在兜里，姿态还是很散漫，给人的感觉不太认真，但是胜券在握。他总是这样自信。

"怎么不说话？"周墨转头看他。

回来的路上，江震随手买了盒口香糖。吃过饭，嘴里有食物的味道，他挑了片薄荷味的丢进嘴里，漫不经心地问："说什么？"

"和之前那样，很自信，又很贱地告诉我，输了别哭。"

江震忍不住笑道："别闹。这都什么时候的事了，过了一年还提，幼不幼稚？"

"不过我说真的。江震，一年前我是输给了你，我那时心服口服。因为这是她的选择，所以我没有资格干涉，我也祝福你们。"

君子光明磊落，江震懂这个道理。

他问道："然后呢？"

"你想给她一个什么样的未来。"说到这个，江震的脚步慢了下来。

林轻羽他们走得并不快，但她好像很怕江震他们赶上，牵着章倩和许飒飞快地走了好几步，又回头，想看看他们有没有跟上，乌黑的眼睛在夜里很亮。

她没喝酒，但风从她那里吹过来时，江震有一瞬间感觉到微醺。

他说："最好的未来。"

江震偏过头，对上周墨的视线，扬起嘴角笑了一下："说一句实话，你也别觉得我欠揍。从出生到现在，我江震也没有缺过什么东西，在物质方面一直都很充实。他们刚刚说的那种情况……"他顿了顿，"不会发生在我和林轻羽身上。

"但是，别的伤害，我也不会让她受。"

因为林轻羽从小到大享受的也都是最好的。

所以，江震不可能让她退而求其次。也不可能让她为了一个男人委曲求全。江震不知道什么样的未来最适合他们，但是他想要给的，就是最好的。不会在他们决定一起出发时，就降低幸福的标准。

"别去想这个了。"江震说，"今晚也不讨论比赛，回去打两把游戏？"

人有的时候需要适当放松。江震的分寸感一直拿捏得很好，他没紧张过，所以不会觉得有压力。因为他曾经背负过更大的压力，跨越了三年的距离才走到林轻羽身边。

他不是心血来潮的赌徒，是有备而来，随时可以迎战的将士。

周墨心领神会地笑了笑，问道："之后会结婚吗？"

江震一愣。

好像还是头一次有人问他这个问题，之前徐思达都没问过。

周墨见他没回答，追问道："你这个笑容是什么意思？"

"只是没想到你会问我这个问题。"江震说。他看着地上林轻羽的影子，两个路灯的间隔比较远，于是他们落在地上的影子都被拉得很长。

"老实说，像在我们这个年纪去考虑这个问题的话，好像有点儿太早了。没有人会事事都提前做好准备，尤其是感情的事。

"十八九岁的年纪，青涩又懵懂。喜欢一个人，感情最为纯净热烈。脚下的路那么多，会选择哪一条都难说，意外地走在路上碰了个面，那就一起走；到了下一个分岔路口，嘴里的'我爱你'变成了'再见'也说不准。

"感情讲究的是顺其自然。谁也别勉强对方，更不要勉强自己。但是说一句大言不惭的话——"江震转过头，笑着对他说，"在那些不确定的选项里，我从来没有想过，会有不和林轻羽结婚的选项。"

他没有办法笃定答案——关于自己会不会和林轻羽结婚这个问题。但是"不结婚"这个选项，一直都是被他排除在外的，至少，他从来没有这个念头。

他的爱是放任。如果林轻羽哪天走不下去，或者不想继续跟他走下去了，他会放她离开。在一起的时候就让她好好享受爱情的甜蜜；不想在一起了，他也不会用自私的爱去束缚她。

他要让她知道，爱情永远都是美好的。结不结婚并不是衡量爱一个人的标准，相爱的过程永远最重要。

林轻羽爱过他之后，回头望着这条路依然觉得爱与被爱是一件很美好的事情，那么这样就足够了。

周墨听完他说的话，有些意外："你还真是……退让到了极致。"

江震回以一个坦荡的笑，反问道："喜欢一个人，也算是退让吗？"

"不算吗？"

"如果这也要计较得失的话，那你可能不够喜欢她。"

在爱情里应该做什么，不应该做什么，江震有自己的标准。他要的是双方心心相印，你情我愿，是飞蛾扑火之后的不后悔，是过了很多年，再回望过去也仍旧觉得鲜亮美好的爱情。

永远不落岁月的灰。

又一年寒假。

林轻羽待在家里没出门。

江震过生日那会儿，她又送了他一件外套。据说花的还是她自己兼职赚来的辛苦钱，意义非凡。

江震也经常穿，时不时地说："女朋友，外套拉链好像有问题，过来帮我看看？"

老林也在家，她没好意思去，倒是林嘉宴经常屁股一扭一扭地趴在窗口，拿着望远镜说："姐，你再不出门，江震就要在楼下冻死了。"

他看到江震已经在楼下了。过年这两天气温降到了零下，常泞开始下起了小雪，小区的绿植上都覆上一层很柔的白。

像是察觉到窗户那有人，江震还扬了一下手机。

老林跟着把脑袋凑过来，捧着一杯热茶道："小江起这么早？木木，下去看看啊，别让小江在外面冻着。"

他还穿着那件让人非常眼熟的冲锋衣。家里暖气这么足，也不见他脱下来，眼看着他放下茶杯，还要在脖子上围一圈围巾。

林轻羽惊呼："爸爸，爸爸！"

老林转过头。

林轻羽贴心地问道："爸爸，您要出门啊？"

"是啊，你何叔叔约了我去钓鱼。现在就要出门。看，爸爸还穿着你送的这件衣服，帅吧？上次董教授还夸我变'潮男'了。"

林轻羽想说您要不换一件吧，这么冷的天，穿冲锋衣不抗冻。她在给江震买新衣服的时候，也给老林买了一件羽绒服，但老林说什么也不肯换。

上次冲锋衣的拉链坏了，他偷偷让人修好，现在又接着穿。如今健身也颇具效果，他的肚腩已经小了一些，他收一收腹，里面还能再多穿一件毛衣。

下楼时，林轻羽远远地就看见江震把脸埋在围巾里笑。

林轻羽跑过去，拽住他的围巾："你早就知道了是不是？"

还笑，也不知道她有多心虚！

江震说："一件外套而已，你爸穿了就穿了，我又不在意。"

就是怕老父亲知道后会垂泪。

林轻羽都尴尬死了，说："那咋办啊，他今天还要穿去向别人炫耀。"

江震笑道:"你不说他不就不知道了?"

实际上,老林早就发现了这个秘密。他没说,只是怕他们脆弱的父女关系会就此产生裂痕。在江边垂钓时,寒风刮耳,老林才开始后悔:当"潮男"果然还是需要付出代价的。

从大三开始,林轻羽就在准备法考和考研,江震也在计划出国。有的人要实习,为以后找工作准备,大家能聚在一起的时间越来越少。

不过在图书馆的时候,还是能经常看见江震和林轻羽的身影。他们常常喜欢坐在窗边的位置,早八晚九,雷打不动。

偶尔林轻羽会去天台背书,江震就拿着笔记本在那陪她。两个人互不打扰,赵佳佳有时会拿着水杯路过,看到他们两个人,都要感叹一声:有的人就是爱情学业都两手抓。

不过江震也不是时时都在她身边。有时他需要和周墨他们一起写代码,有空才去图书馆和她一起做题。林轻羽到了刷题冲刺的阶段时,手指总是累得酸痛,江震就单手敲着键盘,另外一只手给她按手指头。

午休的时间,自习室静悄悄的,已经没有多少人留在这里。但旁边的桌子上,依旧堆了高高的一沓书。

很多考研的同学在这扎堆,有的人"卷"起来甚至会在这通宵,书不带走也是常有的事。

赵佳佳也在备考。但她顶不住,没他们这么"卷",经常晚上十一点就准时回宿舍睡觉。听章倩说,她最近连游戏都不怎么打了,也不追星了。

书背到一定程度,总想吐。错题量大,林轻羽就一题一题地修订,然后看视频,看书,又继续做题。在专业课上,江震没办法帮她。但是不知道从什么时候开始,宿舍的人就发现江震开始早起。

还记得他大一刚开学那会儿,天天都睡到九十点才起来。听林轻羽说,他开学前更夸张,日夜颠倒。平时上课,即便早上八点有课,他也是能睡到几点起就几点起,不会强迫自己早起那么几分钟。他嗜睡如命,睡眠对他来说,其实很重要,一分一秒都不想浪费。

但是最近这段时间,他经常五点多就起来了。即便是春夏时节,这个时间天色还是灰蒙蒙的,校园里一片静谧,鸟叫声都很少。

林轻羽起得最早的时候,是六点。到食堂吃饭,眼皮都不想睁开,但嘴巴还是下意识地动,不是在吃东西,而是在背前一晚记下来的知识点。

刚刚睡醒的脑子有点发蒙,但接受外界的信息还没那么多,对林轻羽来说是巩固知识最好的时候,她高中那会儿也是这么背书的。

所以当她嘴皮动了动,在心里默背知识点时,一抬头就看到等在她们宿舍楼下的江震。他拎了一袋早餐,就近找了个没人的石桌石凳,在那儿给她剥鸡蛋和红薯。牛奶上面插上了吸管,还是温热的。

林轻羽有点惊讶:"这是你做的吗?江震。"

她不在家的时候,在学校基本上很难喝到热牛奶。

江震说:"可能吗?叫人送过来的。"

"哦……"

也是,一个大少爷怎么可能自己动手。见她最近压力大,精神紧张,江震才连早餐都陪着她吃,之后他还丧心病狂地叫林轻羽起来晨跑。

林轻羽说什么都不干。

"我不要我不要,早起已经很痛苦了。"

她身体弱,刚刚备考的时候还顶得住,但到了后期就会吃不消。

江震没逼她,只是说:"你就当陪我跑。你在旁边走,行吗?"

反正她去天台背书也是背，在田径场背也是背。思考了几秒，林轻羽点头答应了。

林轻羽到底是不太服输的性格，连江震都晨跑了，第三天之后，她也开始晨跑了。所以等换季入秋时，自习室里很多人都在擤鼻涕，而她还端端正正地坐在那修订错题。

赵佳佳再一次路过时感叹：想不到她们中最弱的小不点，是唯一一个没有被流感侵袭的幸运选手。

统一法律职业资格考试结束那天，江震的出国手续也办得差不多，他要到国外进修两年。

说实话，林轻羽除了在考试前有点焦虑，其他时候一直都很稳定。熬过了考试，剩下的压力都没那么大。用赵佳佳的话来说，她和许飒属于"考研小地雷"，看起来小小的像个"Q版"大学生，但考试起来很厉害。

她没表现出太多的不舍，江震也就把那种要分离的情绪压下去。只是考试的前一天，林轻羽忽然在自习室放下书，拿着笔在他手指上画画。

她看书累了总有这种小动作。江震没有搭理她，之后看到她手指上也有一抹黑，江震才发现她在自己的无名指上画了一圈戒指，和他的一模一样。

"江震，好看吧？"她趴在桌子上，还冲他笑。

淡淡的墨水味道混杂着书香，其实很好闻，但他在那一刻，不知道被什么样的情绪淹没，眼角突然就湿了。

江震从来没想过，陪着女朋友考试也会跟着压抑的。

那一刹那，她的笑容像是撕开了一个小口子，情绪绷不住，他就压低肩膀，在她鼻尖亲了亲。

"林轻羽。"他牵住她的另外一只手,眼眶都是湿的、红的。

自习室的人在这一天已经少了一大半。窗户没关紧,外面有风,把室内的纸张吹出了一点儿响声。

他们的第一个吻被淹没在无人知晓的角落。

林轻羽的心跳其实有点儿快,被他的气息包裹着,只感觉到安心。但他难过的情绪,会让她的心脏跟着有点儿疼。

很奇妙的一次体验,也很特别。他像是把他的不舍和痛苦也分给了她一点儿。但是江震只是在她耳边低声说:"好好考试,我等你。"

他们的手指缠得很紧,没舍得分开。林轻羽在他们两个人的无名指上盯了一会儿,说:"好啊。"

她不知道江震回去之后都没舍得洗手。洗手的时候都舍不得用力搓那根无名指,后面是没办法了,不忍心看到那枚"戒指"一点点淡下去,他才站在走廊对着落日拍了一张照。

可惜的是,那个时候,戒指的痕迹已经很淡了。他手白,又好看,不知内情的好友还以为他是在"秀"自己的手。

赵佳佳网速很快,第一个冲在前面评论:"手控爱了爱了。"然后手动@了林轻羽,"来看你老公的手。"

方勇紧跟着评论:"不错。"

周墨回了一个句号。

薛家明高低也得评论一句:"我的意思是不如我。"

赵佳佳回复薛家明:"眼睛不好就去治。"

然后两个人在江震的评论区底下掐了起来。

江震发朋友圈一向不爱发文字,但是林轻羽看到这张图,瞬间就明白了他想表达的意思。

江震走那天，林轻羽没打算送行。她不太合适这种分别的场景，就连老林叫江震过来一起吃晚饭，林轻羽在饭桌上都没和他说几句话。

吃饱后，老林给她使眼色，叫她送送江震。

林轻羽和林嘉宴一起转头：不是吧，爹，他就住在对门也要送？

江震忍着笑，起身和他们道别，就自己出门了，孟女士还叮嘱他今晚先收拾好东西，别落了什么行李。

他们家的氛围很好，江震出门时，眼角眉梢都带着暖洋洋的笑意，说知道了。

只是他略微有点儿不舍地看向坐在客厅那边的林轻羽。他们的户型都是两层楼的复式，没过一会儿，林轻羽察觉到有人看她，就头也不回地转身上了二楼。

江震眉毛轻轻一挑，和孟女士说了声："阿姨再见。"

到了晚上十点，林轻羽才把脑袋从门缝里伸出来。声控灯一亮，有只猫跳到台阶上，很小一只，黑黑的，眼珠很亮。

她看到江震倚在墙上。他手里拿着手机，屏幕的蓝光照在脸上，神情比刚才出门时落寞。

小黑就在他脚边，一直蹭他的裤腿。

"你还不回家，是去偷猫了？"林轻羽冲着那一道同样一身黑的身影说道。

江震把手机收回口袋里，两只手都揣进衣服口袋，无声地朝她笑了下。见她不过来，于是又伸出手招了招。

"没。"那只小猫黏人，一直抓他，江震抬起脚轻轻地踢了一下，它就滚到了林轻羽的脚边。

林轻羽骂他虐待小动物。

江震也不否认，灼灼的目光一直盯着她看。林轻羽被看得有些脸红，不太自然地移开视线。

江震稍微站直了身体，下巴扬了扬，说：“送你的，小黑。”

"你送我猫干什么？"

"不是喜欢吗？"

他记得高中那时，她就很喜欢公园里的那只小流浪猫。那只小流浪猫长得很奇怪，鼻子下方有一块黑毛，眼睛那也是，看起来像凶巴巴的小海盗，最后林轻羽给它取名字的时候，却叫小胡子。

她有时候没空，还叫江震去帮忙投喂食物。高中不常见面的那三年，维系他们感情的就是这只猫。

毕业后，林轻羽担心小胡子在外面流浪太久，会被人欺负，就把它送去了动物救助站。之后好像是被人领养了，那户人家还不错，只是对方不会再给林轻羽发小胡子的近况了。她心里不失落是不可能的。

这只小黑是在地下车库捡到的，也是小小的一只，大概只有两个月大，送去打过第一针疫苗了，还挺健康。

"谁说我喜欢了。"过了很久，林轻羽才小声说。

江震弯下腰，对她说：“两年而已。你读研还要三年呢，好好把它养大，我就回来了。”

他说林轻羽，你别哭。可林轻羽鼻子还是酸酸的，把眼泪鼻涕都蹭到了他衣服上。

她是一个慢热的人，很多感觉和情绪都后知后觉。之前不觉得难过，是因为感觉不真实，可当他抱过来，林轻羽才确切地感受到，他这次的拥抱比以往都要用力。

　　他其实也偷偷哭了吧,和上次献血的时候一样。

番外三

共白首

时间过得很快，江震出国后，林轻羽和他只是偶尔联系。她不怎么黏人，而且读研之后更忙碌，以前是背书背到头秃，现在是写论文写到头疼。

毕业那年，两个宿舍的人又组织了一次露营，不过这次去的是海边。那时大家都还很兴奋，赵佳佳又是第一次看见大海，拉着薛家明在海边赤脚跑了好几圈。

两个最闹腾的人，玩得也最疯。

林轻羽也是在这个时候才发觉，赵佳佳好像在和薛家明谈恋爱。她问什么时候的事啊，许飒想了一下，说大三吧。

那个时候，赵佳佳天天喊着要谈一场校园恋爱。她经常嘴巴上这么说，实际上又不付出行动，两年下来都没见她有过暧昧对象，大家也就都没放在心上。

但是薛家明听到后，表情明显有些变化。后来他喝了点儿酒，才跑到赵佳佳面前问："那我可以吗？"

"这就成了？"林轻羽喝着椰汁，感到很惊讶。

许飒面无表情地看着她："你觉得这可能吗？"

林轻羽仔细一想，应该不太可能。

毕竟从朋友到男女朋友的跨度有多大，她又不是不知道。而且时间越长，越难戳破这层窗户纸。但一旦说破，迅速坠入爱河的例子又不是没有。

她偷偷看了一眼在旁边摆弄相机的江震,一时间没说话。

这大概是林轻羽大学生活里最难忘的一个晚上。白天参加完毕业典礼,之后大家说走就走,自驾开车到海边。有一些要带的材料还在学院办公室,回去时被辅导员说了两句。尤其是毕业就参加工作的。林轻羽倒还好,考研"上岸",继续留在常大,档案不需要转走。江震的老早就办好了。

她永远记得这个晚上的海浪声、风声,还有大家聚在一起弹吉他、唱歌、聊天的笑声。

以及江震在拍完月亮之后,又转过来把镜头对准她时,说的那一句:"林轻羽,笑一下。"

画面定格在那个夏天,但是他们的夏天永远鲜活。

两个宿舍的人再一次相聚时,那热闹的场景好像大家从来都没分开。

赵佳佳进了一家国企;章倩考公"上岸",在市里的司法局上班;原以为许飒会和林轻羽一样考研,没想到她一毕业就进了一家律师事务所,现在已经成为一名新锐律师。

男生那边不用说,都是IT(信息技术)男。只是同样是写代码的,怎么周墨就比他们帅那么多?

薛家明和方勇都已经穿上同款格子衬衫了,周墨还是穿着一件纯色衬衣和驼色大衣,仿佛还是从校园里走出来的男神。

赵佳佳吐槽,说你自己衣品差就不要怪别人。薛家明一开始还不满,说我可是你对象,能不能留点面子?

方勇在旁边补刀："她没说你长得差就已经戴情人眼里出西施的滤镜了。"气得薛家明撸起袖子要和他一决高下。都已经是当爹的人，还是这么幼稚。

林轻羽刚被导师放出来，跑得脸颊红红的，看到他们打闹，问在干吗呢。

章倩说："在帮薛家明和方勇挑假发。"

他们的发际线岌岌可危，需要拯救。

落座后，林轻羽跟着笑。

等了十分钟，薛家明才抬起头问："江震怎么还没来？是不是最帅的那个有特权啊，之前去山上露营他也是最后一个到。"

"抱歉，来晚了。"话音刚落，一道低沉冷淡的嗓音响起，听起来还有点欠揍。

大家的视线纷纷转过去，林轻羽也跟着抬头，只见江震穿着一件黑色大衣，还是和以前一样高，但看起来多了几分成熟男人的气息。他的鼻梁上架着一副眼镜，看起来不像 IT 男，反倒是像坐在高耸入云的写字楼总裁办公室的精英。

愣了几秒后，薛家明才上前给了他一拳。两个人很久没见，江震抱他的时候笑容也由淡变浓。他很自然地坐到林轻羽身边。

两个人没怎么说话，但膝盖挨着膝盖，肩膀靠着胳膊。

过去这两年，大家都会在群里聊天。话最少的，是江震和林轻羽，大家也不知道他们私底下有没有联系，只是看他们互动少，以为两个人感情淡了许多。

实际上，这一对是大家最看好的。

毕竟两家住得近，父母也认同。出个国而已，又不是离婚。只是有好几次，江震都给薛家明打电话，眼睛红红的，问林轻羽在不在旁边。

薛家明毕业后就和赵佳佳同居了，赵佳佳又是和林轻羽最亲近的朋友，想知道林轻羽的事，当然是问她最方便。但薛家明很奇怪，这大半夜的，你找老婆找到我这？

薛家明面无表情，问道："你是想我回答她在还是不在？"

"哦。"江震想想也是，抿着唇，很平淡地说，"没事，我就是想她。"

薛家明气得发笑："不是，那你不应该直接给她打电话吗，兄弟？半夜三更的你给我打电话干吗？不知道国内有时差？"

江震说："知道，所以我才不想吵她睡觉。"

薛家明皱起眉头。

"而且她知道我会这么想她，她会哭的。我不能让她哭。"

"你这是什么意思？"

"所以就这样。晚安，兄弟。"

大半夜被吵醒的薛家明无语地挂了电话，心想，你想老婆你来我这儿哭是吧？

不过这两个人就这样，薛家明也习惯了。林轻羽确实是会比一些女孩子理智些，一直专心地做着自己该做的事，异国恋两年，在她那儿好像不算什么事。倒是薛家明经常大半夜被江震骚扰。有时只是视频联络联络感情，但视频一开，薛家明只看到他坐在那里一声不吭，没几分钟眼眶就红了。

两个人本就有时差。薛家明看到他坐着一句话不说，眼泪就要掉下来的样子，就感觉自己是个坏蛋。他偷偷掀开被子，躲着赵佳佳跑去阳台或者厕所才接电话。

次数多了，赵佳佳还怀疑他出轨，质问他天天大半夜在和谁视频。

直到抢过手机,和屏幕里的江震大眼瞪小眼,空气才陷入了死一般的沉寂。

薛家明急得抓耳挠腮,江震依旧木着脸,眼眶红红的,眼泪都还没来得及收回去。于是赵佳佳满嘴脏话没来得及说,就卡在了喉咙。

很是尴尬。

最后,赵佳佳像是为了找回点面子,不太确定地问:"你俩,这是背着我和林轻羽……这个那个?"

这件事被当作笑话拿出来说江震也不介意。他是很想林轻羽,这不是秘密。

高中分开了三年,在那三年里,他就很想林轻羽。原本以为两个人在一起了,彼此都更成熟一些了,他会稍微控制一下自己,但没想到出国这两年,他还是很想林轻羽。

"想到发疯。"

在聚会上,江震还能装一装。

他昨晚回来的时候,没住家里,而是待在酒店,因为林轻羽也不回家。

但是聚会一结束,他就把林轻羽困在套房的玄关处,鞋子都还没脱,只把眼镜摘下,有一下没一下地亲着她的眼睛、鼻子,装不了了:"你呢,不想我?"

回来的事,江震都没有告诉林轻羽,她还以为今天不过是寻常的聚会。

"你以为你很牛吗?"林轻羽被他亲得喘不过气,"半夜给别人打电话不给我打,回来也不告诉我。江震,你是不是觉得自己出国留学很牛?"

江震声音很低地笑了下:"谁告诉你的我很牛?"

他再牛,也牛不过她。平时打电话和视频,她可以说挂就挂,他却每次都要很久才平复心情，才能忍住不订回来的机票。

逢年过节时，他经常只能待个三天就走，有时都不一定能回来。

林轻羽每次和他告别，都好像他不过是去上学，挥挥手就说再见。她说，我们的人生不只有爱情。江震，你别那么恋爱脑。

每每想起这些话，江震就气得想咬她一口。

"我走之后，还有没有每天晨跑？小黑呢，它被你喂胖了吗？"

她的声音模糊，每一句话都答不上来，有点儿喘，但挣不开他。

迷迷糊糊中，她听到他低低地笑："你瘦了很多……"

江震穿了一条西装裤，大腿肌肉结实，坐下来时隐约可见衬衫夹的印子。林轻羽看到总感觉有点心跳加速，但因为他的外套是长款大衣，所以站起来时，不明显。

实际上，西装裤过分修身，只要稍微撑起一点弧度，都很明显。突然间，她好像摸到了硬硬的东西。

林轻羽知道自己和江震已经很久没见，但是他的反应还是让她愣了一下，紧接着觉得有些不对劲儿——这是不是有点硬得过分？

林轻羽愣了几秒，好像捏不动。

她的小动作被江震尽收眼底，忍不住笑了，说："林轻羽，你要不要掏出来试试？"

林轻羽震惊了："这合适吗？"话是这么问，她却跃跃欲试。

她脑子里都装了什么啊。

江震无语，自己动手，从口袋里拿出一个很精巧的小盒子。钻石的光泽漂亮，闪了林轻羽的眼睛一下，她才了然：哦，原来是这个东西。

表情很失望。

江震的嘴角就没下来过，笑盈盈地看着她："这么失望啊？"

"嗯，还行。"

"戒指，不要吗？"

之前总觉得年纪还太小，担心这样求婚的话，会不会太早了。她长得比较幼态，个子也小，这两年下巴尖了点，五官看起来立体了些，可给人的感觉还是像个小学生。

江震的手机屏保就是她。旁人看见了总会问一句，这小姑娘真可爱，你妹妹吗。到后来更离谱，有人甚至开始问起你是不是很早就结婚了，女儿这么大了。

江震说这是他女朋友，其他人看他的眼神就变得非常复杂，大概意思是，你和小朋友谈恋爱，没有负罪感吗？

他回回想起，都觉得好笑。

"本想再计划计划的。起码要更有仪式感一点，但我等不及了。"现在，江震借着落地窗外的光，低声笑着，问她："林轻羽，你要不要嫁给我？"

这句话，他在心里排练过很多遍，但真的说出来时，声音依然是颤抖的。

他俯视她，姿态极其暧昧，但是他那渴望的眼神，让林轻羽觉得，他不过是任她宰割的，最虔诚的囚徒。

林轻羽说："好啊。"

今年江震在家过年。他回来得比预想中要早，年后已经不打算再回去，在线上就能完成导师的作业。刚准备结束视频，林轻羽的消息就弹出来，问他要不要一起吃饭。

见他垂下眼，麦克斯易问他是不是在回消息。

江震"嗯"了一声。

麦克斯易是他的导师,他并不在导师面前掩饰。

麦克斯易也很高兴,笑道:"就是那个个子小小的女生?非常可爱。你说你回去是要和她求婚的,现在完成了吗?"

江震提前完成学业,一回来就求婚。那天她戴上戒指,说好,应该算是同意吧。没有很特别的仪式,只是简简单单的一句话和在口袋里放了很久的一枚戒指。

这个答案在一开始的时候其实并不明朗。他没有刻意地去说,我想要和林轻羽结婚。婚姻有的时候并不是完美的、理想的,所以他不认为爱一个人就一定要用婚姻去捆绑。但是一直和林轻羽在一起,是他很久以前就渴望的事。

为了提前完成学业,江震每一天过得都很忙碌,有人问他为什么这么着急回去,江震想了很久,找不到答案。他只记得自己曾经做过一个梦。

在梦里,他跑得很快,不知道自己在追寻什么。午夜梦回的时候,他其实有一次没忍住,把电话打给了林轻羽。

国内的时间,大概是在下午两点。

林轻羽还在午睡,差五分钟就要起来,那会儿接到他的电话,其实刚刚好。

她迷糊地叫了声:"江震——"

她的鼻音还有点儿重,听起来像是有点儿感冒。但林轻羽醒来,咳了几声又感觉好多了。

声音和语气也变得很正常,她看了眼时间,又想到他在国外,于是她问:"你做噩梦了吗?"

那一刻,江震的情绪变得无比柔软。

他说:"嗯。"

"你要去图书馆了吗?今天的论文写得怎么样?导师有没有骂你?"

林轻羽在洗脸。他听到了水声,而后是她穿鞋和换衣服的声音。她应该是准备出门,不知道是不是一个人住,他没听到舍友的声音。

门关上后,林轻羽才说:"这个星期出去调研了,我不在学校,一会儿还得去法庭。"

哦。他有点儿忘了。睡了一觉,脑子不太清醒。梦里的时间还在高中,他醒来后只勉强记得她现在都已经读研了,不记得她前几天才说过这几天要调研。

江震忽然没有再说话。

林轻羽就很轻地问他:"你是不是睡不着了?"

做完噩梦,应该还要平复很久才能睡着。现在他这边的时间是凌晨,江震猜测,自己可能得睁眼到天亮。但他不想耽误她工作,于是说:"没有,我很快就能睡着。"

可是林轻羽没有像往常那样挂电话。她絮絮叨叨地讲起了身边的很多小事,都是这一个星期里发生的。刚才出门的时候,她被一朵很大的木棉花砸到了脑袋上,就和江震抱怨了几句。

现在那朵红艳艳的木棉花被她捡了起来,林轻羽说:"江震,我开视频给你看好不好?还是你现在睡着了,我等一下拍照发给你?"

他的呼吸很平稳,听起来像是已经睡着了。实际上,他一直在听。枕头已经湿了一小块,他没睁眼,直到他听见林轻羽要上地铁了,声音嘈杂,她很抱歉地说了句:"我得挂了啊,江震,你好好睡觉。"

江震才很轻地回:"嗯。"

通话已经中断,他不知道她有没有听见,但是很快地,他收到了林轻羽发过来的那朵木棉花的照片,真的很大,砸在她的脑袋上应该很疼。

江震想象了一下那个画面,忍不住想笑,但是笑过之后,嘴角又垂下来。

青春期里不能言说的心动,是我爱你的隐性基因。可成年之后,分隔两地再说一句我爱你,也会让人流眼泪。

江震在这个时候,才如此笃定和确信,原来他真的很想林轻羽,也很想很想,回去和她一起捡木棉花。

他想每天早上醒来都看到她,每晚都陪伴她入睡。如果婚姻可以让人和人的关系更稳定,他未尝不可以给她幸福。

那个电话过后,江震并没有睡。他发了条消息问她:"林轻羽,结婚是不是比谈恋爱更好一点儿?"

她没试过,也没有经验。但是看老林和孟女士的相处日常,她觉得结婚是很美好的一件事。可他不是老林,她也不是孟女士。

所以林轻羽很诚实地回答道:"不知道,要不我们结一下看看?如果觉得不好,我们再离婚,然后继续谈恋爱。"

江震这回是真睡不着了,发了条语音过去:"哦,你想都别想。"

这小东西,隔着太平洋都要气死他。

这几天忽然有人在说,江震要和林轻羽求婚了。这事听起来有点儿像谣言。

毕竟戒指已经戴在林轻羽手上了,怎么说也应该是求婚成功了。不过江震才回来,忙着入职,也没精力去操心别的事,所以对于这个说法他并没有发表意见。

江昱华本想让他进自家公司,但因为颜梦的事,父子俩有点矛盾。

何况江震从来就没说过自己要依附他生活。他并没有想过要成长为江昱华这样的人。

徐思达来找他的时候，说分得那么清楚干什么。江昱华就他这一个儿子，颜梦又能如何，也分不走江家的任何东西，何况这两年，江昱华要和她断干净了。

江震没吭声，片刻之后才问："那你分这么清楚干什么？"

徐思达和苏莫分手了，所有联系方式都删得干干净净。曾经那么相爱的人，结果说分开就分开了。江震的视线落在他的左手上。大三那年，江震在朋友圈晒过一只手的照片，因为那只无名指上有林轻羽给他画的戒指。而大一那年自己生日，徐思达领着苏莫来聚餐，两个人手牵着手，中指上戴着一枚情侣对戒。戒指的款式很特别，应该是定制款，买都买不到。

后来江震才知道，那枚戒指是苏莫比赛赢来的奖品。徐思达很珍惜，时时都戴着，洗澡都舍不得摘下来。即便是苏莫和他说了分手，他也没有放下过。

可是现在，左手的那根手指缺失了一截。

他戴着假肢，看起来和正常人没分别，又时常戴着一只黑色的手套，所以其他人都不知道这件事。那只左手依旧纤长漂亮。在他们当中，手最好看的，其实莫过于徐思达。

但是现在……戒指已经摘下。

江震移开视线，嘲弄般地笑了声："为爱断指。徐思达，你可真够可以的。"

徐思达倒是无所谓。

一场意外而已，何况人生在世，愿赌服输。

/273/

他笑得很随性："又不是所有人都像你和林轻羽一样。这个世界上，哪有那么多人得偿所愿？"

过后他又想起听说江震要求婚这件事情。

徐思达问："这事是真的还是假的？"

"别人来问就算了，怎么你也问？"

听到他这么回答，徐思达笑笑没有再说话。只是感慨，如果那天苏莫没有扇他一巴掌的话，他原本也是要求婚的。

听到这个说法的人，自然也包括林轻羽。

从大学到现在，两个人恋爱了好几年，感情稳定，江震准备求婚是再正常不过的一件事。

大一寒假那年，双方家长还一起吃饭。在饭桌上的时候，他们就开玩笑，说要不先把婚事定下来也行。

老林急得不行，说："不着急，不着急。"

所有人都不知道的是，其实那年江震带她去特罗姆瑟看极光的时候，就已经求过一次婚了。

这事说来也尴尬。

看极光是件很美好的事情，还是跟自己喜欢的人一起去。但林轻羽完全没想到，江震准备了戒指，计划在极光下向她求婚。

当时有不少游客，所有人都在惊叹、拍照，沉浸在这梦幻的画面中。只有江震悄悄拉住林轻羽的手，偏头看着她，然后掏出了一枚早就定做好的戒指，小声说："林轻羽，你要不要嫁给我？"

那会儿江震也没求婚的经验，很紧张，那么冷的气温下，他手心都出了汗，嘴唇有点干，他认真而又专注地看她。

林轻羽一直在看极光,跟着众人惊呼,根本没有听到江震的话。兴奋时,拿手捅了他的胳膊一下,他握在手中的求婚戒指咕咚一声,掉在了地上。

戒指说小不小,说大也不大。大家都准备走了,江震还蹲在那儿找戒指,眼睛都快找瞎了。

林轻羽一脸歉疚,两只小手搭在他的膝盖上,还把下巴也放了上去,小声道歉:"对不起啊,江震,我……"

林轻羽没好意思说,因为江震说的那句话,她没听见,她也不好意思自作多情,只当他那枚戒指是送着玩的,好在最后把戒指找了回来。

不过林轻羽现在看着自己手上的戒指,有点呆:怎么,求婚不是戴上戒指就可以了吗?还要放鞭炮才算?

在他们这几个人中,赵佳佳和薛家明是最早结婚的,孩子都有了。就连存在感较弱的方勇都紧跟其后,成了他们宿舍第二个当爹的人。

因为工作都在常泞,几个人见面也方便,只是因为孩子还小,这三个人经常吃饭吃着吃着就要回家,说是孩子哭了。方勇倒还好,家里有老婆看着。可赵佳佳和薛家明一出来,孩子就剩下薛妈妈一个人带。

有一次聚会,赵佳佳和薛家明都跟着回去了。

方勇还坐着,说他不碍事。

"家里有我老婆呢,不用操心。"

这话听起来没什么毛病,一旁的江震却说:"孩子是两个人的。你不操心,辛苦的就是她。"

他先把账结了,之后就送方勇出去。

等车的时候,方勇刚好接到老婆打来的电话。估计是在抱怨他怎么还不回去,孩子哭闹的声音,江震隔着老远都能听见。

之后方勇挂了电话,说:"还是比较羡慕你。你要是和林轻羽结了婚,估计就不用像我们这么愁了。现在工作,赚的钱不多,但一结婚就哪哪都要花钱,生个孩子更是生了个吞金兽。"

这话说得江震眉头有点皱。

"可我和林轻羽结婚,又不是为了让她给我生孩子。"

"什么?"

"我是说,每个人都有自己的难处,物质只是很小的一个坎儿。"江震站在路边,双手随性地插进口袋里,"还有,你也别把带孩子想得那么容易,她嫁给你又不是为了给你生孩子、带孩子的。很老又很简单的一句话:家和万事兴。好好珍惜自己的家庭,幸福比什么都重要。"

方勇看着他,笑道:"听你这话,感觉林轻羽嫁给你会很幸福。"

"是吗?"江震漫不经心地笑了一下,眼神都变得温柔,"这句话应该等她来跟我说,别人说的都不管用。"

江震看着前方,不再跟他废话,催促道:"车来了,走吧。"

江震出去了很久,林轻羽等了好几分钟他才回来。章倩因为要加班,今晚没来,许飒是和周墨一起离开的。

座位上已经空了,只有他刚刚脱下的外套和她的包还在。江震很自然地拿起衣服,顺便把她的包拿在手上。

林轻羽问:"怎么去了这么久?你刚刚在外面和方勇说了什么?"

江震说:"没什么。"

"真的假的?"

"真的。"江震没骗她,"时间还早,吃饱了饭,要去江边走走吗?"

他们以前就很喜欢散步。

林轻羽这几天老想着江震会在什么样的情况下向她求婚。

她想了一下,没想到。

因为和这些琐碎的日常比起来,在极光下的求婚,大概是最浪漫的。但她错过了。之后想要超越极光下的求婚,估计也很难。

于是她探着小脑袋往江震身上左右看了看,江震疑惑道:"在找什么?"

"哦,没什么。"林轻羽舔了下唇。总不能说,她在找鞭炮。而且常泞市区是不允许放炮的。

他是不是没有准备好?林轻羽这样想。但脚步已经开始跟上去,两个人手牵手,走出了餐馆。

6月初的时候,林轻羽没等到江震的鞭炮式求婚,但是等到了赵佳佳和薛家明的婚礼请帖。

两个人一毕业就领了证,孩子都生了,但婚礼是这两年时间和金钱都充裕了才举办的。

宿舍的另外三个人都去当了伴娘,伴郎也都是熟悉的面孔,正好是江震他们三个。

婚礼是露天的,就在公园的草地上。说结婚誓词的时候,林轻羽以为自己会被他们感动得稀里哗啦,结果听完没忍住笑出来。

因为薛家明说:"你大三那年一直喊着,说要谈恋爱。我毛遂自荐,说我行不行,你叫我滚。但是后来你强吻我的时候,我却没有办法反抗。赵佳佳,我是个路痴,但我想我这辈子,真的要滚的话,也只能滚到你怀里了。"

赵佳佳立马抢过话筒辟谣："别乱说啊，老娘从来不强吻人。还有，你滚过来的时候，能不能不要抢我被子。上次你把被子踢下床，我感冒了擤鼻涕，家里的纸都不够用了。"

台下笑声一片。

林轻羽凑过去问："赵佳佳还真强吻了薛家明啊？"

真看不出来。上次一起玩游戏，两个人抱一下喊的都是"兄弟"。

江震挑眉，说："不知道，但好像是有这么一回事。"说着转头，问周墨，"老周，你记得吗？"

周墨说道："记得。他们学生会的成员出去聚餐，喝醉了，赵佳佳把他按在树上强吻的时候，薛家明在喊救命。"

林轻羽问："那他没挣开啊？"

此时，台上已经到了新郎亲吻新娘的环节。薛家明看到赵佳佳还是会脸红，要当着众人的面亲吻她，总有点不好意思。还是赵佳佳豪气，环住他的脖子就先吻上去。

周墨接着说："按道理来说，他的力气是可以挣开的。但他如果不想挣开，也说不准。"

婚礼现场请的都是朋友。年轻人玩得开心，没那么拘束，到抛手捧花的环节，有不少人要上去抢，但许飒和林轻羽都躲得远远的。

许飒给的理由是她不想结婚，林轻羽有点不知所措。

如果她抢了，江震是不是会求婚？在别人的婚礼上求婚，这好像不太好。而且她好像不太擅长哭泣。

正犹豫时，赵佳佳突然扯着嗓子喊："林轻羽！愣着干什么呢！抢手捧花啊！你不抢我就抛给你老公了！"

熟悉的喊声，一下子把她拽回了大一那年的夏天。

赵佳佳背对着众人，在喊三二一，现场的起哄声很大，她耳边嗡嗡嗡地响，脑子里没有想太多，但她看到了赵佳佳的裙摆。再抬眼时，手捧花已经抛了出去，不知道落在何处，好像被现场的欢闹声淹没了。

林轻羽个子矮，穿着高跟鞋也没有比别人高多少。人多的地方她挤不进去，只能四处张望。当她想向前走几步的时候，忽然有一只手把她从人群中拽了出来。

回头，映入眼帘的是她找了很久的那束手捧花。

"你行不行啊林轻羽。"江震已经跑了一圈，气还有点喘，但笑容是明亮的、璀璨的，笑话她，"手捧花也要我帮你抢？"

他要娶她，这件事他好像比谁都要积极。

以至于很多年再回想，林轻羽都在怀念江震当时的那个拥抱。那一瞬间，他们心跳的频率都是一样的，猛烈、笃定、落地有声。

原来我爱你这件事，一直有回音。

番外四

一个彩蛋

婚后的第一年，林轻羽就生下了江小屿。江屿是他大名，但林轻羽生气时，更喜欢叫他江小屿，因为三个字叫起来，感觉气势要更足一点儿。

　　林轻羽是订婚后怀孕的，她当时还没和江震领证。她的脾气突然变得奇差，江震一直顺着她。

　　有一次路过药店，江震想起家里的避孕套上个月就用完了，于是下车去买。鬼使神差地，他多买了一根验孕棒。他心想，应该没那么准吧，林轻羽发的那个肯德基疯狂星期四，只是个"梗"吧，才一个月没囤货而已，这就怀上了？

　　到家之后他很忐忑，但验过之后，他的心反而安定了下来。

　　林轻羽说："你什么反应？"

　　江震一脸平静地看着她："也许，是得知你只是怀孕了，不是变傻了之后的庆幸？"回答不正确的下场就是江震给林轻羽洗了一星期的袜子。

　　不过江小屿长大之后，给妈妈洗袜子的活儿就包在了他身上。对于他们的婚后生活，老林有点操心，因为不知道这两个人当了父母是怎么教育孩子的。

　　林家的教育理念一直都是孩子要勤养。

　　当然对待女儿，会格外地宠一些。

不过江小屿一直都很懂事乖巧,也非常有礼貌,在小区里碰到人,都会甜甜地喊一声"爷爷奶奶"或者"叔叔阿姨"。这一点随了江震。

不过那奶乎乎的长相,还是像林轻羽,尤其是眼睛,湿漉漉的,一看就非常讨喜。最主要的是,他小小年纪就很有耐心,可以陪老人坐着下棋和研究石头。所以每次回家里吃饭,老林都会对着这个小外孙露出欣慰的笑容,心想:不错,孺子可教也,江震这小子教儿子是有一套的。

但是有一次,老林心血来潮,想带着这个小外孙出去钓鱼,江小屿却在电话里拒绝了,他用大人的语气说:"外公,下次吧,我很忙。"

他才四岁,幼儿园又放假,在忙什么?老林很好奇,决定一探究竟。

那天林轻羽和江震正好不在家,只有保姆在看孩子。他过去后就在院子里看到了小外孙的小身影,坐在一个小板凳上,呼哧呼哧地不知道在干什么。

走近一看,他卷起衣袖,露出小胖手,原来在洗东西。

老林非常不解,问:"乖乖,这么卖力地洗袜子,洗谁的袜子啊?"

才四岁的江小屿有问必答:"在给妈妈洗袜子。"

老林:"哦,为什么给妈妈洗袜子啊?"

"因为爸爸说,小屿是爸爸在药店买东西时送的赠品,赠品是不值钱的,要多干活才能给自己……"

江小屿想不起来爸爸说的"增值"是什么,只能揣测大概的意思,于是竖起几根手指头,充满干劲地说:"让自己变得值钱!"

老林听罢,无语望天。